David Gray

Instinct

Der Tod in den Wäldern

David Gray

INSTINCT

Der Tod in den Wäldern

Thriller

PIPER

Mehr über unsere Autorinnen, Autoren und Bücher:
www.piper.de

Wenn Ihnen dieser Roman gefallen hat, schreiben Sie uns unter Nennung des Titels »Instinct. Der Tod in den Wäldern« an *empfehlungen@piper.de*, und wir empfehlen Ihnen gerne vergleichbare Bücher.

Unser Versprechen für mehr Nachhaltigkeit
• Klimaneutrales Produkt
• FSC®-zertifiziertes Papier
• Hergestellt in Europa

FSC www.fsc.org
MIX
Papier | Fördert gute Waldnutzung
FSC® C083411

Originalausgabe
ISBN 978-3-492-06459-0

Redaktion: Ralf Reiter
Satz: Eberl & Koesel Studio, Kempten
Gesetzt aus der Swift Neue LT Pro
Druck und Bindung: CPI Books GmbH, Leck
Printed in the EU

»Es ist nicht die stärkste Spezies, die überlebt, auch nicht die intelligenteste, sondern diejenige, die am besten auf Veränderungen reagiert.«

Fälschlich Charles Darwin zugeschriebenes Zitat

»Es ist genug Angst für alle da.«

Holger Biermann, bildender Künstler, 2020

Nichts, wovon auf den folgenden Seiten die Rede sein wird, ist wahr.
Mit Ausnahme derjenigen Gedanken, Dinge und Ereignisse, die ich frei erfunden habe …

1 Metropole Februar

1

Die Urne, die man gerade in die Grube senkte, war leer. Sie schwankte daher auffallend zwischen den beiden silbernen Schnüren hin und her, an denen der Bestatter sie in das schmale Loch herabließ.

Achtzig Männer und sechs Frauen standen um das Grab herum. Der größte Teil der Trauergäste trug Ausgehuniform, und eine Ehrenformation aus zwölf Feldhütern präsentierte jetzt ihre Haenel-PX-48-Präzisionskarabiner, aus denen sie in wenigen Augenblicken eine Salve zum Abschied von Feldhüterleutnant Ulf Thomsen abgeben würde.

Elena schaute sich zu Thomsens Schwester und seiner Mutter um, die beide verweint auf die Urne starrten, als fürchteten sie sich vor den Blicken der übrigen Trauergäste.

Der Friedhof lag im Zentralquartier, war alt und voller Buchen und Erlen, aber auch einige prächtige Eschen wuchsen hier. Sie stellten eine Seltenheit dar, weil sie ganz besonders heftig vom großen Baumsterben vor achtzig Jahren betroffen gewesen waren. In den Metropolen hatten es nicht viele Eschen bis zu dieser prächtigen Größe geschafft. Zwischen den Gräbern und auf den Wegen lagen noch Reste von Schnee, grau und schmutzig. Es hatte in diesem Jahr später als sonst geschneit. Selbst, wenn es weniger Schnee gewesen war als erwartet.

Stimmt die Linie?, fragte sich Elena, blickte heimlich zur Seite und überprüfte dabei ihre sechs Kollegen hinter dem zu kleinen Grab, in dem gerade die Urne verschwunden war.

Alles in Ordnung, dachte sie erleichtert. Stand und Haltung ihrer Kollegen waren perfekt vorschriftskonform.

»Kamerad Ulf Thomsen! Unvergessen!«, rief Feldhüteroberstleutnant Demir Hallstein, woraufhin Elena und die Männer in ihrer Linie die Karabiner an die Schultern setzten und eine Salve in den Himmel feuerten.

»Kamerad Ulf Thomsen! Unvergessen!«, wiederholte der Oberstleutnant seinen Ruf, woraufhin eine zweite Salve, ein dritter Ruf und eine dritte Salve folgten.

Elena fühlte sich, anders als offenbar die meisten übrigen Trauergäste, nicht sonderlich ergriffen von den Ritualen, trotzdem vermittelte deren Strenge eine gewisse Sicherheit, die sie wiederum durchaus zu schätzen wusste.

Von den kurzen Reden ihrer beiden Vorgesetzten und der Ansprache des Trauerredners bekam sie kaum ein Wort mit, weil sie sich auf die Blicke und Gesichter der wenigen Zivilisten konzentrierte, die zu Thomsens Trauerfeier erschienen waren und zwischen den Uniformen etwas verloren wirkten. Sie fragte sich, ob achtzig Trauergäste eine gute Zahl war oder doch zu gering für das immerhin über vierzig Jahre währende Leben eines Feldhüteroffiziers, dem man nachsagte, er sei einer der Besten seines Fachs gewesen.

Beim Abtreten verpatzte ihr Kamerad James Herbert Jones seinen Einsatz um eine Sekunde, was einen unprofessionellen Eindruck machte. Herrgott, immer ist es James, der es nicht auf die Reihe kriegt, dachte Elena.

Auf dem Weg zu den Flugbussen mischten sich Zivilisten und Uniformierte. Da Elena keinen der zivilen Trauergäste kannte und auch keine Lust auf die leise geführten Gespräche ihrer Kollegen hatte, hielt sie sich etwas abseits. Offenbar nicht abseits genug, denn Oberst Dorothea Willms tauchte neben ihr auf, hakte sich ungefragt bei ihr unter und schaute verdrossen unter ihrer Schirmmütze hervor zu den dunklen Flugbussen.

»Sie wissen, dass ich mich gegen Ihre Beförderung gestellt habe, Leutnantin Mikoyan?«, fragte Willms.

»Das war nicht zu ignorieren, Frau Oberst«, antwortete Elena vorsichtig, aber wahrheitsgemäß.

Frau Oberst war überdurchschnittlich groß und kurvig, sie hatte dunkle, halblange Locken, war Anfang vierzig und trug neben ihren Rangabzeichen den kleinen Button der *Sisterhood of Light* am Uniformrevers. Was zwar nicht ausdrücklich untersagt war, aber bei offiziellen Anlässen wie der Beerdigung eines im Dienst gefallenen Offiziers zumindest von schlechtem Geschmack zeugte.

»Ich will nur sichergehen, dass Ihnen meine Gründe dafür klar werden. Ich halte Sie für eine sehr fähige Feldhüterin und ganz klares Offiziersmaterial. Die Führung des Teams, dem die Verantwortung für den östlichen Abschnitt des mitteldeutsch-polnischen Nationalparks obliegt, ist eine der komplexesten Aufgaben in unserem Beruf. Ihre fachlichen Qualifikationen reichen dafür zwar aus, aber ich zweifle an der dafür nötigen menschlichen Reife. Dass man mich bei der Entscheidung überstimmte, kann ich Ihnen selbstverständlich nicht vorwerfen. Doch Ihnen sollte vollkommen klar sein, dass ich Sie sehr genau im Auge behalten werde und Ihre Berufung rückgängig mache, sobald Sie einen Fehler begehen, der zu groß ist, als dass er sich unter den Teppich kehren ließe.«

Na klar, du verklemmte Krähe, dachte Elena bissig. Die mangelnde menschliche Reife, die du mir vorwirfst, ist doch nur vorgeschoben. Eigentlich geht es dir darum, dass ich mich niemals mit deinem blöden Spāthippieverein eingelassen habe. Die *Sisterhood of Light* hatte einst als harmloser Verein für Yogajüngerinnen, Selbstoptimierungsfanatikerinnen, Esoterikerinnen und Tantra-Coaches begonnen. Sie alle vereinte, dass sie der Schulmedizin nicht vertrauten und Psychiatrie und Psychologie für Teufelswerk hielten. Die

Pandemiewellen, die zu Beginn und Mitte des 21. Jahrhunderts über die Welt gerollt waren, bescherten der Sisterhood eine Explosion ihrer Mitgliederzahlen. Ihre Mischung aus cremefarbenem Gesundheitsfanatismus und aggressiver Esoterik kam vor allem bei jungen Frauen gut an. Inzwischen setzten sich die Sisters auch für eine Verschärfung der Prostitutionsgesetze, ein Verbot des Verkaufs von Sexpuppen und gegen die Zulassung neuer Stundenhotels ein. Radikalere Teile der Sisterhood petitionierten inzwischen auch für ein vollständiges Abtreibungsverbot von weiblichen Föten.

Elena betrachtete zwar jede Art von Vereinsmeierei mit Skepsis, aber sie fand, dass die Sisterhood mit ihrem weiblichen Ausschließlichkeitsanspruch ganz besonders aus der Zeit gefallen war und sich längst ebenso überlebt hatte wie Rassismus, Benzinmotoren oder Pferdefuhrwerke.

»Ehrlich gesagt, finde ich es geschmacklos von Ihnen, gerade hier meine Karriere zu besprechen, Frau Oberst.«

»Die Sorte von Geschmack, von der Sie reden, Mikoyan, kann frau sich in meiner Position nicht mehr leisten. Aber allein, dass Sie damit anfangen, beweist einmal mehr Ihre mangelnde Qualifikation für die Position, die man Ihnen zugeschanzt hat«, entgegnete Frau Oberst und wünschte Elena noch einen guten Tag.

Elena war zornig und verunsichert. Um sich abzulenken, schaute sie über den Friedhof hinweg zur Skyline der Metropole. Die konnte ihr jedoch auch keine Antwort darauf geben, ob Frau Oberst mit der Analyse ihrer Befähigung zur Kollektivleiterin wirklich so falschlag, wie Elena sich das wünschte.

»Scheiß drauf!«, flüsterte sie schließlich halblaut.

»Genau. Und scheiß auf die Sisterhood!«, antwortete Zweiter Feldhüterobermeister James Herbert Jones neben ihr.

Elena überspielte ihre Selbstzweifel mit einem Lächeln. »Genau, James Herbert! Lauter Yoga-Hippies mit zu viel Geltungsbedürfnis!«

»Klar, kein Wunder, dass Frau Oberst sich in dem Scheißverein so wohlfühlt, was?«, grinste Jones. »Einige von uns haben eine Bar im Seequartier klar gemacht. Bier, Mixgetränke und Cannabis bis zum Anschlag!«

Elena lachte und folgte ihm zu dem autonomen Flugbus, der die siebzig Kilometer Entfernung zum Seeviertel in weniger als einer Viertelstunde überwinden würde.

»Einsteigen!«, riefen die übrigen zwanzig Feldhüter, die bereits im Flugbus saßen. Einige von ihnen förderten Flachmänner aus ihren Uniformen zutage.

Elena klemmte ihren Karabiner in eine Halterung und nickte ihren Kameraden erleichtert zu. Ein Besäufnis, fand sie, wäre womöglich genau das, was ein Doktor mir gerade heute verschrieben hätte, wäre ich so waghalsig gewesen, mich bei einem danach zu erkundigen.

Der Bus hob ab und pendelte sich auf Verkehrsflughöhe ein.

2

Das Seeviertel lag gerade noch im Innenbereich der Metropole und wirkte ein wenig heruntergekommen, ohne sich als ganz und gar vernachlässigt zu qualifizieren. Einige der über zweihundert Jahre alten Gründerzeithäuser erschienen mit ihren Begrünungen sogar malerisch vor den deutlich wuchtigeren Holz-, Glas- und Stahlbauten aus der Anfangsphase der ersten digital-industriellen Revolution.

Elena war schon lange nicht mehr so weit über die Stadt hinweggeflogen. Es ergriff sie jedes Mal, die einzelnen Stadtteile unter sich zu sehen. Sie wirkten wie Städte innerhalb der Stadt. In einem von ihnen hatte sie ihre Kindheit verbracht und später dann einige Semester hier in der Metropole auch studiert. Damals war das Seeviertel etwas besser erhalten gewesen. Es war aber offenbar immer noch dasjenige mit den meisten Vergnügungslokalen, und sogar die fünf Zentren für sexuelle Dienstleistungen existierten noch im Schwarzen Dreieck, einem Block, der schon so lange als Kneipen- und Tanzvergnügenschwerpunkt diente, dass wahrscheinlich schon ihre Großeltern dorthin gegangen waren, um zu komischem Techno zu tanzen oder Konzerte von inzwischen als neuklassisch geltenden Musikkombos zu hören.

Elena mochte die Beständigkeit, die darin lag. Die beiden luxuriösen Muschelhotels am Platz mussten ziemlich neu sein, denn sie konnte sich nicht an sie erinnern. Muschelhotels vermieteten ihre Räume stundenweise an Paare oder Einzelpersonen für Sex. Eines der beiden warb mit der breitesten Kollektion an Liebesspielzeug in der Metropole, während das andere auf seine vollautomatische Bar und den angeblich riesigen Selbstpflege- und Wohlfühlbereich setzte.

Elena kannte das Lokal nicht, das ihre Kameraden ausgesucht hatten, aber sie lächelte, als sie den Haferkornplatz betrat und direkt gegenüber dem Lokal die Denkmäler für Königin Christine, Onkel Fritz, Frollein Dodenhöller und Herrn Kreisler – der Kuh, dem Bullen, dem Legehuhn und dem Truthahn – entdeckte, deren Stammzellen einst die Grundlage für die meisten der heute in der Bundesrepublik verkauften Laborfleischprodukte gebildet hatten. Sie fand die bunten, etwas verrückten Statuen der vier ungleichen Tiere lustig und freute sich, sie wieder einmal zu sehen.

Das Innere des Lokals, das sie dann betraten, war ganz auf urig und rauchig getrimmt. Kopien alter Zeitungen und Familienporträts, wie man sie heute nur noch in Museen sah, schmückten die Wände. Außerdem bediente hier Personal die Gäste und keine Gastroroboter – was für Elena den entscheidenden Unterschied zwischen guten und schlechten Bars ausmachte. Personal war teuer, und das schlug sich in den Preisen nieder, weswegen sie über ihre Kollegen und Kameraden staunte, die bei den Bestellungen nicht aufs Geld schauten. Sie selbst hielt sich zunächst zurück. Es würde keinen guten Eindruck auf ihre Untergebenen machen, fand sie, wenn die sie angetrunken oder von einer der Substanzen auf der hauseigenen Drogenkarte bedröhnt erlebten.

Die Unterhaltung kam rasch in Gang, auch wenn sie sich zunächst nur um die Beerdigung drehte. Später driftete sie in Lästern über Kollegen und Kameraden ab, die man an Thomsens Grab zum ersten Mal seit Langem wieder getroffen hatte. Es war unvermeidlich, dass das Gespräch sich schließlich den Umständen seines Todes zuwandte – selbst wenn der, streng genommen, gar nicht verbürgt war. Seine Urne war immerhin leer gewesen.

»Thomsen war zu gut, um sich von einem Wisent erwischen zu lassen«, rief Zweiter Feldjägerobermeister Alexander Nemzew quer über den Tisch hinweg gerade einer der beiden weiblichen Verwaltungsangestellten zu, die ihren Kragen geöffnet und die Jacke ausgezogen hatte. Sie musste Zweifel an der etablierten These über Thomsens Verschwinden geäußert haben.

Nemzew war viele Jahre Thomsens Beigänger gewesen und hatte mit ihm so einige Abenteuer durchgestanden. Die fingen bei Drohnenversagen an, betrafen unerwartete Begegnungen mit Raubtieren im Park oder Gefechte mit Wilderern. Gerade hatte einer der anderen Nemzew aufgefordert, über eine besonders dramatische Suche nach aus den Metropolen verschwundenen Arbeitsmigranten zu berichten.

Nemzew war ein gut aussehender Mann mit einem V-Kreuz, sehnig-muskulösen Armen und einem klar geschnittenen Gesicht.

Die Verwaltungsangestellte, die er offensichtlich mit seinen Berichten zu beeindrucken versuchte, zählte zu jenen fitten, gesunden jungen Frauen wie die, mit denen Elena vor einigen Jahren Ökobiologie studiert hatte. Sie alle waren fleißig, höflich und gut erzogen gewesen, aber sparten auffallend mit ihren Reizen. Auf Elena, deren Vorfahren einst aus dem Kaukasus hierher emigriert waren, wirkten sie so gefestigt langweilig und in sich ruhend wie ein Teller Biosauerkraut mit Kartoffeln und einer Portion Kulturfleischkassler.

Die Urgroßmütter dieser Frauen hatten noch die Schule geschwänzt, um sich von der Polizei bei Klimademos verprügeln zu lassen, oder hatten die Prestigekunstsammlungen von Ölmilliardären mit Tomatensuppe und Kartoffelbrei beworfen, weil sie aus gutem Grund befürchtet hatten, entweder von Sturmfluten weggespült, von Hitzewellen ausgedörrt, von Diktatoren gefoltert oder Terroristen in die Luft gejagt zu werden. Trotzdem – oder wahrscheinlich gerade deshalb – veranstalteten sie illegale Elektropartys und passten sich später, als die ganz großen Katastrophen ausblieben, nur widerstrebend in die Karrieretretmühlen ein. Ihre Enkelinnen hingegen führten gemessen daran ein Leben, das so prüde, vorhersehbar und eintönig ausfiel wie Hochhausfassaden.

Ihre Urgroßmutter warf Elena zuweilen vor, zu verkopft und eigensinnig zu sein, und behauptete, dass die deutschen Männer dies nicht mochten, weswegen Elena niemals einen Partner finden würde. Aber Elena fand, dass das, was ihre Urgroßmutter für Eigensinn hielt, einfach nur eine gewisse Hartnäckigkeit war, die ihr bisher zumindest in ihrer Karriere nicht geschadet hatte.

Die Verwaltungsangestellte, mit der Nemzew flirtete, streifte eben ihre Jacke wieder über und schloss sie sogar. Trotzdem schaute sie Nemzew weiter kokett an. Seltsame Art, auf eine Anmache zu reagieren, dachte Elena. Schon möglich, dass sie selbst ein bisschen zu nachdenklich war, um so häufig zum Zug zu kommen, wie sie es angesichts ihrer Anziehungskraft gekonnt hätte. Aber dieses Mädchen zählte offenbar zur wirklich prüden Sorte.

Die Bevölkerung der gesamten westlichen Welt schrumpfte in einem nie erwarteten Ausmaß, weil alte Umweltschäden die Zeugungsfähigkeit einschränkten und die Menschen eine gewisse Unlust erfasst hatte, Kinder zu bekommen. Aber, dachte sie, wenn dann schon mal eine zur vollen Geschlechtsreife heranwuchs, war die auch noch so verkniffen, prüde und sterbenslangweilig wie diese Verwaltungsschickse. Kein Wunder, dass die Sisterhood of Light immer mehr an Mitgliederinnen und Einfluss hinzugewann. Diese Sauerkraut-Verwaltungsschickse hatte ihren Mitgliedsantrag sicher auch schon längst ausgefüllt und abgegeben.

Fünf Minuten später bestellte Elena doch eine Cannabiszigarette aus der Drogenmenükarte. Man servierte sie hier altmodisch stilecht in Glasröhrchen und mit Bauchbinde. Nachdem sie die ersten Züge genommen hatte, fühlte sie sich etwas befreiter.

Nemzew wechselte den Platz und setzte sich neben die Verwaltungsschickse, wo er sofort auf sie einzureden begann.

»Und, haben Sie auch eine Theorie über Ulfs Tod?«, erkundigte sich einer der Kameraden aus dem südwestlichen Nationalpark bei Elena.

»Ich glaube nur, was ich sehe. Aber bisher hat nun mal keiner Leutnant Thomsens Leiche gesehen.«

»Ach, kommen Sie schon, Chefin! Jeder hier hat doch eine Meinung dazu!«, rief Nemzew zu ihnen herüber.

»Ich nicht«, antwortete Elena nur teilweise aufrichtig.

Thomsen war vor drei Jahren und zwei Monaten mit einer Drohne in östlicher Richtung ins Parkinnere geflogen. Er hatte dazu weder eine offizielle Autorisation gehabt, noch war in den digitalen Logbüchern ein Notfall vermerkt gewesen, dem er hätte nachgehen müssen.

Die letzten automatisierten Statusmeldungen der Drohne waren von einem Savannengelände gekommen, das regelmäßig von Wisenten als Weide genutzt wurde.

Als einige Stunden später die Suchkommandos dort ankamen, fanden sie seine Drohne unbeschädigt vor und folgten Thomsens Spuren zu einem etwa achtzig Hektar großen Waldstück, in dem sie sich unvermittelt verlor. Selbst die Untersuchungen mit Restspurenaufbereitern, Metallsonden und extra in den Park eingeflogenen forensischen Spezialisten förderten keine brauchbaren Spuren zutage.

Und das war so geblieben, bis man Thomsen im Januar für tot erklärte und seine Beerdigung auf diesen Samstag im März ansetzte.

»Thomsen war mein bester Freund! Auf Thomsen!«, rief Nemzew plötzlich und hob sein halb gefülltes Bierglas.

Du hast doch auch keine plausible Erklärung dafür, was ihm zugestoßen ist, dachte Elena. Und du kannst hier den pathetisch-tragischen Helden geben, solange du willst, aber wenn bei der Hauptturmwache in der Wildnis gegen drei oder vier Uhr morgens die Erinnerungsdämonen kommen, hast du genauso viel Angst vor der wilden Weite da draußen wie wir anderen.

»Thomsen, Thomsen, Thomsen!«, brüllten sechs oder sieben der Männer und schlugen dazu im Takt ihre Gläser auf den Tisch.

Das, dachte Elena, wird ein Drei-Cannabis-Zigaretten-Abend.

Mindestens.

3

Elena lag in der Badewanne ihrer Wohnung und ließ sich von klassischer Populärmusik berieseln. Sie mochte es zuweilen nostalgisch, und gerade lief eine irische Punkband namens Touts, die über die Unmöglichkeit von Vergessen und die hartnäckige Erinnerung an Bürgerkriege sang.

Der Zufallsgenerator ihres Kom schlug ihr nach den Touts einen Künstler namens Kanye »Ye« West vor, dessen Name ihr nichts sagte und der sowieso zu sehr nach Rap aussah. Das war nichts, worauf sie stand. Hip-Hop und Rap waren wie Jazz – längst nur noch etwas für Connaisseure und Experten für Popgeschichte. Dieser blöde Algorithmus war angeblich intelligent, dachte sie mit missmutig geschürzten Lippen, trotzdem schlug er ihr nach Kanye eine deutsche Band namens Fanta Vier vor, von der sie ebenfalls noch nie etwas gehört hatte.

Sie war seit fast sechs Wochen in der Stadt, und allmählich wurde es Zeit, zurück in den Park zu kommen. Den größten Teil ihres Aufenthaltes hier hatte sie mit einem Personalführungskurs oder Bürokratie verbracht, die mit ihrer Beförderung zur Kollektivleiterin zusammenhing.

Außerdem hatte sie ihre Urgroßmutter in dem Mehrgenerationenhaus besucht, war am Grab ihrer Mutter und Großmutter gewesen und hatte – wieder einmal – vergeblich versucht, ein Abendessen mit ihrem Vater zu arrangieren, der jedoch so von Arbeit und seiner neuen Flamme eingenommen war, dass er ihr Essen zweimal absagte. Jetzt war er unterwegs nach Prag, wo er an der Karlsuniversität eine Rede über die Geschichte des Neoschamanismus hielt. Obwohl er von Haus aus Literaturwissenschaftler war, hatte er es nach einem Buch über den Niedergang der christlichen Kirchen zu einer gewissen Berühmtheit als Experte für neuere Religionen gebracht.

Sie verdrängte jeden Gedanken an das seltsame Verhältnis zu ihrem Vater, das von einem regelmäßigen Wechsel aus Nähe und Distanz geprägt war. Eine Berührung auf ihrem Kom sorgte dafür, dass die Wände ihres Badezimmers mit dem Video des legendären *Idiot Prayer*-Livekonzerts von Nick Cave im Alexanderpalast in London gefüllt wurden, aufgenommen im Pestjahr 2020. Sie erinnerte sich an einen alten Werbespruch, den sie in einem historischen Film gesehen hatte: »Mittendrin statt nur dabei«.

Genauso fühlte es sich jetzt an, hier in der Wanne liegend, ihren Kopf gegen ein Kissen gelehnt, während sie Nick Cave zuhörte.

Zu Beginn ihres Stadturlaubs hatte sie seit Ewigkeiten wieder Sex gehabt. Und zwar ziemlich befriedigenden Sex.

Kamil Aziz war Spanier, diente als Feldhüterleutnant im Brüsseler Zentralbüro und hatte einen der Vorträge in ihrem Kurs für Personalführung gehalten.

Kamil war etwas jünger als sie. Elena mochte grundsätzlich eher den ruhigeren Sex, aber trotz eines etwas zu stürmischen Beginns verlief ihre Begegnung letztendlich sehr befriedigend.

Kamil hatte sie nach dem Vortrag in sein Hotelzimmer eingeladen, Elena bestand jedoch darauf, in ihre eigene Wohnung zu fliegen, wo sie sich sicherer fühlte und ihn jederzeit hätte hinauswerfen können, falls er sich als zu übergriffig, ungeschickt oder schlichtweg nervig erwiesen hätte.

Für ein sexuelles Abenteuer, von dem beiden klar war, dass es keine Andeutung auf irgendeine Art längerer Beziehung beinhaltete, war ihre Begegnung überraschend vertraut und offen ausgefallen.

Kamils Vorfahren waren mit der letzten großen Flüchtlingswelle Anfang der Dreißigerjahre aus Marokko übers Mittelmeer gekommen und hatten sich in Spanien niedergelassen, wo bereits sein Vater bei den Feldhütern diente. Vielleicht, dachte sie jetzt, hatte sie über die reine sexuelle Anziehungskraft, die sie vom ersten Moment an gespürt hatten, ja auch ihr gemeinsamer Migrationshintergrund einander nähergebracht. Angeblich dauerte es mehr als zwei Generationen, dieses latente Gefühl, trotz allem fremd im eigenen Land zu sein, gänzlich loszuwerden.

Elenas Urgroßmutter kam nach dem vorletzten Armenienkrieg ganz allein mit einem Baby an der Brust und einem weiteren im Bauch über den Landweg nach Berlin und erfuhr dort, dass ihr Mann auf der Nordbalkanroute von einem Frontexbeamten erschossen worden war. Heute war sie siebenundneunzig, lebte in einem Mehrgenerationenhaus, versank immer häufiger in Erinnerungen an ihre Kindheit und betrachtete an wachen Tagen die Gemeinschaftsküche als ihr ganz persönliches Königreich. Sie stritt regelmäßig mit ihren Mitbewohnern, weil die sie hartnäckig zur Veganerin zu erziehen versuchten. Aber einer der großen Vorteile von Elenas Posten war das Wildbretkontingent, das man Feldhütern zugestand, sodass die Versorgung ihrer Familie mit echtem Wisent-, Rotwild- oder Wildschweinfleisch jederzeit gewährleistet war. Solange sie lebte, auf ihren beiden Beinen stand und selbst kochen konnte, würde es ihrer Urgroßmutter nicht an einem Braten im Ofen mangeln, mit dessen Duft sie ihre Mitbewohner ärgern konnte.

Elena selbst genügte in der Regel das Kulturfleisch, das es überall in den Onlinesupermärkten gab, zumal sie während der monatelangen Außendienste draußen in den Haupttürmen im Parkinnern genug frisches Wild auf den Teller bekam.

Kamil hatte ihr nach dem Sex zu ihrer Beförderung gratuliert und schien sie sogar dafür zu bewundern, es mit Ende zwanzig bereits zur Kollektivleiterin gebracht zu haben. Was ihr nach Oberst Willms' Vorwürfen, sie sei ungeeignet für ihren Posten, gutgetan hatte.

Elena fand das Schweigen, das er hin und wieder zuließ, angenehm, weil es von seiner Selbstsicherheit zeugte. Es war jedoch unvermeidlich gewesen, dass Kamil schließlich auf das Verschwinden ihres Vorgängers zu sprechen kam. Der Fall Ulf Thomsen hatte damals bei sämtlichen europäischen Kameraden Aufmerksamkeit erregt, und die Berichterstattung im Vorfeld seiner Beerdigung hatte das Interesse erneuert.

Sie erklärte, dass man Thomsens Verschwinden als Unfall zu den Akten gelegt hätte – selbst wenn einige ihrer Kameraden und Kameradinnen sich nicht damit hatten abfinden wollen, dass man die Suche nach ihm endgültig aufgab. Feldhüter war ein gefährlicher Beruf. Die Ehrentafel der Gefallenen im mitteldeutschen Hauptquartier enthielt elf Namen von Frauen und Männern, die seit Gründung des Parks im Dienst ihr Leben gelassen hatten. Nur Berufssoldaten, Eisenbahngleistechniker, Drohnentestpiloten und Polizisten verloren noch öfter ihr Leben im Dienst als Feldhüter.

Kamil hatte nicht widerstehen können, seine eigene Theorie zu Thomsens Verschwinden aufzustellen. Er glaubte, ihr Vorgänger sei einem Wisent zum Opfer gefallen, woraufhin Aasfresser seine Überreste verschleppt und vertilgt hätten. Diese Erklärung mochte banal sein, aber sie war realistisch. Immerhin waren vier der elf Feldhüter, deren Namen man in die Ehrentafel im Hauptquartier eingraviert hatte, Begegnungen mit Tieren zum Opfer gefallen.

Elena glaubte trotzdem nicht daran, dass Thomsen von einem Wisent zertrampelt oder einem Raubtier gerissen worden war. Zwar durchstreiften Dutzende Wolfsrudel und auch einige Bären regelmäßig das Gebiet, in dem er verschwunden war, und es gab dort auch Herden von Wisenten, die Menschen gefährlich werden konnten. Aber Elena war überzeugt, dass man während der intensiven Suchaktionen damals auf Spuren und Reste der Leiche hätte stoßen müssen. Zumal die Überwachungsdrohnen Standorte und Zugmuster sämtlicher Herden und Raubtiere zur fraglichen Zeit recht exakt aufgezeichnet und dabei keinerlei Unregelmäßigkeiten registriert hatten. Selbst, wenn einzelne Tiere den Drohnen entgangen sein sollten, schien ihr unwahrscheinlich, dass Thomsen einem dieser Einzelgänger zum Opfer gefallen war.

Die zweite, nahezu ebenso populäre These zu Thomsens Verschwinden erschien ihr sogar noch unwahrscheinlicher. Denn die besagte, dass er Wilderern in die Quere gekommen und von ihnen getötet worden war. Woraufhin sie seine Leiche anschließend irgendwohin transportiert und sie unbehelligt von den Suchtrupps begraben hatten.

Wilderer waren tatsächlich ein Problem. Besonders kurz nach Einrichtung der Parks hatte die Wilderei sich als echte Plage erwiesen. Es existierten nur noch wenige, streng überwachte Herden von Schlachttieren, und echtes Biofleisch war überall in der EU unverschämt teuer. Bis heute herrschte besonders bei Teilen der unterqualifizierten und ärmeren Bevölkerung eine hartnäckige Abneigung gegen das auf Nährlösungen herangezogene Kulturfleisch, obwohl das rein biologisch keinerlei Unterschiede zu Fleisch von Weiderindern, Schweinen oder Geflügel aufwies. Bei den Wohlhabenden hatte es einige Zeit für schick gegolten, zu Dinnerpartys illegal geschossenes Wildbret zu servieren. Und es fanden sich immer Leute, die für gute Gewinne hohe Risiken eingingen. Die Aktivitäten der Wildererbanden waren bei Thomsens Verschwinden jedoch schon länger rückläufig gewesen. Konsequente Verfolgung durch Feldhüter und Polizei hatte dafür gesorgt, dass ihr Risiko, erwischt und eingesperrt oder gar erschossen zu werden, gefährlich anstieg. Aktuell waren es vor allem organisierte Banden, die in den Parks wilderten, und sie taten es erst in zweiter Linie für das Fleisch, weil die höheren Gewinne aus den Trophäen – Fellen, Hörnern, Geweihen oder Raubtierzähnen – zu erzielen waren. Die zu besitzen oder als Schmuck zu tragen, war unter einer bestimmten Schicht wohlhabender Anhänger verschiedener Neoschamanen zum Statussymbol geworden. Die Wilderer, die diesen Markt bedienten, waren Profis, die in der Regel sehr genau wussten, wie man den Feldhütern aus dem Weg ging.

Außerdem war Thomsen tief im Inneren des Parks verschollen – zu weit für die gewöhnlichen Transportdrohnen, die die Profiwilderer nutzten. Die hätten auch kaum das Risiko eingehen müssen, sich so weit ins Herz des Parks vorzuwagen, wie Thomsen es getan hatte. Schon ein paar Dutzend Kilometer hinter den Parkbegrenzungen erwartete sie reichlich Beute. Bei einem Raubzug von Wilderern kam es auf Schnelligkeit und Präzision an. Je tiefer sie in den Park eindrangen, desto höher fiel ihr Risiko aus, von der Luftüberwachung entdeckt, gestoppt und verhaftet zu werden.

Während Elena Kamil ihre Zweifel an seiner Theorie erläuterte, hatte er seine große, etwas raue Hand flach auf ihren Bauch gelegt. Was sich sexy und sicher zugleich angefühlt hatte.

»Das verstehe ich«, gab er zu. »Aber wenn er keinem Unfall zum Opfer fiel und auch nicht von Wilderern getötet wurde, was ist ihm dann passiert?«

Elena hatte ihre ganz persönliche Hypothese zu Thomsens Verschwinden bisher für sich behalten. Nicht einmal mit ihren Vorgesetzten oder den Kameraden im Hauptturmkollektiv hatte sie die je geteilt. Kamils Hand auf ihrem Bauch fühlte sich immer noch so sicher und selbstverständlich an, und er würde in ein paar Stunden in einen Expresszug steigen, um nach Brüssel zurückzukehren. Es gab keinen Grund für Zurückhaltung.

»Am Rande des Quadranten, in dem er verschwand, liegt ein Geisterdorf. Das ist zwar auch überprüft worden, aber nur aus der Luft, weil ihm damals keiner zugetraut hatte, dass er allein zu Fuß dahin gegangen wäre, wenn er mit der Transportdrohne auch dort hätte landen können. Es sind über dreißig Kilometer Wegstrecke durch teilweise dichte Bewaldung von dem Ort, an dem er seine Drohne landete, bis zu dem Geisterdorf. Ich glaube trotzdem, dass er dort ist.«

»Hm, weshalb sollte er dorthin laufen, wenn er hätte fliegen können? Was hat er denn in dem Geisterdorf gewollt?«, sagte Kamil und stützte den Kopf auf seine freie Hand.

»In unserem Park sind in den letzten zwölf Jahren drei weiße Wisentkälber geboren worden«, antwortete Elena. »Zwei sind inzwischen tot. Aber das letzte war ein Bulle, und der hat nachweislich drei Jahre überlebt. Ich glaube, dass Thomsen dort draußen war, um ihn zu schießen. Dabei suchte er in einem der Häuser Schutz und hatte dort einen Unfall. Die Häuser sind extrem baufällig. Da bricht man schon mal durch eine Decke oder fällt in einen Keller. Ganz allein dort draußen? Vielleicht mit einem gebrochenen Bein? Das ist ein Todesurteil.«

Kamil hatte einige Zeit erstaunt geschwiegen.

»Ein weißes Wisentfell ist Unsummen auf dem Schwarzmarkt wert. Haidur oder Hel würden dafür wahrscheinlich sogar Morde begehen«, antwortete er schließlich. Haidur und Hel waren die beiden Neoschamanen mit der größten

Anhängerschaft in Mitteleuropa. Ihre Rituale füllten Stadien, und ihre Auftritte in den Metaräumen wurden von Millionen angeklickt.

»Klar, aber ich glaube nicht, dass er korrupt war und den weißen Bullen schießen wollte, um dessen Fell zu verschachern.«

»Sondern?«

»Thomsen wollte den Bullen töten, weil er ihn für eine Abnormität hielt, der er keine Existenzberechtigung in seinem Park zugestand.«

Kamil hatte überrascht seine Hand von ihrem Bauch genommen.

Den Moment, in dem er sie so ungläubig anschaute und seine Hand von ihrem Bauch zog, hätte sie lieber vergessen. Obwohl er es zu überspielen versuchte, spürte sie, dass er ihr nicht glaubte. Aber im Gegensatz zu ihm hatte sie Thomsen gekannt und einige Zeit mit ihm im Hauptturm gedient. Bei monatelangem Dienst auf engstem Raum lernte man sich zwangsläufig besser kennen, als einem lieb sein konnte. Thomsen war offen und mutig gewesen, absolut verlässlich, wenn es galt, einen von ihnen aus einem Schlamassel zu helfen. Aber er hatte eben auch eine dunkle Seite gehabt.

Weil Kamil ihr offenbar nicht glaubte, erzählte Elena ihm nicht, weshalb sie so sicher war, dass Thomsen unterwegs gewesen war, um den weißen Bullen zu schießen.

Drüben im Wohnzimmer schrillte der Weckton, den sie gesetzt hatte, um rechtzeitig vor der Besprechung mit ihrem Vorgesetzten Franz Hanka aus dem Bad zu kommen.

Elena unterbrach abrupt Nick Caves Lied, stieg aus der Wanne und trocknete sich in der Luftdusche ab, bevor sie einen grauen Kapuzenpullover, Höschen und die olivfarbene Cargohose ihrer Felduniform überstreifte.

Weil sie noch einige Minuten Zeit hatte, brühte sie sich einen Tee und ging mit dem dampfenden Becher in der Hand zum Schreibtisch im Wohnzimmer. Die Besprechung würde in einem der Metaräume des Hauptquartiers stattfinden, was es Elena ersparte, ihre Wohnung verlassen zu müssen. Ihr offizieller Titel lautete »Dienstantrittsvergatterung«, und Elena rechnete damit, dass sie einige Stunden dauern würde. Thema der Besprechung war ihr bevorstehender Einsatz im Zweiten Hauptturm des Parks – ihr erster als Kollektivleiterin. Trotz des Tees und des entspannenden Bades ergriff sie eine gewisse Spannung. So fühlte sich wohl Lampenfieber an, dachte sie.

Angesichts der Trockenheit der letzten Tage und der erweiterten Wetterprognosen, die sie heute Morgen überprüft hatte, ging sie davon aus, dass ihr Vorgesetzter bei der Besprechung auf die gestiegene Brandgefahr im südöstlichen und nordwestlichen Quadranten hinweisen würde. Dort befanden sich große Flächen, die von Buschwerk bedeckt waren, das teilweise im vergangenen Winter abgestorben und jetzt so ausgetrocknet war, dass es sich bei den ersten Frühjahrsgewittern entzünden könnte.

2

Hauptturm
Februar & März

4

Die XC60-»Wiesel«-Transportdrohne war alt, und ihr Antrieb bestand aus einem schwachen Wasserstoffaggregat aus den Vierzigerjahren. Sie wog immerhin um die acht Tonnen und erinnerte mit ihrer Keilform, den beiden Stummelflügeln, den Propellerantrieben und dem Tarnanstrich eher an einen kleinen Panzer als an ein Fluggerät. Keiner traute der veralteten Autosteuerungssoftware, sodass Hassan Runggaldier, das jüngste Mitglied von Elenas Feldhüterkollektiv, es nicht wagte, die Steuerkanzel zu verlassen. Seit zehn Minuten saß er konzentriert an den Steuerhebeln und schaute aus der breiten Frontscheibe auf die Stadtlandschaft hinaus, die das Wiesel mit geruhsamen achtzig Stundenkilometern überflog.

Im Mannschaftsraum der Drohne herrschte keine ausgelassene Fröhlichkeit.

Nemzew wirkte verkatert und hatte außer einem genuschelten »Moin« bei seiner Ankunft am Drohnenhafen kein Wort über die Lippen gebracht. James Herbert Jones hatte vor einigen Minuten zum dritten Mal vergeblich versucht, eine Unterhaltung in Gang zu bringen, es aber nach einem verärgerten Blick von Nemzew endgültig aufgegeben.

Auch Elena war nicht nach Konversation zumute. Während der nächsten dreieinhalb Monate draußen in der Wildnis würden sie alle noch genug miteinander reden. Erfahrungsgemäß würde nicht jedes dieser Gespräche angenehm verlaufen. Bei ihrer Vergatterung gestern hatte zwar die erhöhte Brandgefahr in den südöstlichen und nordwestlichen

Quadranten tatsächlich eine wichtige Rolle gespielt, doch den Hauptteil der Sitzung hatte Major Hanka Personalfragen gewidmet. Er betonte, dass sie Alexander Nemzew ganz besonders im Auge behalten sollte, weil er mehrfach Außeneinsätze dazu genutzt hatte, nach seinem verschollenen Freund Thomsen zu suchen. Hanka fand das zwar »menschlich nachvollziehbar«, aber der Fall Thomsen war spätestens mit der Beisetzung abgeschlossen, und man konnte es sich nicht leisten, wertvolle Ressourcen an aussichtslose Privatmissionen zu verschwenden.

Bisher hatte Nemzew als kommissarischer Kollektivleiter größere Freiheit bei der Auswahl seiner Flugziele gehabt und konnte so nahezu ungehindert dieser Suche nachgehen, wann immer keine akuten Probleme anstanden, die seine Aufmerksamkeit erforderten.

»Er wird bestimmt versuchen, Sie herauszufordern, aber ich vertraue da ganz auf Ihr Fingerspitzengefühl, Elena. Lassen Sie einfach nicht zu, dass er Ihnen unter die Haut geht«, hatte Hanka ihr zum Schluss geraten.

Elena hatte ihre erste Vergatterung als Kollektivleiterin mit einem italienischen Wein und zwei leichten Cannabiszigaretten gefeiert und war danach früh zu Bett gegangen. Ihre Sachen waren gepackt, und sie schlief am Vorabend eines neuen Einsatzes sowieso nie gut, sodass sie früher als nötig aufgewacht war und sich länger als üblich am Rudergerät abquälte und anschließend sogar noch ihren Sandsack mit Kickboxtritten bearbeitete. Danach hatte sie geduscht und war noch im Dunkeln zum Drohnenhafen aufgebrochen.

Dort hatte Hassan bereits gewartet und sich nach einer knappen Begrüßung über die alte Drohne ausgelassen, die man ihnen für diesen Außeneinsatz zugewiesen hatte. »Das Teil hätte längst ausgemustert werden müssen, Chefin! Ich garantiere bei dem Ding für nichts.«

Hassan war der Techniker und Sanitäter des Kollektivs und so biodeutsch wie Dresdner Christstollen. Er war Anfang zwanzig, aufmerksam und nach eigener Auskunft zufrieden mit seinem Leben. Während der Turmdienste zockte er hin und wieder mit Nemzew und James Herbert Jones in einem Metaraum Kriegsspiele. Wobei er gegen Nemzews Reaktionsschnelligkeit und Ruchlosigkeit kaum je einen Stich hatte. Er befasste sich hin und wieder selbst nach Dienstschluss mit Laborarbeiten, sammelte seltene Pflanzen und füllte akribisch die Lücken im Logbuch, das jede Haupttturmwache der Feldhüter zu führen hatte. Als Techniker war er talentiert und wusste das auch. Verglichen mit Nemzew und Elena selbst, ging er höchstens als durchschnittlicher Schütze durch, aber die beiden belegten eben auch regelmäßig die Spitzenplätze in den internen Wettbewerben der mitteldeutsch-polnischen Feldhütereinheit. Seine Art, sich zu bewegen, ganz gleich, ob draußen im Park oder auf den Straßen der Metropole, war die effizienteste, die Elena je an einem Menschen beobachtet hatte. Sie spiegelte vielleicht einfach nur seine innerliche Aufgeräumtheit wider, um die Elena ihn hin und wieder heimlich beneidete.

James Herbert Jones, der sich in den Drohnensitz neben Elena geschnallt hatte, war sechs Jahre älter als Hassan. Er war mittelgroß, achtete auf seine Figur und ging selbst im Winter kaum je ohne Sonnencreme in den Park, weil er fürchtete, dass seine ungewöhnlich zarte, helle Haut mit der Zeit dieselbe lederhafte Anmutung annehmen könnte wie Nemzews. James Herbert war Single, schwul und führte angeblich ein ausschweifendes Sexleben in der Metropole. Obwohl er kein intellektueller Gipfelstürmer war, hatte er an einigen Verhaltensstudien größerer Säugetiere mitgewirkt und hätte jederzeit auch als Wissenschaftsassistent an einer Metropolenuniversität eine Anstellung bekommen. Doch er zog den Posten als Feldhüter vor, obwohl er es bei seinen Qualifikationen und Dienstbewertungen sicher nie zu mehr als zum Rang eines Ersten Feldhüterobermeisters bringen würde. Was bedeutete, dass er für immer Befehlsempfänger blieb. Als Fährtenleser war Nemzew ihm deutlich überlegen, und die Wetterdaten und Populations- und Herdenbewegungsmuster, die er zu dokumentieren hatte, waren auch nichts, was einen erwachsenen, durchschnittlich intelligenten Mann überfordert hätte. Das einzige herausragende Talent, das Elena in ihm sah, bestand darin, dass er unter ihnen der beste Koch war.

James Herberts Neigung zu Schweißausbrüchen und seine stets etwas gehetzt wirkende Atemweise stießen Elena insgeheim ab, doch sie war sich auch klar darüber, dass er loyal war und man sich in der Wildnis jederzeit auf ihn und seinen Gemeinschaftssinn verlassen konnte.

Blieb noch Alexander Nemzew, der Mann, der nicht aufgeben würde, das Rätsel um das Verschwinden von Ulf Thomsen aufzuklären. Er war mit Abstand der älteste und erfahrenste in der Truppe. Eigentlich hätte er längst vom Zweiten Obermeister zum Offizier befördert werden sollen. Major Hanka hatte Nemzews immer wieder verschobene Beförderung damit erklärt, dass er es wiederholt versäumt hätte, sich für die letzten beiden Qualifizierungskurse einzuschreiben. Elena ahnte jedoch, dass das eine Ausrede war. Was Nemzews Karriere im Wege stand, waren in Wahrheit weder Trägheit noch mangelnder Ehrgeiz, sondern der Fakt, dass er darauf bestand, ausschließlich in einem der drei Türme im mitteldeutsch-polnischen Park zu arbeiten, und deswegen jede Versetzung von vornherein ablehnte. Offiziere wurden vom Hauptquartier jedoch grundsätzlich alle vier Jahre versetzt, um einerseits ein zu enges Verhältnis zu ihren Untergebenen zu verhindern und andererseits sicherzustellen, dass sie ihre in den jeweiligen Parkabschnitten gesammelten Erfahrungen auch in anderen Gebieten zur Anwendung bringen konnten.

Nemzew war intelligent, und seine Erfahrung, kombiniert mit seinem Talent zum Fährtenlesen und seiner Sicherheit als Schütze, machte ihn im Feld jedem Kollegen überlegen. Elena war die Einzige im Kollektiv, die es beim Schießen beinahe mit ihm aufnehmen konnte. Zweifellos hätte Nemzew Oberst Willms' Einschätzung, dass Elena als Teamleiterin ungeeignet war, vorbehaltlos zugestimmt.

Er war groß und wirkte trotz seines V-Kreuzes eher sehnig als muskulös. Sein Gesicht mit den dünnen, aber gut geformten Lippen hatte etwas altertümlich Kantiges an sich, und er bewegte sich bedächtig, so als führe er jede Geste, jeglichen Schritt nur mit einem gewissen Widerwillen aus. Thomsen, der gedrungener gebaut gewesen war, sich hektisch bewegte, stets schneller als nötig ging und dessen Gesicht fleischig und verlebt gewirkt hatte, hatte schon äußerlich einen solchen Kontrast zu Nemzew gebildet, dass Elena sich zuweilen fragte, ob die beiden Männer wirklich so eng befreundet gewesen waren, wie Nemzew behauptete. Vielleicht suchte Alexander Nemzew ja gar nicht aus reiner Freundschaft und Trauer so hartnäckig nach einer Antwort auf das Rätsel um Thomsens Verschwinden, sondern weil er sich tief in seinem Innern aus irgendeinem Grund mitschuldig daran fühlte.

Unter ihnen lagen die Schienen der Expressbahn, die die mitteldeutsche Metropole mit der Berliner und den drei norddeutschen verband. Sie schnitt eine sechsgleisige Schneise zwischen die letzten Vorstädte und die ersten Landwirtschaftsflächen für die Zucht von Gemüse, die sich bis zu den Sperrzonen um die Parkgrenzen hinzogen. Obwohl es auch in den Metropolen große, voll automatisierte Gewächshäuser gab, reichte deren Kapazität nicht, um den

Bedarf der Bevölkerung zu decken. Zwischen den von Robotern bewirtschafteten Feldern ragten Windparks auf, die Hassans Aufmerksamkeit erforderten, weil viele der Windräder bis in ihre Flughöhe ragten und er ihnen auszuweichen hatte.

Die Expresszüge des TGV und ICE waren deutlich schneller als Transportdrohnen und hatten den innereuropäischen Flugverkehr nahezu vollständig ersetzt. Nur für einige Dutzend Langstrecken lohnte sich Fliegen in Europa noch. Zumal die Waggons der Züge üppig eingerichtet waren. Sie verfügten sowohl über Betten als auch private Arbeitsstationen und boten eine weite Auswahl an Unterhaltungsmöglichkeiten. Kein Flugzeug konnte bei dieser Ausstattung mithalten. Vier der Gleise dienten dem Güterfrachtverkehr, die übrigen den Passagierzügen.

»Mann, das Ding ist so alt, die haben in der Betriebsanleitungssoftware sogar noch einen Teil in Englisch!«, wunderte sich Hassan eben in der Steuerkanzel.

»Kannste kein Englisch? Haste in der Schule nicht aufgepasst, oder wie?«, neckte ihn James Herbert Jones. Dessen Englisch war perfekt, weil seine Eltern aus Schottland stammten, in einer Bank in der Rhein-Main-Metropole arbeiteten und ihn zweisprachig aufgezogen hatten.

»Mann, ich hatte Deutsch, Spanisch, Französisch und Russisch, aber doch kein Englisch! Das ist bloß noch was für Idioten, Amerikaner und Diplomaten!«, antwortete Hassan gereizt.

Die Koms beherrschten Spontanübersetzungen und Besprechungen in über hundert Sprachen. Sprachlehrer und Übersetzer waren längst überflüssig geworden. Dass Hassan mehr als drei Fremdsprachen beherrschte, machte ihn zu einer krassen Ausnahme.

»Schotten und Iren sprechen auch Englisch«, berichtigte Nemzew ihn träge.

»Ja, die auch! Aber wer braucht die schon?«, blaffte Hassan zurück.

»Schotten und Iren sind EU-Mitglieder. Wenn wir wegen deiner mangelnden Schulbildung abstürzen und du überlebst, erschieße ich dich. Und das, *old boy*, wäre dann ein Gnadenschuss«, versicherte ihm James Herbert Jones.

»So mies, wie du schießt, hoffe ich aber für Hassan, dass das ein aufgesetzter Schuss wird«, entgegnete Nemzew grinsend.

Na toll, wir haben noch nicht einmal die Parkgrenze überquert, und schon sind die wieder in ihren Schwanzvergleichsmodus abgerutscht, dachte Elena.

»Die Einzige, die hier Gnadenschüsse verteilen darf, bin ich«, rief sie. »Und falls ich je in die Verlegenheit kommen sollte, dir einen zu verpassen, dann kann ich das sogar mit Seitenwind und aus fünfhundert Metern Entfernung.«

Die Männer reagierten mit erstauntem Schweigen auf ihre Worte. Sogar Nemzew hob müde den Kopf und schaute sie verdutzt an.

»Jetzt hab ich Angst!«, erwiderte James Herbert schließlich, und Elena war sicher, dass er es nur halb im Scherz gemeint hatte.

»Solltest du auch«, grinste Hassan in der Steuerkanzel.

Ein paar Minuten darauf passierten sie die Parkgrenze. Jeder von ihnen schaute hinunter auf die Baumkronenwildnis. Seit Elenas erstem Flug über die Parkgrenze war es so gewesen, dass jeder in der Drohne sich den Fenstern zuwandte, sobald die Zaunsysteme überwunden waren, um gedankenverloren auf das hinunterzublicken, was sie bei ihrer Vereidigung zu schützen und zu bewahren geschworen hatten.

Eine Herde aus zwölf Wisenten streunte über eine Lichtung und legte an Tempo zu, sowie der Leitbulle den Schatten der Drohne über das kurze Frühjahrsgras wischen sah.

Unter vielen der Bäume hatten sich größere Flecken von Schnee gehalten. Der war hier im Park weiß und schillernd, ganz anders als in der Metropole.

»Die haben den Winter gut überstanden«, sagte James Herbert.

»Stand so auch in den Logbüchern, kaum Winterverluste dieses Jahr. Obwohl wir Zuwachs bei den Wölfen hatten«, erklärte Nemzew.

»Hm«, rief Hassan von der Kanzel herüber.

»Aber wenn es diese Woche nicht regnet, haben wir ein Problem mit Feuer. Die Buschstrecken im Südosten sind schon vor zwei Jahren im Frühjahr verbrannt.«

Es war zwar stehende Regel, dass Brände im Park in ihrem natürlichen Verlauf nicht gehindert wurden, weil sie Waldgebiete und die Buschsavannen von Totholz und Überwucherungen befreiten. Doch hin und wieder hatten Brände sich so sehr ausgebreitet, dass man aus den Metropolregionen Löschdrohnen und Brandbekämpfungsroboter hatte einfliegen müssen, um den Übergriff des Brandes auf wertvolle Infrastruktur zu verhindern. Es gab keinen Feldhüter, den der Anblick eines von Horizont zu Horizont verbrannten Waldes oder einer vom Feuer versehrten Heidefläche nicht ergriffen hätte.

Ein Großbrand war wirklich nichts, was sie bei ihrem ersten Einsatz als Kollektivleiterin brauchen könnte, dachte Elena und erinnerte sich unwillkürlich an Major Hankas Warnung von gestern.

»Thomsen war noch ein Jungspund, als der große Brand im bayerisch-tschechischen Park ausbrach. Tausenddreihundert Hektar Mischwald und Offenland – innerhalb von Stunden stand da nix mehr. Damals hatten sie dort die ersten Wisente etabliert, und die waren überwiegend in erster Generation. Die Viecher sind vor Panik im Kreis gerannt und kamen aus dem Feuer nicht raus. Ulf hat später die verbrannte Herde gefunden. Er meinte, die Bäuche seien im Feuer aufgeplatzt wie Ballons«, berichtete Nemzew leise, fast andächtig.

»Junge! Falls ich mal 'ne Spaßbremse brauchen sollte, dann ruf ich garantiert dich an, Nemzew!«, kommentierte Hassan.

Auch das ist wie immer, dachte Elena, gleich nach dem Schwanzvergleich und den Flachwitzen gehen sie nahtlos zu den Katastrophen über.

Einige Zeit hing jeder der vier seinen Gedanken nach.

»Weiter runter, Hassan! Da unten ist ein Wolfsrudel. Das muss neu hier sein!«, rief Nemzew plötzlich in die Steuerkanzel.

Die Drohne verlor an Höhe.

Elena und James Herbert Jones lösten ihre Gurte, standen auf und drängten sich an Nemzews Fenster, um nach dem Rudel Ausschau zu halten.

5

Der gewaltige Urwald, den die Drohne der Feldhüter gerade überflog, war Teil eines der größten zusammenhängenden Wildnisgebiete der Welt. Heute bedeckten solche Nationalparks fast ein Drittel der Gesamtfläche der EU. Ohne diese neue Wildnis hätte die Menschheit die dramatischsten Auswirkungen des Klimawandels nicht aufhalten können. Die Rückwilderungsflächen in der EU, in Brasilien, Kolumbien, Zentralafrika, den USA und Kanada zählten dabei zu den größten. Indien und China hatten sich erst nach langem Zögern entschlossen, einen Teil ihrer Fläche für ähnliche Projekte bereitzustellen, und Australien war in vielen Teilen mittlerweile nahezu unbewohnbar geworden, was auch für die Wüsten der Arabischen Halbinsel, große Gebiete der Sahara und der Sahelzone galt. Die nutzte man heute vor allem zur Erzeugung von Strom und Wasserstoff, die entweder in Unterwasserleitungen oder mithilfe von Tankern und Pipelines nach Europa transportiert wurden.

Es existierte weltweit keine Technologie, die auch nur annähernd so effizient und schnell Treibhausgase aus der Atmosphäre filterte wie naturbelassene Wildnis, ganz gleich, welcher Art, ob es nun Tropenwald, Savanne, Prärie oder die mächtigen Urwälder der nördlichen Hemisphäre waren. Sämtliche Versuche, mit Technologie, neuen Formen der Energiegewinnung oder Ressourceneinsparungen den sich ständig beschleunigenden Klimawandel aufzuhalten, waren bereits in den Zwanziger- und Dreißigerjahren des 21. Jahrhunderts gescheitert. Die überwiegende Anzahl der Milliarden von Bäumen, die man damals gepflanzt hatte, weil man hoffte, sie könnten die Klimaveränderungen stoppen, waren Monokulturen, anfällig für Insektenbefall, Stürme und Brände. Sie zogen weit weniger Treibhausgase aus der Atmosphäre, als es die frühen, übertrieben optimistischen Modelle prognostiziert hatten. Auch die groß angelegten chemischen Experimente, mit deren Hilfe man das Wetter zu steuern oder die riesigen Eisflächen der Pole vor dem Auftauen zu schützen versucht hatte, erwiesen sich letztlich als ineffektiv. Dass eines jener Experimente scheiterte, weil es Stürme und Fluten in Asien auslöste, bei denen Tausende Menschen umkamen, gab seinerzeit den letzten Anstoß, die Rückwilderungsprojekte in Europa und Nordamerika anzugehen.

Elena fand, es lag eine bittere Ironie darin, dass das Einzige, was die Menschheit vor dem Untergang bewahrte, ebenjene Wildnis war, deren Macht sie jahrtausendelang zu zähmen versucht hatte.

Wenn sie in einer Drohne oder einem der Expresszüge die Metropole verließ, überkam sie in letzter Zeit häufig das Gefühl, in einer Zeitschleife hängen geblieben zu sein, in der archaische Vergangenheit neben Hypermoderne existierte. Wobei nie ganz klar wurde, ob eines der beiden Elemente je stark genug sein würde, um die Oberhand zu gewinnen, sodass beide ein fragiles Gleichgewicht hielten, das jeden Moment durcheinanderzugeraten drohte.

Dennoch fürchtete Elena zuweilen, dass die Natur in den gigantischen Räumen zwischen den Metropolen sehr bedächtig Atem schöpfte und Kräfte sammelte, um eines Tages mit all ihrer Macht über die Städte hereinzubrechen, die letztendlich ja nur aus lauter Furcht vor der Wildnis errichtet worden waren.

Draußen im Park, während der Monate im Hauptturm, lebten sie wie in einem anderen Jahrtausend, ernährten sich von Wildbret und trugen Waffen, um sich vor Raubtieren zu schützen. Dort zählte einzig, wer man tatsächlich war und was man konnte, nicht das, was man sein wollte. In der Metropole hingegen umgab man sich mit Technik und Kultur und ordnete sich gezwungenermaßen den Regeln eines Jahrmarkts der Eitelkeiten unter, der keine Ruhezeiten kannte und jene Eigenschaften gering schätzte, die für das Überleben in der Wildnis nötig waren. Verglichen mit der unermesslichen Lebensgier der ungezähmten Natur vor ihren Toren, waren Städte überaus zerbrechliche Gebilde, bewohnt und beherrscht von naiven Wesen, die kaum fähig waren, ein paar Tage ohne Strom, Steuernetzwerke, Heizung und fließendes Wasser zu überstehen.

Paradoxerweise konnten die Leute in den Städten gar nicht genug von Artefakten der Wildnis bekommen, die sie zugleich ebenso sehr fürchteten wie bewunderten. Sie schmückten ihre Wohnungen, Bars, Hotels, Büros und Galerien mit Federn, Schädeln, Knochen, Bildern, Wurzeln und Steinen, als seien es zauberkräftige Fetische, die man nur lange genug bewundern und anbeten musste, um dadurch die Wildnis draußen im Zaum halten zu können. Neoschamanen wie Haidur und Hel beuteten diesen Hang raffiniert aus und verfügten in Mitteleuropa längst über mehr Einfluss als der Islam und die beiden christlichen Konfessionen.

Doch die Wildnis war Gebeten gegenüber immer schon taub gewesen.

Elenas Vater Artjom, Literaturwissenschaftler und Religionsexperte an der Angela-Merkel-Uni, hätte zugestimmt, dass die Wildnis als Metapher für eine in den Städten allgemein verbreitete diffuse Furcht taugte.

Vor hundert Jahren hatte man sich die Zukunft meist so

klar, hell und effizient vorgestellt wie einen OP-Saal. Doch inzwischen hatte sich erwiesen, dass man in den Städten die ferne Vergangenheit mehr schätzte als Zukunft. Man trug Kleider, die an das 19. Jahrhundert erinnerten, verehrte zuvor lange vergessene romantische Maler und tanzte in Bars und Ballsälen Tango und Walzer. Die Medien feierten Astrologen, Kartenleser und Geisterbeschwörer, als gelte es, damit sowohl dem Tod wie der Physik zu beweisen, dass sie keinerlei reale Bedeutung mehr hatten. Dieser Hang zur romantischen Verklärung einer nebligen Vergangenheit hatte die gesamte westliche Welt erfasst, die sich inzwischen in einem einzigen Tanz der Nostalgie um sich selbst und ihre Erinnerungen zu drehen schien.

Artjom sah darin eine Folge der Automatisierungswellen der dritten digitalen Revolution. Die hatte den meisten EU-Bürgern zwar ein bedingungsloses Grundeinkommen beschert, bewies ihnen aber auch täglich, dass Maschinen so viel mehr zu leisten imstande waren als Menschen.

»Wenn du dein Selbstverständnis als Krone der Schöpfung schon von einer blöden Maschine bedroht siehst, dann neigst du dazu, dich auf Fähigkeiten und Dinge zu besinnen, die Maschinen völlig gleichgültig sind – zum Beispiel Romantik, Kitsch, Heimat und Traditionen«, hatte er ihr einst bei einem ihrer selten gewordenen Abendessen gesagt.

Vielleicht hatte er sogar recht, dachte Elena jetzt und schaute etwas verträumt aus dem Bullauge der Drohne. Jenes Gebiet, das sie gerade überflogen, zählte zu den ältesten Teilen des Parks und war von einem dichten Hochwald beherrscht. Das unendlich scheinende Meer von frischen Grüntönen, dunklem Braun und hellem Gelb beruhigte Elena. Es vermittelte ihr ein Gefühl von Ankunft. Das hier ist meine Heimat, dachte sie. Die Stadt ist nur wie ein Urlaub, den ich mir hin und wieder gönne.

»Ich muss mit dir reden. Ohne die anderen«, flüsterte Nemzew ihr nach einem Seitenblick auf den leise schnarchenden James Herbert Jones zu.

»Worüber?«, fragte Elena.

»Nachher!«

Elena fragte sich, was er mit ihr besprechen wollte. Draußen im Turm diente Nemzew als ihr Stellvertreter und Hauptbeigänger, genauso, wie er es für Ulf Thomsen getan hatte. Er neigte eigentlich nicht zu Heimlichkeiten, sondern sprach seine Probleme und Beschwerden in der Regel offen an. Wahrscheinlich wird er mir damit kommen, dass er weiterhin nach Thomsen suchen müsse, vermutete sie. Als ob vier Jahre nicht genug wären. Thomsen war schließlich nicht der erste Feldhüter, der verschollen ging.

»Turm voraus, Leute! Da isser in seiner ganzen Pracht und Herrlichkeit!«, rief Hassan und unternahm mit der Drohne einen gewagten Schwenk, der die drei Passagiere gegen ihre Sitze warf und James Herbert Jones aufweckte.

»Ey! So 'ne Aktion mit dem alten Ding? Spinnst du?«, rief er empört.

Elena spürte einen Stich von Anspannung und Vorfreude.

Seit das Vorgängerkollektiv den Turm vorgestern Morgen verlassen hatte, war er unbesetzt geblieben. Laufende Experimente und Datensammlungen liefen seither automatisch ab, überwacht von Programmen und Sensoren.

Ihre Kameraden hatten einen Kranz aus Frühlingsblumen, Efeublättern und ein paar Tannenzapfen an die Ausstiegsluke zum Turmdeck gehängt. Jeder in der Drohne bemerkte ihn.

Eine Gruppe Rehe schnupperte um den Turm herum und äste am Rand des Drohnenlandeplatzes.

Hassan landete die Drohne neben dem Turm. Zu Hause, dachte Elena, konnte sich aber nicht des Eindrucks erwehren, dass der Turm etwas Mittelalterliches hatte, wie er da rund und vierunddreißig Meter hoch in seiner grau-braun verwitterten Holzverschalung aus der Lichtung aufragte.

6

Elena legte ihre Tasche und die beiden Rucksäcke in ihrem Zimmer im Hauptturm ab.

Eigentlich sollte sie jetzt die digitalen Logbücher des Vorgängerkollektivs überprüfen, doch sie hatte sich vorgenommen, das in Anwesenheit der drei Männer zu tun, um dann gemeinsam eventuelle Probleme besprechen zu können, die das Vorgängerkollektiv dokumentiert hatte.

Sie hatte vor diesem Einsatz bereits zweimal hier unter Nemzews Leitung und einmal, kurz nach Beendigung ihres letzten Ausbildungskurses, sogar unter Ulf Thomsen gedient. Sie hatte die Heimlichtuerei, die die beiden Männer mit den Logbucheinträgen und der Planung der Außeneinsätze des Kollektivs betrieben, als demütigend empfunden. Zumal diese Dinge in anderen Kollektiven, in denen sie gearbeitet hatte, deutlich offener gehandhabt wurden.

Es würde noch einige Minuten dauern, bis Hassan und James Herbert Jones die obligatorische Überprüfung der Funktionen des Turms, der Aufzeichnungsgeräte, Observationsdrohnen und Sperrzonenkameras abgeschlossen hatten. So blieb ihr Zeit, ihre Sachen in die beiden Schrankfächer einzusortieren und ihr Zimmer zu lüften.

Dem Kollektiv standen in dem vierunddreißig Meter hohen, aus Holz, Stahl und Leichtbeton errichteten Hauptturm exakt dreihundertvierundfünfzig Quadratmeter Wohn- und Arbeitsfläche zur Verfügung. Den größten Teil der übrigen Fläche im Innern des Turms nahmen Lager und technische Ausstattung in Anspruch. Elenas Zimmer war das größte und verfügte als einziges über ein eigenes Bad und zwei stehende Verbindungen zu den Koms im Wachbüro, das man hier wie auf einem Schiff Brücke nannte. Die Küche im Gemeinschaftsbereich wurde als Kombüse bezeichnet, und die Zimmer des Kollektivs nannte man im offiziellen Feldhütersprech Kajüten. Grund dafür war Admiral der Reserve Henner Harmsbeek, der mithilfe einer politischen Intrige seinerzeit zum ersten Leiter der deutschen Nationalparkverwaltung ernannt worden war und eine Menge Marinebegriffe eingeführt hatte. Die hatten sich trotz des allgemeinen Murrens darüber bis heute gehalten. Harmsbeek hatte damals den Feldhütern auch ihren Namen verliehen. Die Vertreter der Forstwirtschaft waren damals Sturm gegen seine Ernennung gelaufen. Sie realisierten zu spät, dass sie von EU-Beamten und einigen deutschen Politikern in Bezug auf die neuen Nationalparks ausgebootet worden waren.

In der halbkreisförmigen Außenwand von Elenas Zimmer waren drei Fenster eingelassen, die weit über den Urwald blickten, in dessen Mitte der Turm errichtet worden war.

In dieser Gegend bestand der Bewuchs hauptsächlich aus mittelalten Laubbäumen, vorwiegend Buchen, Eschen, einigen Eichen, und um den Lauf eines namenlosen kleinen Flusses, etwa einen halben Kilometer entfernt, hatten sich Schwarzerlen angesiedelt.

Elena hätte erwartet, dass Nemzew mit der angekündigten Besprechung bis zum Abend warten würde, wenn James Herbert Jones in einem seiner Metaraumspiele versunken und Hassan damit beschäftigt war, seine neuesten Pflanzenstudien vorzubereiten.

Sie irrte sich. Denn Nemzew klopfte bereits zwei Stunden nach ihrer Ankunft an ihre Tür und trat, ohne Elenas Antwort abzuwarten, ein.

»Hast du ’nen Moment für mich? Ist wichtig!«, sagte er

und klang dabei so, als redete er mit einem Untergebenen und nicht mit seiner Vorgesetzten.

»Hm, wenn es sein muss«, antwortete Elena, der es ein bisschen peinlich war, dass Nemzew in dem offenen Schrank ihre Kollektion an olivfarbener und schwarzer Sportunterwäsche sehen konnte. Zum Glück waren ihre beiden Dildos und der Vibrator noch in einem unscheinbaren Pappkarton verpackt.

Nemzew setzte sich auf ihr unbezogenes Bett. »Was gibt's, Alexander?«

»Ich nehme an, dass Hanka bei der Vergatterung über mich gesprochen hat. Dass ich besessen davon sei, Ulfs Leiche zu finden, jedenfalls das, was nach all den Jahren davon noch übrig sein kann?«

Elena atmete zweimal tief durch und beschloss, dass es nicht viel Sinn hätte, ihm etwas vorzumachen. »So in etwa. Du weißt ja, wie er ist, immer so 'n bisschen pedantisch.«

Nemzew nickte. »Ja. Ich will dir auch gleich sagen, dass ich kein Problem damit habe, dass du fürs Erste hier das Ruder in der Hand hast. Hätte deutlich schlimmer kommen können.«

Na klar, dachte Elena sauer. Und was sollte das heißen: »fürs Erste«? Meine Berufung ist ohne zeitliche Einschränkung erfolgt, und falls du dir immer noch Hoffnungen darauf machst, demnächst doch meinen Job übertragen zu bekommen, dann steht dir eine Enttäuschung bevor.

»Ich weiß ja nicht, ob du dich daran erinnerst, aber Eva, das Mädchen, das bei Ulfs Beerdigung neben mir saß, arbeitet in der Zentralverwaltung und ist da fürs Archiv und ein bisschen Öffentlichkeitsarbeit zuständig. Sie hat erzählt, dass es zwei Budgetordner für unseren Turm gibt. Der eine ist der offizielle, in den Hanka, du und ich Einblick haben. Der andere wird gesondert geführt und ist für Verwaltungspersonal unter höherem Offiziersrang nicht zugänglich.

Das hat mich gewundert, weil Ulf das nie erwähnt hat. Als ich hier vertretungsweise den Laden geschmissen habe, ist das auch nie zur Sprache gekommen. Ich meine, die haben uns dieses Mal schon wieder einen uralten Wiesel gegeben, und ich hab schon vier Memoranden wegen der Solarzellen auf dem Oberdeck eingereicht, weil die allmählich wirklich mal erneuert werden müssen, und wie es hier in den Kollektivquartieren aussieht, weißt du so gut wie ich. Die hätten schon unter Ulfs Leitung renoviert werden sollen. Aber vom Hauptquartier hören wir immer dieselben Ausreden, dass kein Geld da sei und unser Turm frühestens in drei Jahren für eine Generalüberholung dran sei. Ich hab mit Eva dann gestern noch mal drüber gesprochen, weil ich vermutete, dass sie sich geirrt hätte. Aber sie sagt, das hat sie nicht, und dass unser Budget mit einer Stiftung in Genf verbunden sei, von der ich noch nie was gehört habe. Sie heißt *Blaichenstayn-Stiftung*, und außer einem Vermerk, dass sie existiert, habe ich weder im Intranet noch im offenen Meta-Netz was über sie gefunden. Hat Hanka mit dir darüber gesprochen? Haben die vielleicht vor Jahren mal einige Experimente oder Datensammlungen finanziert, und dann hat irgendwer im Hauptquartier einfach vergessen, diesen zweiten Budgetordner zu löschen, als das vorbei war?«

Elena waren Nemzews Informationen völlig neu. Keiner hatte diese Stiftung ihr gegenüber je erwähnt. Andererseits waren die Verwaltungsmenschen im HQ auch notorisch überfordert. Daher erschien ihr seine Erklärung, dass man diesen zweiten Budgetordner vielleicht nach dem Ende eines von der Stiftung finanzierten Projekts einfach nur zu löschen vergessen hätte, durchaus plausibel.

»Diese Stiftung sagt mir nichts. Hat deine Freundin vielleicht sehen können, wer den Ordner zuletzt genutzt hat?«

Nemzew nickte. »Hat sie. Hanka hat den angeblich nie

geöffnet. Was auch schon, na ja, untypisch ist für ihn. Zumindest ein paarmal in den Ordner reingeschaut hat Major Willms. Aber Eva sagt, dass es deswegen wohl auch Stress zwischen Willms, dem General und den beiden Staatssekretärinnen im Ministerium gegeben hätte.«

Oha, wunderte sich Elena, diese verkniffene Sisterhood-Krähe? Deren Jobbeschreibung umfasste Budgetangelegenheiten doch eigentlich höchstens am Rande, weil sie für Personalfragen zuständig war und als Verbindungsoffizierin zur EU-Bundespolizei diente.

»Hm, ich kümmere mich bei der nächsten Sachstandsbesprechung mit Hanka darum, dass er deswegen mal nachhakt. Danke, dass du mir das gesagt hast. Obwohl es vielleicht besser gewesen wäre, mir das noch in der Stadt mitzuteilen, dann hätte ich dem gleich im Hauptquartier nachgehen können.«

Nemzew verzog abfällig den Mund. Oder lächelte er etwa? Elena fiel es manchmal schwer, ihn sicher zu lesen.

»War spät gestern, als Eva mir das erzählte. Wollte dich auch deswegen nicht wecken«, erklärte er.

Sie beide wandten sich zur Tür, weil sie Schritte hörten, gleich darauf trat James Herbert Jones herein. »Ey, Elena, das reicht mir jetzt aber wirklich mit Richard Märkert! Die Kombüse und das Bestandslager sehen aus, als ob der da zum letzten Mal vor vier Wochen sauber gemacht hätte! Wir sind doch nicht deren Putzkolonne!«

Richard-Selim Märkert war der Techniker und Koch ihres Vorgängerkollektivs. Doch so peinlich sauber, wie James Herbert die Küche und das Lager hielt, hätte es ihm sowieso kein anderer recht machen können.

»Weißt doch, James, mach einen Vermerk im Logbuch«, antwortete sie ihm.

»Das hab ich schon beim letzten Mal gemacht. Nee, Chefin, ich ruf den einfach an!«, drohte James.

Elena hob die Hände vor die Brust. »Mal langsam! Ich sehe mir das erst mal selbst an. Dann schauen wir, wie wir das handhaben.«

»Na gut«, antwortete er widerwillig.

Elena war es plötzlich ganz lieb, aus dem Zimmer heraus- und von Nemzow wegzukommen, der, noch bevor Elena James Herbert antwortete, von ihrem Bett aufgestanden war und ohne ein weiteres Wort den Raum verlassen hatte.

***

Am Abend, nachdem sie ihre Bestandsaufnahme des Turms und die Auswertung des Logbuchs hinter sich gebracht und außerdem eine erste, noch oberflächliche Routineüberprüfung der Umgebung hinter sich gebracht hatten, kochte James Herbert Jones zwei Waldhühner aus, die Nemzew am Nachmittag geschossen hatte. Er dickte die kräftige Suppe mit Mehl an und fügte Kartoffelstücke und angebratene Pilze in den Topf.

Waldhühner bildeten eine kleine Plage im Park, und immer noch war die Wissenschaft sich nicht sicher, ob sie als eigene Art einzustufen seien. Sie hatten sich aus Haus- und Perlhühnern entwickelt, die zu Beginn der Umsiedlungen aus den Dörfern entkommen waren und sich wider Erwarten in den lockeren Waldgebieten im Südosten zügig vermehrt hatten. Obwohl sie willkommene Beute für Wildkatzen, Füchse, Raubvögel und Wölfe waren, hatten sie sich innerhalb weniger Generationen so gut ihrer neuen Umgebung angepasst, dass sie mittlerweile eine der am schnellsten wachsenden Vogelpopulationen im Park darstellten.

»Märkert behauptet im Logbuch, dass er einen Wolfshybriden in dem neuen Rudel gesehen hätte. Der Mann macht seine Arbeit im Wald genauso schlampig wie hier im Turm«, sagte Hassan.

»Wieso? Wir haben beim letzten Einsatz auch zwei im alten Nordost-Rudel gefunden. Beides Fähen«, erklärte Nemzew.

»Mann, wo soll das Vieh denn hergekommen sein? Aus Polen? Oder von der Berlin-Metropolregion? Das wäre aber das erste Mal«, antwortete Hassan gereizt.

Die Sperrzonen, Zäune und elektronischen Sicherungen um den Park sollten den Übertritt domestizierter Arten in die Wildnis zwar verhindern, aber wie mit den Hühnern hatte es auch Hunde gegeben, die während der Umsiedlungen und der Errichtung der Sperrzonen ins Parkgelände geflohen oder von ihren Besitzern schlicht vergessen worden waren. Außerdem lagen an den Parkrändern Quadranten, in denen Holzeinschlag und bestimmte Formen der landwirtschaftlichen Nutzung gestattet waren. Dort verfügten die Sperrzonen und Zäune über Zugänge, die von den Technikern genutzt wurden, die in den Quadranten arbeiteten. Immer wieder gelangten an diesen Stellen auch halb verwilderte Haustiere oder Streuner ins Parkgelände.

Wölfe, die sich mit Hunden paarten und Mischlingsnachwuchs zeugten, waren selten, aber weil Wolfsrudel auch Fähen ausstießen, die als Einzelgängerinnen dann dazu neigten, sich mit Hunderüden zu paaren, kam es durchaus hin und wieder zu Wolfhundhybridwelpen. Die drohten jedoch die Population zu verwässern und waren daher grundsätzlich zum Abschuss freigegeben.

»Wir schauen morgen noch mal nach und gehen dann eben los und schießen den Hybriden ab. Kein Problem«, entschied Elena.

»Hm, ich erledige das schon mit James Herbert«, bot sich Nemzew an.

Elena war das nicht ganz recht, andererseits hatte sie Verwaltungskram zu erledigen und musste morgen die Populationsmusterdaten, die das Vorgängerkollektiv gesammelt hatte, auswerten, sodass sie eher nicht dazu kam, sich stundenlang in der Drohne auf die Suche nach dem Rudel zu begeben und dann noch am Boden auf den Hybriden zu pirschen.

»Da wir gerade bei ungewöhnlichen Vertretern sind: Wann hat eigentlich einer von euch das letzte Mal diesen weißen Wisentbullen gesehen? Lebt der noch? In den Logbüchern steht dazu nix«, fragte sie.

»Den Thomsen beobachtet hat? Vorletztes Jahr gab es einen Eintrag über eine Sichtung. Aber der war nicht von uns, oder, Hassan?«, rief James Herbert aus der Küche.

»Nee, von uns hat den keiner wiedergesehen. Der müsste jetzt auch schon länger zeugungsfähig sein, was?«

»Hm«, bestätigte Nemzew, den Elena sehr genau im Auge behielt, seit sie ihre Frage gestellt hatte.

»Hat Hanka das etwa erwähnt? Sollen wir nach dem Bullen sehen?«, erkundigte sich Hassan.

»Nein, mir fiel der nur vor ein paar Tagen ein, und da ist mir klar geworden, dass ich nicht wusste, was aus ihm geworden ist.«

»Der ist tot. Einen weißen akzeptiert die Herde nicht. Genauso wie bei den drei Kuhkälbern, die sind auch früh gerissen worden«, sagte Nemzew.

Es roch ausnehmend gut. James Herberts Waldhuhnsuppe war zu Recht berühmt.

»Ulf war der Bulle unheimlich. Erinnerste dich, Alex?«

Nemzew nickte. »Na ja, unheimlich, weiß nicht. Ulf ging's eher darum, dass so ein Weißer Wilderer anzieht, die Ärger machen. Das Hauptquartier ist doch löchrig wie ein Sieb, da bleibt nichts geheim. Deshalb haben wir die Sichtungsmeldungen von den Weißen auch nur Hanka persönlich gegeben, weil der dichthält. Darum steht auch nix in den

Logbüchern. Ein weißes Wisentfell lockt echte Profis an, und Ulf hatte einfach keinen Bock, sich mit denen herumschlagen zu müssen.«

Elena hatte ihn während seiner Worte genau beobachtet, und auch wenn es den anderen beiden bestimmt nicht aufgefallen war, ahnte sie, dass er nicht die ganze Wahrheit gesagt hatte. Natürlich wollte keiner von ihnen Katz und Maus mit Profiwilderern spielen, die vielleicht ohne Anruf auf jeden Feldhüter schossen, und das Hauptquartier war tatsächlich notorisch löchrig, was sensationelle Funde oder Vorfälle in den Parks betraf.

Aber Elena hatte gesehen, was sie damals gesehen hatte, und sie hatte gehört, was sie damals nun mal gehört hatte. Sie wusste, dass Thomsen den Bullen aus anderen Gründen schießen wollte als der Furcht vor Profiwilderern. Und jetzt war sie auch sicher, dass Nemzew darüber Bescheid gewusst hatte, weshalb Thomsen ihn töten wollte.

Ich werde darauf achten müssen, dass er nicht allein in den Quadranten fliegt und dort herumschnüffelt, nahm sie sich zum x-ten Mal vor. Und was den weißen Bullen betraf, so gefiel ihr die Vorstellung, dass er womöglich allen Unkenrufen zum Trotz doch als Teil einer Herde über das Offenland streifte.

»Essen ist fertig!«, rief James Herbert.

Während sie ihre Teller füllten und zu essen begannen, war Elena abgelenkt. Weswegen ihr der nachdenkliche Blick entging, mit dem Nemzew sie für einen Augenblick bedachte.

7

Zwei Wochen später war Hassan vollständig in die Laubbaumpopulationszählung versunken, wozu er die zweiundfünfzig AS-21-»Schwalbe«-Suchdrohnen des Kollektivs zu koordinieren hatte, die ihren Abschnitt des Parks abflogen, um die entsprechenden Daten zu sammeln. Ahorn, Linden, Erlen, Buchen, Birken und Rotbuchen entwickelten sich offenbar der Prognose entsprechend, bei den Eichen und Eschen gab es Probleme.

»Lärchen stehen auch ganz ordentlich. Aber die Tannen, Kiefern und Fichten sind von den Winterstürmen heftig betroffen. Im dritten, vierten und sechsten Quadranten des südöstlichen Abschnitts liegt 'ne Menge Totholz herum, das bei dem Wetter gut durchtrocknet. Ich hab das zwar nicht in der Missionsanweisung, aber ich denke, du solltest mit Hanka reden, dass wir eine neue Brandgefahrprognose aufstellen«, schlug er Elena vor. Die hatte selbst schon daran gedacht. In den letzten Wochen war tatsächlich noch weniger Regen gefallen, als vorhergesagt gewesen war.

»Gute Idee. Ich kümmere mich drum!«, versprach sie und wandte sich wieder dem Logbuch zu, in dem sie die Tagesaufgaben der letzten Woche nachtrug.

»Du bist ganz schön blass, Elena, geht's dir gut?«, fragte Hassan. Doch da sprang Elena bereits auf, lief ins Bad und schaffte es dort gerade noch so, ihren Kopf übers Waschbecken zu halten, bevor sie sich heftig erbrach. Dafür, den Klodeckel zu öffnen, wäre nicht genug Zeit gewesen, und alles war besser, als auf den Boden des winzigen Bads zu brechen, wo sie ewig gebraucht hätte, ihr Erbrochenes aufzuwischen, weil es in Ritzen und Spalten geflossen wäre.

»Mist!«, rief Hassan, ergriff ihre Haare und hielt sie zurück, während Elena ein zweites Mal halb verdauten Kaffee, Brötchen und Marmelade ausspie.

O Gott, was ist das denn?, dachte sie erschrocken, war aber gleich darauf auch froh, dass Hassan bei ihr war und nicht Nemzew oder gar James Herbert Jones.

»Geht's wieder?«

»Ja …«, antwortete sie unsicher.

»Haste was Falsches gegessen? Das Brot gestern kam mir gleich bissl komisch vor«, plapperte Hassan nervös drauflos.

»Ist schon gut, keine Ahnung, ich hab bestimmt demnächst meine Tage. Da passiert mir das manchmal«, sagte sie, ahnte aber, dass er ihr nicht glaubte.

»Mann!«, sagte Hassan.

»Nee, Frau!«, antwortete Elena und setzte sich aufs Klo.

»Ja, sicher …«, entgegnete Hassan etwas verwirrt und verließ nach einem langen Blick das Bad.

Scheiße, dachte sie, ich hab gestern Abend schon so einen Kotzanfall gehabt, und die Periode ist seit vier Tagen überfällig. Ob es hier irgendwo Schwangerschaftstests gab? In dem anderen Kollektiv waren zwei Frauen, aber Maya Kleiber war dreiundvierzig, und Louise Klain war absolut gegen Kinder in ihrem Leben, keine der beiden hätte darauf gepocht, dass hier Tests vorrätig gehalten wurden. Und Elena selbst hatte das auch nie angesprochen. Scheiße, wenn das jetzt kein verstimmter Magen und auch kein Infekt ist, dann hab ich keine Ahnung, was ich tun soll. Ich kann doch in dem Beruf kein Kind großziehen! Dazu müsste ich zur Verwaltung ins Hauptquartier wechseln. Aber das ist ein Scheißwespennest, da kratzt jeder dem anderen wegen der Karriere die Augen aus, und ich weiß doch auch gar nicht, wie frau das überhaupt handhabt mit so einem Kind, das bringt einem doch keiner mal schnell in der Ecke vom Onlineschulhof bei! Und überhaupt, wer soll denn der Vater …? Gut, dachte sie, zumindest die Antwort war ja wohl eindeutig: Kamil.

Mist, ich hab nicht mal seine Kom-Nummer! Was sagt der denn dazu, wenn ich ihm einfach eine Nachricht schicke: »Erinnerst du dich an mich? Ich bin Elena aus dem mitteldeutsch-polnischen Revier, mit der du vor ein paar Wochen mal Sex hattest. Tut mir leid, dich zu stören, aber ich bin schwanger von dir!«

Wie komme ich in den Sani-Raum, ohne dass Hassan etwas davon mitkriegt? O verdammt, hab ich etwa auch zugenommen?

Sie blieb volle zehn Minuten auf dem Klo sitzen, versuchte, ihre Gedanken zu ordnen und ihre Panik zu dämpfen. Beides gelang ihr nur unzureichend. Aber die nächste Versorgungsdrohne war erst in zwei Tagen fällig, fiel ihr ein, und vielleicht konnte sie Louise ja bitten, ein paar Tests zu dem anderen Kram zu legen. Aber eigentlich kannte sie Louise gar nicht so gut, und wie viele von den blöden Tests waren eigentlich nötig, um ganz sicherzugehen? Reichte einer aus, oder waren zwei besser? Sollten die besser auch von verschiedenen Herstellern stammen?

Ah, ich bin der Boss hier und habe Zugang zu allen Dokumenten im Logbuch. Also kann ich auch die Bevorratung im Sani-Raum überprüfen und nachsehen, ob's dort Tests gibt. Und zuvor kann ich im Metaraum einen Termin mit einer Klinik machen und mich ferndiagnostizieren lassen, fiel ihr – reichlich spät – ein.

Nebenan ertönte ein Klingelton, dann meldete sich Nemzew vom Observationsdeck des Turms. »Hallo? Elena? Ich hab drei Wolfhybriden in der Kamera von Schwalbe 19. Ganz klar erkennbar. Da ist eine Hybridfähe dabei, und die scheint trächtig zu sein. Kommst du mal hoch und siehst es dir selber an?«

Na toll, er erwartet von mir, dass ich eine schwangere Fähe zum Abschuss freigebe, dachte Elena. Dabei sollte ich doch eigentlich den ganzen Turm zusammenschreien, weil mir mein Leben gerade einen Strich durch jeden meiner Zukunftspläne gemacht hat.

»Elena? Hörste mich?«, rief Nemzew.

Sie schaute vom Klo aus durch die Tür in ihr Büro. Ihr Blick fiel auf das Motto der Feldhüter, das über den beiden Südfenstern an die Wand gedruckt war: *Ordnen ° Hegen ° Schützen ° Bewahren*

Was, zur Hölle, will mir das Karma damit sagen?, fragte sie sich.

Zehn Minuten später betrat sie das Observationsdeck, das aus einem einzigen rundum verglasten Raum im obersten Stockwerk des Turms bestand, in dem auf zehn Bildschirmen die Echtzeitaufzeichnungen der Schwalbe-Drohnen zu sehen waren. Jeder Bildschirm konnte die Aufzeichnungen von sechs Drohnen anzeigen. Aktuell waren zehn Drohnen zugeschaltet.

Nemzew hatte auf zwei Bildschirme Videos in Dauerschleife gesetzt – was einen leicht verstörenden Anblick abgab, weil sich in allen übrigen Fenstern die Echtzeitaufnahmen fortsetzten.

»Da!«, rief er ihr zu und wies auf die in Schleifen laufenden Aufnahmen. Elena trat näher. Sie wurde sich klar darüber, dass sie furchtbar schwitzte. Ihre Uniformbluse war um die Achseln und über dem Bauch feucht geworden, und sie spürte Schweißperlen über ihre Stirn rinnen. Hm, dachte sie, solche Kotzanfälle waren anstrengend.

»Ich fliege mit Hassan rüber und erledige das«, bot Nemzew an, und es war keine Frage, was er damit meinte.

Elena ignorierte seine Worte und schaute fasziniert dabei

zu, wie die Fähe auf dem Bildschirm sich durch leichtes Unterholz bewegte. Sie war grau-schwarz mit hellen Pfoten und einem tatsächlich nicht wolfstypischen Kopf. Sie wirkte selbstbewusst und sicher, unbelastet von den Fragen nach Sinn und Unsinn ihres Daseins, sondern ganz und gar darauf konzentriert, das zu tun, was sie zu tun hatte, um ihre Existenz zu rechtfertigen, nämlich ihren Körper mit Nahrung zu versorgen, sodass die vier, fünf, vielleicht sechs winzigen Welpen in ihrem Bauch kräftig genug heranwuchsen.

O Gott, dass sie ein Hybrid ist, sieht hier jeder bei der deutlichen Aufnahme, dachte Elena traurig und traf eine endgültige Entscheidung.

»Wir beide sind die besten Schützen im Kollektiv, Alex. Du fliegst mit mir dahin. Nur, weil sie mal mit dem falschen Rüden gevögelt hat, hat sie es nicht verdient, nur angeschossen zu werden und elend unter einem Busch zu verbluten«, verkündete sie.

Nemzew schaute sie mit gerunzelter Stirn an.

»Schon unterwegs!«, antwortete er.

8

Zwei Nächte später träumte sie von dem Moment, als sie die Fähe ins Visier ihrer C.-G.-Haenel-Präzisionswaffe nahm und abzog. Im Traum sah sie ins Gesicht der Fähe. Aus den Augen des Tiers schien eine gewisse Schadenfreude zu sprechen und Einverständnis mit seinem Schicksal. Der Schuss, mit dem sie die Fähe tötete, hallte in ihrem Traum unnatürlich laut nach und schreckte Vögel und Kleingetier im Unterholz auf.

Elena erwachte, setzte sich in dem schmalen Bett auf und schaute erschrocken zum Fenster, hinter dem ein fahler Mond über den Baumwipfeln stand.

Es war 4:10 Uhr. In sechs Stunden hatte sie im Metaraum eine Telemed-Beratung mit ihrer Frauenärztin. Bislang hatte sie sich eingeredet, dass die Brechanfälle und die Schwindelgefühle sich mit irgendeiner Allergie erklären ließen.

Während sie auf den Mond über den Wipfeln schaute, wusste sie plötzlich so sicher, wie Regen nass war, dass sie weder unter einer Allergie litt, noch ihr Körper mit Schwindel und Erbrechen auf den Stress ihres Dienstes reagierte, sondern dass in ihr tatsächlich ein Kind heranwuchs. Sie ahnte, dass dieses Bild der Fähe, die nach ihrem Schuss noch zwei herzzerreißend unsichere Schritte aus der kleinen Lichtung auf das schützende Unterholz zumachte, sie noch lange verfolgen würde.

Jetzt wie draußen im Wald war sie Nemzew dankbar dafür, dass er die Fähe in einen Bodybag verpackt, in die Drohne geladen und dann zusammen mit Hassan die vorgeschriebene Untersuchung an ihr vorgenommen hatte. Die Fähe hatte sechs Welpen getragen. Eine Schwangere wie ich, dachte Elena, und ich habe sie getötet.

Aber wer ist denn jetzt eigentlich noch dieses *ich?* Ich bin nicht mehr allein mit mir. Ich bin mehrere. Und deswegen bin ich eine andere geworden als die, die ich bisher war.

Nichts hatte ihr je so sehr Angst gemacht wie dieses Gefühl, dass in ihr ein fremdartiges Wesen heranwuchs, das einfach schon durch seine bloße Existenz darauf bestand, dass sie Entscheidungen traf, die für den Rest ihres Lebens Gültigkeit haben würden.

Verdammt, dachte sie gleich darauf, solche Gedanken sind doch nicht normal! Ich sollte biologisch darauf konditioniert sein, jetzt von Hormonfasching überwältigt mit einem erwartungsvollen Dauergrinsen auf den Lippen umherzulaufen und mich auf mein Kind zu freuen.

Bin ich ein Monster, weil ich es nicht tue? Kommt dieses volle Wärme- und Kuschelprogramm vielleicht einfach bloß ein bisschen später bei mir? Oder stimmt etwas mit meiner Hirnchemie nicht?

Hm, aber ich war bei den Drogen immer vorsichtig, und ich bin doch sonst völlig normal.

Woran merkt frau denn, dass sie ein Monster ist? Gibt es Bücher, in denen das nachzulesen ist?

Ganz bestimmt gibt's die, dachte sie und sank erschöpft auf Kissen und Laken zurück.

Sie starrte zur Decke und fragte sich, ob ihr Hormonhaushalt wirklich einen Schubs in Richtung Mütterlichkeit nötig hatte. Um die Bilder der getöteten Fähe, die dabei hin und wieder in ihr aufstiegen, zu verdrängen, ging sie im Kopf ihre Aufgaben für morgen durch. Sich auf die Arbeit zu konzentrieren, half ihr gewöhnlich aus einer emotionalen Klemme.

Heute Nacht jedoch wirkte dieses Mittel nicht.

Statt sich auf Populationsdatenanalysen, Wetterprognosen, Waldbrandstufen oder die zulässige Holzeinschlagmenge in den beiden Parkrandquadranten zu konzentrieren, glitten ihre Gedanken immer wieder zu der Nacht mit Kamil ab. Sollte sie ihn nun darüber informieren, dass sie schwanger war? Aber weshalb ihn damit beunruhigen, wenn sie doch sowieso entschlossen war, das Kind abzutreiben?

Verdammt, ich bekomme meinen Gedanken einfach nicht in den Griff, dachte sie, schlug die dünne Decke zur Seite, setzte sich im Bett auf und massierte ihre Schläfen, obwohl sie wusste, dass das erfahrungsgemäß besser gegen Kopfschmerzen half als gegen unwillkommene Erinnerungen und Gedanken. Thomsen, fiel ihr ein, hatte sich in Besprechungen hin und wieder auch die Schläfen massiert. Beim Gedanken an ihn fiel ihr ein, dass sie Hassan nicht noch einmal nach dem Datenstand des weißen Wisentbullen gefragt hatte.

Sie erinnerte sich deutlich an jenen Morgen, als sie Thomsen vorm Turm zufällig bei einem Gespräch über das Tier belauscht hatte. Er stand dabei hinter der fast neuen Marder-Drohne, die er dem Hauptquartier für jenen Einsatz damals abgetrotzt hatte. Sie war zu groß für ihre Zwecke gewesen, aber Elena wusste noch, wie sie sich darauf gefreut hatte, mit ihr fliegen zu dürfen.

Thomsen hatte sie stets fair behandelt, und vielleicht hatte er auf seine herbe, nie ganz eindeutige Art sogar mit ihr geflirtet. Sie trug ihr Gewehr, den Rucksack und zwei Fangnetze für Insekten aus dem Turm und war dabei wohl schneller gewesen, als Thomsen erwartet hatte, sodass sie ihn hören konnte, während er über sein Kom mit einem Unbekannten sprach. Inzwischen war ihr klar, dass es sich dabei nur um Nemzew gehandelt haben konnte.

»... gehört getötet. Was? Natürlich! Was, falls wegen dem ... Profiwilderer über den Quadranten herfallen? Allein kann ich die nicht davon abhalten, hier herumzuschnüffeln. Vielleicht kommen Hanka oder Willms noch auf die Idee, das als Tourismusattraktion zu vermarkten! Daran schon mal gedacht? Du weißt doch, dass sie in Brüssel mal wieder darüber diskutieren, die Akzeptanz der Parks durch Wildtourismusprojekte zu erhöhen. Schnapsidee, ich weiß! Wie? Nee, das wird nicht nötig sein. Das hätte niemals passieren dürfen.«

Elena hatte nicht vergessen, wie unangenehm es ihr zunächst gewesen war, Thomsen zufällig belauscht zu haben. Es hatte einige Sekunden gedauert, bis ihr die volle Bedeutung seiner Worte klar geworden war. Dem folgte zunächst Erstaunen, das etwas später von Abscheu und Verachtung abgelöst wurde. Sie war stolz auf den weißen Bullen gewesen und betrachtete das Tier ganz und gar nicht als eine Monstrosität. Im Gegensatz zu Thomsen hielt sie es auch für keine schlechte Idee, größere Teile des Parks für begrenzten Tourismus zu öffnen. Darüber spekulierte man in Brüssel und den nationalen Hauptquartieren schon fast so lange, wie die Parks überhaupt existierten.

Für den Rest ihres Einsatzes hatte sie sich bewusst von Thomsen ferngehalten. Es war ihr völlig klar, dass ihm dies nicht verborgen bleiben konnte. Aber der Einsatz hatte damals auch nur noch zwei Wochen gedauert, die mit einer Menge Arbeit gefüllt gewesen waren, sodass sie hoffte, Thomsen würde sie auf ihre plötzliche Distanzierung nicht ansprechen. Was er auch nicht getan hatte. Für ihren nächsten Einsatz war sie im westbayerischen Park vorgesehen und konnte so sichergehen, dass es mindestens ein halbes Jahr dauerte, bis sie wieder für den mitteldeutsch-polnischen Park eingeteilt würde. Zweifellos genug Zeit, dass Thomsens Erinnerung an sie und ihr Verhalten verblasste.

Doch wegen Thomsens Verschwinden ein knappes halbes Jahr später war es zu keiner weiteren Begegnung zwischen ihnen gekommen. Und auch der Plan, Teile der Parks dem Tourismus zugänglich zu machen, war wieder im Brüsseler Gremiensumpf versunken.

Im Nachhinein hatte sie dem belauschten Gespräch zwar wachsende Bedeutung beigemessen, dennoch hatte sie sich nach Thomsens Verschwinden nie bei Hanka oder gar Willms gemeldet, um mit ihnen darüber zu sprechen. Unter den Feldhütern galt ein strikter Verhaltenskodex. Die Denunziation eines Kameraden rangierte darin nur sehr knapp unter Meuchelmord, und Elena hätte selbst um des weißen Wisentbullen willen nicht die Verachtung ihrer Kollegen riskiert.

Seit sie denken konnte, hatte sie Feldhüterin werden wollen. Kinder hatten in ihrem Lebensplan niemals stattgefunden. Die waren etwas für Leute, die in den Metropolen lebten und in Reifröcken oder Fracks auf Bällen tanzten. Aber doch nicht für sie, die die Wildnis immer als ihre wahre Heimat begriffen hatte. Und jetzt, da sie angekommen war, wo sie ankommen wollte, sollte sie ihren Traum für ein Kind aufgeben?

Ein Alien wächst in meinem Bauch heran, dachte sie, ich werde jeden Tag fetter, kriege wahrscheinlich Brüste wie eine Pornodarstellerin, passe in keine meiner Hosen und Blusen mehr und bin außerdem für einen ziemlich langen Teil des Restes meines Lebens gezwungen, für zwei denken zu müssen.

Nein, entschied sie, ich lasse den Fremdkörper in mir nach diesem Einsatz abtreiben und bring es damit einfach hinter mich. Andererseits wusste sie, dass es so einfach nicht werden würde. Denn angesichts dramatisch sinkender Geburtenraten hatten die EU-Staaten in den letzten Jahren die Hürden für medizinisch nicht notwendige Abtreibungen stetig erhöht. Dass diese Hürden nicht mehr wie vor hundert Jahren ideologisch oder religiös begründet wurden, änderte nichts daran, dass sie existierten. Wo frau in der Metropole oder den Metaräumen ging und stand, wurde sie von Werbebildern glücklicher Mütter und ihrer blödseligen Babys verfolgt. Sogar die Hel- und Haidur-Propheten spielten dabei mit und zelebrierten bei ihren Auftritten stets ein spezielles, in Erdfarben und von sanfter Musik untermaltes Fruchtbarkeitsritual.

Trotzdem existierten Wege, Schwangerschaften zu beenden.

Elena schlief wieder ein. Es war ein leichter Schlaf und wenig erholsam.

Am nächsten Morgen fuhr sie Hassan etwas zu heftig wegen des Datenblatts des weißen Wisentbullen an, woraufhin James Herbert Jones erstarrte und Nemzew irgendetwas davon murmelte, sie müsse wohl ihre Tage haben. Hassan legte ihr nur zwei Minuten später eine Liste der letzten gesicherten Sichtungen des Bullen vor. Demnach hatte er im vergangenen Herbst noch gelebt.

Die Information wirkte besänftigend auf sie. Während des Abendessens entschuldigte sie sich bei Hassan für ihre Ungehaltenheit.

9

Zwei Tage darauf schaltete Elena pünktlich um 9:12 Uhr ihr Dienst-Kom ein und betrat den von Hanka zugewiesenen Metaraum. Wozu sie weiter nichts zu tun hatte, als den kleinen Schirm des Koms an ihrem Handgelenk aufzuklappen, woraufhin ein Hologrammraum entstand, in dem sie Hanka an seinem Schreibtisch im Hauptquartier der Feldhüter sah, samt dem größten Teil seines Büros. In der Metropole regnete es offenbar heftig.

Nach der Begrüßung begann Hanka, die Logbucheinträge und den Stand der Missionsaufgaben durchzugehen. Er schien zufrieden mit der Arbeit.

Elena war nach der Telemed-Sitzung gestern Morgen nahezu sicher, dass sie tatsächlich schwanger war. Das Wohlergehen seiner Untergebenen lag Hanka am Herzen. Elena, die diese Eigenheit sonst an ihm sehr schätzte, fürchtete sie jetzt, weil sie jeden Moment erwartete, dass er sich nach dem Grund ihrer Telemed-Sitzung erkundigen würde. Daher war sie froh, nach den Routinefragen das Rätsel des zusätzlichen Budgetordners ansprechen zu können, auf dessen Existenz Nemzew sie hingewiesen hatte.

»Wie soll die heißen?«, erkundigte sich Hanka überrascht.

»Eva, sie ist eine von den Verwaltungszivilisten und arbeitet im Archiv, sie ist wohl auch zeitweise der Presseabteilung zugeordnet gewesen. Den Nachnamen kenn ich nicht. Sie war bei Thomsens Beerdigung.«

Hanka schaute auf seinen Bildschirm und wischte sich

durch eine Personalliste. »Hier gibt's eine Eva Weißmann, die über die Arbeit im Archiv erweiterte Zugriffsrechte auf unsere Budgetordner haben könnte. Sie ist sechsundzwanzig, seit einem Jahr bei uns und hat ihr Studium der Physik unterbrochen. Hm, die ist aber ganz schön überqualifiziert für eine schlichte Archivtätigkeit.«

»Tja«, entgegnete Elena.

»Ah, sie ist eine von denen in Ausbildungsmodul 12, höhere technische Verwaltungslaufbahn. Das passt schon besser.«

»Na ja, was ist nun mit dem Ordner? Existiert der wirklich?«

»Weiß ich nicht«, antwortete Hanka. »Aber ich betreue deinen Hauptturm und dessen Quadranten schon zwölf Jahre, und ich habe nie von einer Blaichenstayn-Stiftung gehört. Frau Weißmann hat da bestimmt etwas verwechselt. Aber ich rede trotzdem mal mit ihr und überprüfe das«, versprach Hanka.

»Das wäre toll«, antwortete Elena erleichtert, weil sie hoffte, dass damit ihre Sitzung beendet sei.

Doch Hanka lehnte sich in seinem Sessel zurück, holte tief Luft und blies die Wangen auf. O Mist, dachte Elena, kein gutes Zeichen, das macht er nur, wenn er ein unangenehmes Thema anzusprechen hat.

»Da ist noch etwas, Elena«, begann er unsicher.

»Ja?«

»Ich habe hier verwirrende Daten von Hauptturm Neun und Zehn auf der polnischen Parkseite erhalten. Die wurden vom Berliner Turm zwar noch nicht bestätigt, aber es wäre gut, falls ihr der Sache nachgeht. Ich schick dir gleich die Daten rüber. Die Polen haben angeblich ungewöhnliche Populationsbewegungen von Rotwild, Rehwild und Wisenten beobachtet. Das Wild meidet offenbar bestimmte Quadranten im Nordosten deines Reviers. Die Polen konnten bisher keinen Grund dafür feststellen und fragen, ob wir, also dein Kollektiv, das im Auge behalten könnten. Anton Kriwalczyk von Hauptturm Neun liegt mir damit schon seit letztem Jahr in den Ohren, aber seine Leute haben die Daten jetzt erst aufgearbeitet und zusammengestellt.«

»Ich kümmere mich darum.«

Hanka beendete das Treffen mit einem Gruß und besten Wünschen an alle übrigen Kollektivmitglieder.

Kein Wort über ihre Telemed-Sitzung. Entweder wollte er die ignorieren, oder er hatte sich ihre Kom-Außenverbindungen noch nicht angesehen. Egal, heute war sie erst mal davongekommen.

Etwas später schaute sie die Daten von Hauptturm Neun durch, die Hanka geschickt hatte.

Die Bewegungsmuster des Rot-, Reh- und Niederwilds in den entsprechenden Quadranten fielen wirklich aus dem Rahmen. Und das schien vor knapp vier Jahren begonnen zu haben, jedenfalls hatten die Kameraden damals im April die ersten Anomalien verzeichnet. Die plausibelste Erklärung für einen Verhaltenswechsel so vieler verschiedener Spezies innerhalb eines bestimmten Gebiets bestand in einer Veränderung ihrer Umwelt. Ein Feuer hätte dafür verantwortlich sein können, in dessen Nachgang die Nahrungsbedingungen der Tiere sich verschlechterten, aber auch Verdrängung durch eine rasch wachsende Population von Fressfeinden. Aber weder das eine noch das andere traf hier zu. Ein derart verheerender Brand wäre dokumentiert worden. Ebenso hätten die polnischen Feldhüter anhand der Observationsdaten eine sprunghaft gestiegene Fressfeindpopulation festgestellt.

Auch die einzige weitere Erklärung, die Elena spontan einfiel, war so gut wie ausgeschlossen. Sie bestand im Auftauchen eines in dem Gebiet zuvor nicht aktiv gewesenen Raubtiers.

Seltsam, dachte sie, war aber zugleich auch froh, dass dieses Rätsel sie von den Gedanken an das Baby abhielt.

Sie prüfte die Logbücher und Populationsmuster auf ihrer Seite des Parks und fand tatsächlich Anomalien, die jedoch so winzig waren, dass sie auch einfach als statistische Rundungsdifferenzen hätten durchgehen können und daher hier auf der mitteldeutschen Seite niemanden dazu animiert hätten, den entsprechenden Daten einen zweiten oder dritten Blick zu widmen. Je weiter sie in der Zeit zurückging, umso diffuser wurde das Bild, das die Aufzeichnungen vermittelten.

Daten waren das eine, aber zu einem wirklich realistischen Lagebild gehörte mehr.

Also rief sie über das Dienst-Kom Hauptturm Neun an und sprach mit Anton Kriwalczyk. Er war ein massiger, ziemlich großer Mann Mitte fünfzig, hatte eine Glatze und ein rundes Gesicht und war ihr von den jährlichen Konferenzen und Tagungen im HQ als ein Mann mit Selbstironie und feinem Humor in Erinnerung geblieben.

»Anton! Elena hier!«, begrüßte sie ihn.

Der Pole lächelte und krempelte seine Uniformärmel auf. »Mensch, Elena! Du gibst schon 'nen schöneren Anblick in meinem Kom ab als Alexander. Wie geht's dir?«

»Alles gut so weit. Major Hanka hat mir vorhin eure Datenanalyse rübergeschickt. Ich hab mir das angeschaut. Also, ich finde hier auch keine befriedigende Erklärung dafür, weshalb das Wild die betreffenden Quadranten meidet. Aber das scheint schon seit einigen Jahren so zu gehen, obwohl die Datenlage diffuser wird, je weiter ich zurückgegangen bin. Und ehrlich gesagt frage ich mich, ob wir alle nicht einfach irgendwas übersehen haben.«

»Aha, du hältst uns also für ein bisschen blöd, schöne Frau?«, lächelte Anton breit aus dem Bildschirm heraus.

»Na ja, dein Kollektiv an sich soll ja ganz toll sein. Aber

über seinen Chef habe ich schon komische Dinge gehört …«, lächelte Elena zurück.

»Ich auch, der soll alt und fett geworden sein, und außerdem geht er bald in Pension.«

»Was? Du gehst doch nicht in Rente, Anton! Tu mir das nicht an! Ich müsste mich sonst ja vielleicht an einen wirklich charmanten neuen Kameraden gewöhnen. Das überfordert mich!«

»Ha, es liegt mir natürlich fern, dich mit zusätzlichen Problemen zu belasten, wo du kleines Küken ja gerade erst den Laden da drüben übernommen hast, aber ab nächstes Jahr haste es hier mit Frau Erster Obermeisterin Ania Kriwalczyk zu tun. Wir dachten nämlich, wir machen ein Familiengeschäft aus dem Posten hier.«

Elena gratulierte dem stolzen Vater zum Erfolg seiner Tochter.

»Ich bin sicher, dass ihr euch verstehen werdet. Sie freut sich schon darauf, dich kennenzulernen. Der arme Alexander kommt sich dann bestimmt vor wie in die Zange genommen von euch beiden Weibern.«

»Sein Problem.«

»Stimmt.«

»Also zurück zu den Populationsbewegungsmustern …«

»Hm, ich weiß, das ist nicht so richtig eindeutig, und ich habe das auch lange für einen Sturm im Wasserglas gehalten. Du weißt ja, unendlich belastbar sind unsere Verhaltensanalysen für Wisente und Rotwild nie. Die Wisente sind letzten Endes nur Neuzüchtungen, die kaum genug Zeit hatten, sich wirklich an ihre Biotope anzupassen. Vielleicht ist so was auch normal für die. Staszek, mein Datenanalyst, vermutet, dass es vielleicht einen Pflanzenbefall gibt, dem die Tiere ausweichen. So was wie Rot- oder Schwedenklee, der für Wildpferde gefährlich werden kann. Erinnerst du dich an den Küstenpark in Holland? Die hatten dort vor ewigen Zeiten mal einen harten Temperatursturz mit Eisregen und minus fünfzehn Grad Frost. Danach gab's im Frühjahr einen Rotklee-Befall, der ihre Wildpferdherde fast so schlimm dezimiert hat wie der harte Winter.«

Elena gab zu, dass sie an diese Möglichkeit noch nicht gedacht hatte. »Das müsste dann eine Spezies sein, die sowohl Wisenten als auch Rotwild gefährlich wäre. Aber mir fällt da nichts ein.«

»Uns auch nicht. Das ist ja das Problem. Aber ausschließen kann ich es auch nicht. Deswegen sollte Staszek vielleicht mal mit eurem Hassan reden. Vielleicht finden die beiden ja etwas, das wir bisher übersehen haben. Irgendein Pflänzlein, das sich bei uns ausbreitet, aber bei euch noch nicht so massiv auftritt.«

»Das leite ich gleich in die Wege«, versprach Elena.

»Gut. Ich halte diesen Pflanzenbefall für die plausibelste Erklärung. Aber um ganz offen zu sein, es kursiert hier noch eine andere Hypothese. Die ist zwar sehr wacklig, aber auch nicht völlig ausgeschlossen. Ich hätte das auch gar nicht weiterverfolgt, wenn Marek – guter Spurenleser, fast so gut wie Alexander bei euch drüben – nicht vier Wisentkadaver gefunden hätte, die ein ungewöhnliches Rissmuster aufwiesen. Die Spurenlage war allerdings mies, und mit so gut wie nichts an weiteren Daten kommt eben auch nur ein entsprechend unklares Ergebnis heraus.«

»Na klar«, bestätigte Elena, leise besorgt über Antons letzte Neuigkeit.

»Jedenfalls bin ich selbst dreimal mit Marek raus und hab mir das angesehen. Es gab eine Teilspur, die wir dokumentiert haben. Klingt jetzt seltsam, ich weiß, aber die ließ sich keinem Raubtier zuordnen, das sich hier bei uns oder drüben bei euch herumtreiben sollte. Ich hab den Report dazu auch noch gar nicht an Hanka weitergereicht. Aber dir schick ich ihn jetzt. Lässt du Alexander mal drübersehen? Möglich, dass er daraus schlauer wird als wir.«

Eine halbe Stunde später hatte Elena sechs Fotos, die Marek und Anton in der Umgebung der Wisentkadaver gemacht hatten, an eine der Wände des Turms geworfen.

Jetzt stand sie mit Nemzew davor und versuchte, daraus klug zu werden.

»Anton hat sie nicht mehr alle. Auf dem ersten Bild, das ist eine verwischte Teilspur von einem ausgewachsenen Luchs«, erklärte er.

Elena war durchaus geneigt, ihm zuzustimmen, obwohl sie andererseits nicht seiner Meinung war, was Anton Kriwalczyks Geisteszustand betraf.

»Auf dem zweiten Foto, das ist einfach ein verwaschener Tritt von irgendwas, das auf jeden Fall viel größer war als ein Waldhuhn, aber, davon abgesehen, alles Mögliche sein kann.«

Elena wiegte unsicher den Kopf.

»Das dritte Foto?«

»Hm, verstehe nicht, weshalb Anton da so ein Drama draus macht«, erklärte Nemzew, zog sein Feldmesser hervor, trat näher zur Wand und wies auf vier tiefe längliche Eindrücke im fetten schwarzen Waldboden, die auf dem Foto abgebildet waren.

»Das sind Fingerspuren. Die sind zwar auch ausgewaschen, aber das ist doch eindeutig! Anton hat kein Problem mit Pflanzen oder Raubtieren, sondern mit Wilderern. Und wenn sie Wisente und Rotwild so sehr verstört haben, dann hat er sein Wildererproblem auch schon länger.«

»Kann nicht sein, Alexander!« Elena schüttelte den Kopf und vergrößerte das Foto mit einem Fingertippen auf den Bildschirm ihres Koms, sodass dort jetzt wie bei den übrigen Bildern eine in Schwarz und Rot gehaltene Maßskala erschien.

»Bei der Größe müsste der Wilderer ein Kind sein. Und außerdem eine Deformation seiner Hand aufweisen!«, sagte sie, zog das Foto wieder kleiner, trat neben Nemzew zur Wand und versuchte, die gespreizten Fingerspitzen ihrer Hand in die auf dem Foto abgebildeten Vertiefungen im Waldboden einzupassen. Was unmöglich war, weil sie ihre Finger einfach nicht weit genug zu spreizen vermochte.

»Stimmt«, murmelte Nemzew plötzlich sichtlich fasziniert.

Elena verschob, vergrößerte und verkleinerte das Foto ein halbes Dutzend Mal, ohne jedoch zu einem anderen Ergebnis zu gelangen, als dass die Vertiefungen im Waldboden eben nicht den Spuren normal entwickelter menschlicher Finger entsprechen konnten.

»Ich rede mit Marek!«, sagte Nemzew, öffnete sein eigenes Kom und diskutierte dann eine volle halbe Stunde mit dem Polen, ohne dass sie dabei einer plausiblen Erklärung näher kamen.

»Was, wenn das doch Profiwilderer waren, Marek, und die haben uns diese Spuren bewusst als Denksportaufgabe hinterlassen? Die haben eben irgendeinen Gegenstand anfertigen lassen, der diese Spuren erzeugt«, schlug Nemzew gerade vor.

»Ich hab zwar schon davon gehört, dass Wilderer auch Humor haben, aber so einen Aufwand treiben die doch nicht! Was die wollen, ist, schnell zu ihrem Abschuss zu kommen und danach noch schneller wieder zu verschwinden. Die nehmen sich nicht die Zeit, uns mit falschen Fährten zu verwirren. Außerdem war an dem Kadaver ganz typischer Aasfraß zu sehen. Wenn das Wilderer waren, dann haben sie weder den Kopf noch die Decke oder die Hörner aus der Beute gelöst. Und, Mann, wir haben wirklich jeden Hinweis auf Überflug in dem Gebiet überprüft. Da war nichts.«

Elena, die sich bisher nur sporadisch an dem Gespräch der Männer beteiligt hatte, warf Nemzew jetzt einen langen, besorgten Blick zu.

»Nicht jedem Wilderer geht's schließlich um Beute«, sagte sie.

»Töten um des Kicks willen?«, fragte Marek nach einigen Sekunden Schweigen. Nemzew schien von Elenas Idee beeindruckt zu sein.

»Nicht auszuschließen«, antwortete er Marek.

»Aber auch Arschlöcher, die um des Kicks willen töten, müssen in den Quadranten eingeflogen sein. Und es gab keinen Überflug«, mischte sich Anton in die Unterhaltung.

»Die Abschüsse haben im Februar stattgefunden. Da hatten wir fast drei Wochen lang Nebel und Schnee. Bei solchem Wetter kann der Luftüberwachung eine einzelne Drohne schon entgehen«, gab Nemzew zu bedenken.

»Genau, was ich dir seit Wochen predige, Anton!«, rief Marek. »Die russischen Überwachungseinheiten sind zu unsensibel. Die hätten uns die nigerianischen oder indischen geben sollen. Die sind zuverlässiger.«

Anton schien trotzdem nicht überzeugt.

Elena fühlte sich ebenfalls hin- und hergerissen. Einerseits boten Nemzews und Mareks Thesen durchaus die bisher plausibelsten Erklärungen für das Rätsel, andererseits jagte ihr die Vorstellung, es vielleicht mit Wilderern zu tun zu haben, die einzig um des Tötens willen Tiere schossen, gehörige Furcht ein. Solche Leute durften auf keinerlei Rücksicht bei den Feldhütern hoffen, wussten das zweifellos auch und reagierten bei einer Begegnung entsprechend, indem sie in aller Regel zuerst schossen.

»Wir koordinieren uns in zwei Tagen erneut, Anton. Bis dahin schlage ich vor, dass wir in unseren jeweiligen Revieren sämtliche dokumentierten Risse und Kadaverfunde noch einmal auf mögliche Wilderei überprüfen«, sagte sie.

Es dauerte einen Moment, bis Anton antwortete. »Akzeptiert!«

Nemzew beendete die Verbindung. Er stand eine Minute wortlos in Elenas Büro und schaute auf die Projektion der Fotos an der Wand.

»Du hast vorhin gesagt, dass die ersten Hinweise auf ungewöhnliche Bewegungsmuster in den Quadranten ein paar Jahre zurückgehen, oder? Wie viele waren das?«, fragte er in die Stille hinein.

Elena ahnte, welcher Gedanke ihn zu der Frage motiviert hatte. »Für mindestens dreieinhalb bis vier Jahre sind sie halbwegs nachweisbar. Noch weiter zurück wird es schwierig. Dafür sind die Daten zu diffus.«

Vor dreieinhalb Jahren war Ulf Thomsen an der Grenze zu jenem Quadranten verschwunden, in welchem Antons Kollektiv die veränderten Bewegungsmuster zum ersten Mal registriert hatte.

10

Elena und Nemzew vergruben sich im Kollektivleiterbüro, das man hier Steuerdeck nannte, in die Rissdokumentationen.

Die Schwalbe-Observationsdrohnen hatten allein im letzten Jahr über fünftausend Risse registriert und davon zweitausendneunundsechzig näher dokumentiert. Obwohl die Feldhüter über verschiedene KI-Programme verfügten, die nach bestimmten Parametern eine Vorsortierung anfertigten, blieben aus dem fraglichen Zeitraum von Januar bis März letzten Jahres für jeden von ihnen sechsundachtzig Rissdokumentationen, die sie zu überprüfen hatten.

Nemzew glaubte als Erster, eine Auffälligkeit gefunden zu haben, die sich jedoch bei näherer Prüfung als Luchsriss herausstellte. Was immerhin bewies, dass offenbar mehr von den scheuen Raubtieren in ihrem Revier aktiv waren als bisher angenommen. Elena fügte eine entsprechende Notiz ins Logbuch ein. Doch sie fürchtete, dass ihre Suche so viel zu lange dauern würde. Sie rief über ihr Kom Hassan hinzu, den sie anwies, die KI so zu trimmen, dass sie etwas präziser vorsortierte.

»Kein großes Problem, aber das dauert 'ne Weile«, antwortete er. Einige Zeit sahen Elena und Nemzew ihm dabei zu, wie er über die Bildschirme im Steuerdeck wischte, Ordner anlegte und Programme aktivierte. Irgendwann stand er auf, sagte, dass er sich melden würde, sobald er fertig sei, und ging zurück in sein eigenes Büro, wo er an den Trimmungen der KI weiterarbeitete.

Nemzew und Elena setzten inzwischen ihre Suche fort. Elena war zunehmend unsicher und auch wütend, denn die Kontrolle der Dokumentationen erwies sich als komplex und zeitraubend. Nach zwei Stunden, in denen sie kaum zehn der Ordner und Dokumente überprüft hatte, rief sie Hassan an, um sich nach dem Stand der KI-Trimmungen zu erkundigen.

»Ja, ich weiß, Hassan. Aber das hat Vorrang«, erklärte sie ihm zunehmend ungehalten. Sie spürte erneut einen ihrer Schwindelanfälle kommen, beendete das Gespräch und verschwand gerade noch rechtzeitig in ihr Bad, um dort in die Toilette zu brechen.

Danach wusch sie sich das Gesicht, putzte sich rasch die Zähne und kehrte zum Steuerdeck und zu Nemzew zurück. Der sah ihr fragend entgegen, verließ dann plötzlich das Steuerdeck und stieg die Treppe zum Oberdeck hinauf.

»Alexander?«, rief Elena ihm nach. Was soll das denn?, fragte sie sich und folgte ihm.

Das Oberdeck war eine sieben Meter breite Galerie, die sich um den auf die Turmdecke gesetzten Landeport der Schwalbe-Drohnen, die darunter in kastenförmigen Behältern verwahrte Kommunikationstechnik und die Wetter-, Klima- und Staubbelastungssensoren herumzog.

Nemzew rollte sich eben eine Zigarette. Raucher waren sehr selten geworden, seit die EU-Gesundheitsbehörden vor Ewigkeiten Tabakgebrauch mit empfindlichen Geldstrafen belegt hatten. Was dazu geführt hatte, dass sich ein florierender Schwarzmarkt für alle nur denkbaren Tabakwaren entwickelte.

»O Mann, was jetzt noch, Elena …?«, fuhr Nemzew sie an.

»Was soll sein?«, entgegnete sie.

Er steckte seine Zigarette an und nahm einige kräftige Züge.

»Ist nichts Neues für mich, dass du rauchst. Darüber weiß jeder Bescheid. Auch die im anderen Kollektiv. Schon ewig. Du ziehst das Zeug selbst heran, oder? Deswegen bleibst du manchmal so lange draußen bei den Morgenrunden?«

Er nickte. »Der Stoff, den du in der Stadt kriegst, ist Pferdekacke. Selbst ist der Mann!«

»Schon gut, ist mir doch egal, ob du dir Krebs holst!«

Nemzew blies Wolken von Rauch aus Mund und Nasenlöchern. »Na, wenn das jetzt geklärt ist!«

»Ich werde dich nicht bei Hanka anzinken, falls du das befürchten solltest.«

»Hm.«

»Aber ich hätte schon gern gewusst, was das hier soll. Da unten wartet ein Haufen Arbeit auf uns, aber du rennst einfach weg?«

Nemzew rauchte, schwieg und schaute auf die inzwischen mit dichtem Frühjahrslaub bestockten Baumwipfel.

»Liegt's an mir? Hab ich irgendwas gesagt?«

Er antwortete nicht.

In Einleitungslektion Zwei des Personalführungskurses hatte man den Teilnehmern eingeschärft, stets Interesse an persönlichen Problemen der Untergebenen zu zeigen. Und zwar am besten ungeheuchelt. Aber Elena fand, das Mindeste, was sie von ihm erwarten durfte, war, dass er seine Arbeit erledigte. Oder, falls er das nicht konnte, ihr erklärte, weshalb er dazu nicht fähig war.

»Wenn du dich demnächst wieder heruntergefahren hast, würde ich vorschlagen, dass wir weitermachen.«

Nemzew rauchte seine Zigarette zu Ende, trat sie aus, hob die Kippe auf, steckte sie in seine Hosentasche, aber rollte sich gleich darauf eine zweite Zigarette.

Na toll, dachte Elena wütend.

Nemzew steckte die zweite Zigarette an.

»Ah ja«, sagte Elena.

Schließlich warf er die Zigarette zu Boden, trat sie aus und steckte auch deren Reste in seine Hosentasche. Dann ging er zur Leiter und stieg wortlos zum Steuerdeck herunter, wo er kommentarlos seine Arbeit wiederaufnahm.

Ich kann keinen Stress mit ihm riskieren, dachte sie, er ist mein Stellvertreter und Beigänger, wir müssen uns draußen im Wald blind aufeinander verlassen können.

»So geht das nicht, Alexander! Du kannst hier nicht erst einfach so abhauen und dann den großen Schweiger geben!«, sagte sie schließlich, unterbrach ihre Arbeit und schaute ihn eher fragend als wütend an. »Bist du sauer, dass du den Posten nicht bekommen hast? Das war nicht meine Schuld. Ich bin gefragt worden und habe zugesagt. Keine Kungeleien, keine Intrigen – einfach ein Angebot, das ich akzeptiert habe, und fertig.«

Er schaute von seinem Tisch auf und schob die großen rauen Hände in seine Hosentaschen.

»Dass ich nicht weiter befördert werde, weiß ich. Das ist kein Problem für mich. Vergiss es einfach! Lass uns hier weitermachen. Wenn wir uns Wilderer eingefangen haben, müssen wir vorbereitet sein. Und zwar alle.«

»Was soll das heißen, dass wir alle vorbereitet sein sollten?«, fragte sie. »Zweifelst du etwa an meiner Kompetenz?«

»Mann, Elena, hör doch auf, jedes Wort auf die Goldwaage zu legen!«

»Das tue ich gar nicht! Ich will einfach wissen, was los ist, Alexander«, entgegnete sie und war erleichtert, dass sie dabei gelassener klang, als sie befürchtet hatte.

»Na gut! Du bist der Boss hier, das ist in Ordnung. Und keiner außer dir macht ein Problem daraus. Aber du bist für keinen von uns greifbar. Tagsüber hängst du den größten Teil der Zeit allein auf dem Steuerdeck ab. Beim Abendessen sitzt du mit uns am Tisch, sagst ein paar Worte, aber verschwindest gleich wieder entweder hier rauf oder in deine Kajüte. Du bist wie ein Geist. Aber wir sind ein Kollektiv. Hassan und James Herbert kennen dich kaum, und sie werden allmählich unsicher und fragen sich, ob deine Distanz an ihnen liegt und sie irgendwas falsch machen. Das ist ein Scheißarbeitsklima. So was führt zu Fehlern. Aber die kann sich keiner von uns leisten. Du triffst Entscheidungen, die uns alle betreffen, aber redest mit keinem von uns darüber. Keiner von uns kann in deinen Kopf sehen! Wir wissen höchstens bei der Hälfte deiner Anweisungen, welche Überlegungen dahinterstecken. James Herbert und Hassan sind zu sehr Lemming, um das anzusprechen. Die fressen ihren Frust darüber eben lieber still in sich rein.«

Nemzew verstummte und schaute sie müde an.

Elena regte der überhebliche Tonfall auf, in dem er seine Vorwürfe vorgebracht hatte. Selbst, wenn sie einsah, dass die nicht ganz aus der Luft gegriffen waren. Denn sie bevorzugte es tatsächlich, so weit wie irgend möglich allein zu bleiben. Was vielleicht nicht nur daran lag, dass sie jederzeit fürchtete, zu einer neuen Kotzarie in ein Badezimmer rennen zu müssen, sondern auch an ihrem Hang, möglichst alles selbst erledigen zu wollen, um so sichergehen zu können, dass es in ihrem Sinne erledigt wurde.

Nemzew zog die Hände aus den Hosentaschen und stemmte sie flach gegen die Tischkante. »Thomsen wäre das nicht passiert. Der hat uns vertraut und mit uns gesprochen!«

Angesichts dieser Worte sah sie Oberst Willms wieder vor sich und hörte deren Vorwurf, es mangele ihr an der erforderlichen menschlichen Reife für ihre Position. Für einen Moment fühlte Elena sich ertappt und durchschaut.

»Na klar! Ulf, der Heilige der Feldhüter! Amen!«, erwiderte sie wütend.

»Jetzt bist du es, die übertreibt! Und zwar heftig!«, zischte Nemzew.

Elena vergaß jegliche Raffinesse ihrer Kommunikationsstrategie. »Und wenn schon!«

Danach schauten sie sich gegenseitig eine Minute in die Augen. Wenn das ein Schwanzvergleich sein soll, bitte – den kannst du haben, dachte sie. Und tatsächlich senkte Nemzew den Blick zuerst, löste die Hände von der Tischkante, schenkte zwei Tassen Kaffee aus dem Automaten bei der Decktür ein und trug sie zum Tisch. Eine der beiden Tassen schob er Elena herüber, die andere behielt er selbst.

»Mann, Elena, das ist doch auch keine Hexerei. Alles, was die Jungs brauchen, ist mal ein Dankeschön oder ein Schulterklopfen, und dass du dich ab und zu mal länger zu uns an den Tisch setzt und ihren blöden Witzen zuhörst. Das ist nicht zu viel verlangt. James Herbert muss auch mal wieder einfach raus auf Feldeinsatz. Dem fehlt das, darauf hat er sich gefreut. Und Hassan erwartet, dass du mit ihm über ein neues Programm zur Niederfaunaanalyse redest, das er geplant hat.«

Elena fühlte sich betroffen und schämte sich für ihre heftige Reaktion. Aber sie fand auch, dass Nemzew übertrieben hatte mit seinen Vorwürfen. So eine furchtbar unsensible Kollektivleiterin, wie er es andeutete, war sie ganz bestimmt nicht. Trotzdem war sie ihm auch dankbar, dass er sich überwand und das Problem ansprach.

»Tut mir leid, Alex! Wirklich …«, sagte sie leise.

»Ja, das sollte es auch …«

Elena setzte zu einer Antwort an, doch er schnitt ihr mit einer harten Geste das Wort ab. »Spar es dir. Denk einfach mal drüber nach. Die Wilderer sind wichtiger!«

Elena ahnte, dass es feige von ihr war, seine Zurechtweisung kommentarlos hinzunehmen. Doch sie nickte, nippte an dem Kaffee und wandte sich wie Nemzew wieder den Rissdokumentationen zu.

Sie gingen eine Dreiviertelstunde wortlos weiter ihrer Arbeit nach.

»Ich hab hier etwas!«, sagte sie dann und wies Nemzew auf das Video eines offenbar kurz vor der Aufnahme getöteten Keilers hin. Während er zu ihr trat, vergrößerte sie das Video und fror es an zwei Bildern ein, die sie herauslöste, auf dem Medientisch zur Seite schob und weiter vergrößerte.

Elena fand, dass nichts, was sie auf dem Video und den gefrorenen Bildern sah, irgendeinen Sinn ergab, und hoffte, dass Nemzew Erklärungen dafür finden würde.

»Das sind dieselben Fingerspuren wie auf Antons Fotos, oder?«, fragte sie.

Nemzew schaute sie einen Moment skeptisch an, wandte aber seinen Blick eine Sekunde darauf den Vergrößerungen zu. Er betrachtete die beiden Bilder eine kleine Ewigkeit, hin und wieder verkleinerte er sie mal, dann zog er sie größer oder schob sie hin und her. Schließlich schaute er sich zweimal nacheinander das komplette Video der Schwalbe-Drohne an.

»Der Keiler ist nicht erschossen worden, und den hat auch keiner abgestochen«, sagte er.

»Nein, der ist gerissen worden. Aber die Rissbilder sind undeutlich. Ich habe so etwas noch nie gesehen. Du etwa?«

»Nein. Das Dokument ist über sechs Wochen alt. Inzwischen sind von dem Keiler bloß noch Knochen übrig, wenn überhaupt.«

»Ja«, gab sie zu, erschrocken darüber, dass auch Nemzew ans Ende seiner Weisheit gelangt war.

»Das war ein Angriff von mehreren Individuen, die koordiniert in einer Gruppe gehandelt haben wie Wölfe. Aber zu Wölfen passen weder die Fingerspuren noch die Rissbilder. Weshalb haben die anderen das seinerzeit übersehen?«, fragte Elena.

»Weil sie tausend andere Probleme im Kopf hatten und die einfachste Erklärung ein Wolfsriss gewesen wäre und wir alle wissen, dass die einfachste Erklärung in neunundneunzig Prozent der Fälle auch die richtige ist. Keiner hat damals einen zweiten Blick drauf geworfen. Du und ich hätten das ohne Antons Hinweise ja auch nicht getan«, erklärte Nemzew. Elena musste ihm recht geben.

»Das war ein ausgewachsener Keiler, und krank wirkt der nicht. Bären greifen so ein Tier nicht an, und Wölfe würden sich damit auch schwertun.«

»Er kann leichtere Beute gewesen sein, als es aussieht. Er könnte gelahmt haben oder innere Verletzung gehabt haben. Das kannst du vom Video her nicht wirklich beurteilen.«

»Stimmt. Aber selbst wenn er nicht gesund war und eine leichtere Beute abgab, als es scheint, hat ihn irgendetwas getötet, das wir nicht identifizieren können. Du hast fast zwanzig Jahre Erfahrung im Wald, und ich bin Ökobiologin und war in den Bewertungen ziemlich weit oben in meinem Abschlussjahr. Wir beide sollten uns in weniger als einer halben Minute darüber einig sein, was den Keiler gerissen hat. Aber wir sind es nicht.«

»Nee«, gab Nemzew widerwillig zu. »Mich macht das nervös.«

Elena mochte ihre Schwierigkeiten mit Nemzew haben, aber fachlich war der Mann eine Klasse für sich, und dass er offen eingestand, nervös zu sein, verunsicherte sie noch mehr.

»Also weiter …«, sagte sie und öffnete die nächste Dokumentation.

»Klar«, entgegnete Nemzew kurz angebunden.

Sie brauchten bis zum Abend, um auch nur ein Drittel der Dokumentation zu prüfen, wobei sie zwar eine Reihe von weiteren verdächtigen Fällen fanden, aber keiner davon bot eine Lösung für das Rätsel, dem sie auf der Spur waren. Immerhin war Hassan kurz vor dem Abendessen so weit, ihnen die erste Version seines zurechtgetrimmten KI-Suchprogramms zu präsentieren.

Wie Nemzew ihr geraten hatte, blieb Elena an diesem Abend länger am Tisch sitzen und hörte den Gesprächen der Männer zu, die sich um Sex, Anekdoten aus dem Dienst und Metaversezocken drehten.

11

Brachte Elena nach einigen Wochen in der Metropole die ersten Außeneinsätze im Wald hinter sich, fand sie die Stille im Turm zunehmend beunruhigend. Neben dem leisen Summen, das Server, Lüftung, Sensorenträger oder die sich aufladenden Drohnen erzeugten, war nichts zu hören. Und in ihrer Kajüte verschwand sogar das Summen. Dort herrschte eine allumfassende Stille.

Diese Phase der Beunruhigung ging jedes Mal wieder vorbei, und sobald es so weit war, fühlte sie sich in der Stille geborgen. Betrat sie nach drei Monaten Turmeinsatz die Metropole, so erschien ihr der ständige Lärm, der dort herrschte, wie ein fortgesetzter Versuch von Körperverletzung. Sie benötigte deutlich länger, den Lärm zu akzeptieren, als die Stille.

Inmitten des Lärms der Metropole schlief sie traumlos, hier in der Stille des Turms plagten sie zu Beginn ihrer Einsätze regelmäßig Albträume.

In der Nacht nach dem Gespräch mit Anton erwachte sie gegen zwei Uhr morgens atemlos und mit wild schlagendem Herzen. Sie wusste, dass sie einen Albtraum gehabt haben musste, konnte sich aber an nichts daraus erinnern.

Sie ging ins Bad, spritzte sich etwas kaltes Wasser ins Gesicht und betrachtete sich in dem großen Spiegel an der Tür. Sie schob ihr Nachthemd zum Busen herauf, hielt es da fest und musterte skeptisch ihren Bauch im Spiegel.

Keine Frage, dass sie zugenommen hatte, und außer dem

Bauch, der nicht mehr so flach erschien, hatte sie auch am Busen zugelegt. Sie zog eine missmutige Grimasse und tappte zum Bett zurück.

Das Kom informierte sie, dass ihr Vater ihr eine Nachricht geschrieben hatte. Sie las darin, dass er sich mit ihrer Urgroßmutter getroffen und die beiden sich gestritten hatten. Außerdem schien er zu glauben, dass sie immer noch in der Metropole war, denn er schlug ihr vor, demnächst wieder essen zu gehen.

Er ist unmöglich, außer seinen Studien und seinen Studenten hat er nichts im Kopf, dachte sie enttäuscht. Danach fragte sie sich, was Artjom von einem Enkel halten würde. Wäre er einer jener Großväter, die stolz und außer Atem mit ihrem Enkel Fußball im Quartierspark spielten? Oder würde er ihn eher als einen Eindringling in sein chaotisches Leben betrachten und ihn deswegen, so gut es ging, ignorieren? Schwer zu sagen, fand Elena, aber Artjom war auch immer für Überraschungen gut.

O Gott, dachte sie gleich darauf, ich werde das Kind sowieso abtreiben, wozu frage ich mich dann, wie Artjom auf einen Enkel reagieren würde? Der sollte am besten niemals erfahren, dass ich überhaupt schwanger gewesen bin.

Ihr war heiß, und sie war zu wach, um jetzt noch schlafen zu können. Also zog sie sich die Uniformbluse und eine weite Hose über und ging zum Steuerdeck hinauf, um zu arbeiten. Sich jetzt weiter hellwach im Bett zu wälzen, wäre ihr als Zeitverschwendung erschienen.

Sie startete die Computer und ließ Hassans KI-Suchprogramm über die Rissdokumentationen laufen, die sie gestern noch nicht überprüft hatten. Kurz entschlossen, stoppte sie das Programm und wies ihm sämtliche Rissdokumentationen aus den letzten fünf Jahren zu. Länger zurück zu gehen wagte sie nicht, denn damals waren die Drohnen-Daten von einem inzwischen veralteten Programm aufbereitet worden, und sie fürchtete, dass Hassan dessen Spezifika nicht in sein Suchprogramm eingearbeitet hatte.

Trotzdem blieben 22.162 Dokumentationen übrig. Elena hoffte, dass Hassans Anpassung des Suchprogramms dazu in der Lage war, selbst diese Menge an Dokumenten in einem akzeptablen Zeitrahmen zu sortieren.

Sobald es zu arbeiten begann, schaltete sie den Heißgetränkevollautomaten ein und ließ ihn frischen Kaffee kochen. Sie genoss das herbe Aroma der frisch gemahlenen Bohnen. Aus dem Röhrchen der Maschine lief kurz darauf Kaffee in einen weißen Porzellanbecher.

Elena trank einen Schluck und ging mit der Tasse in der Hand zurück zu den Medientischen.

Das Suchprogramm hatte innerhalb weniger Minuten bereits einundzwanzig potenzielle Verdachtsfälle aus den Tausenden von Dokumentationen sortiert. Die erste davon reichte zurück bis zu Thomsens letztem Sommer hier im Turm.

Beeindruckt begann Elena, die ersten davon durchzusehen. Einige erwiesen sich als falsch zugeordnet, andere entsprachen allerdings exakt den Suchkriterien.

Elena trank den Kaffee aus. Sieben der bisher als verdächtig markierten Risse konnte sie relativ rasch üblichen Raubtieren zuordnen, doch zwei der zehn auf den ersten Stapel sortierten Dokumentationen enthielten tatsächlich Hinweise auf das unbekannte Raubtier. Die erste war auf zwei Monate vor Thomsens Verschwinden datiert.

Seltsamer Zufall, fand Elena und öffnete das Drohnenvideo der Schwalbe. Es zeigte den Kadaver einer mindestens dreijährigen Hirschkuh, der zwischen einem Erlengehölz, frosttrockenen Farnen und einem Busch allmählich verging. Die fleischlosen Rippen waren von spätem Frost überzogen und der Schädel des Tiers zum größten Teil bereits freigenagt. Die Bissspuren, die rundum an dem Kadaver zu sehen waren, deuteten auf die üblichen Räuber und Aasfresser hin. Doch hinter dem Kadaver ragte ein Stück angerostetes Metall aus dem graubraunen Farn und der leichten Schneedecke.

Was *ist* das?, fragte sich Elena.

Sie stoppte das Video und zog das Standbild größer. Sie brauchte einige Sekunden, bis sie die typische gelbe Farbe des Metalls zuordnen konnte. Das, was da zwischen Farn und Kadaver verrottete, war das Ortseingangsschild des Dorfes Lieskau bei Spremberg.

»Scheiße!«, flüsterte sie. Es war ihr, wie dem überwiegenden Teil ihrer Kollegen, unangenehm, auf Artefakte der großen Umsiedlungen zu stoßen, die damals bei Gründung der Parks notwendig geworden waren.

Admiral Henner Harmsbeek, dem man seinerzeit den Aufbau der Parks und ihrer Verwaltung übertrug, galt inzwischen als einer der unbesungenen Helden der Klimarettung.

Seine Berufung löste viel Wirbel aus, weil sie solch einen ganz bewussten Bruch mit der Tradition dargestellt hatte. Denn natürlich war die mächtige staatliche Forstverwaltung im Landwirtschaftsministerium davon ausgegangen, dabei zum Zuge zu kommen. Der Kapitänleutnant schloss die Damen und Herren Förster und Forstverwalter jedoch kategorisch aus seiner Organisation aus. Er tat gut daran, denn die Angestellten und Beamten, die damals die bereits existierenden Nationalparks und Staatsforste verwalteten, waren ein heillos zerstrittener Haufen und noch dazu eng verbunden mit dem Adel, der Kirche und jenen Firmen, die die größten privaten Grundbesitzer in Deutschland ausmachten. Diese Leute waren strikt gegen die Parks gewesen. Sie setzten darauf, dass sie ihre Ländereien weiter in der herkömmlichen Art und Weise mit leicht aufgelockerten Monokulturen bewirtschaften und sie als CO_2-Speicher vermarkten konnten. Dass der Admiral eine von ihrem Einfluss bewusst abgekoppelte Behörde aufbaute, erzürnte die Forst- und Großgrundbesitzer mindestens so sehr wie Harmsbeeks sture Konzeption der neuen Parks als naturbelassene Wildnis.

Man lief Sturm gegen den Admiral, der sich davon jedoch nicht beeindrucken ließ.

Der Admiral war es auch, der darauf bestand, dass die neue Feldhütertruppe aus Leuten bestand, die bisher wenig oder gar keine Berührung zur Forstverwaltung hatten. So setzte sich die erste Feldhütergeneration zu großen Teilen aus Soldaten, Polizeibeamten, Landarbeitern und Technikern oder jungen Uni-Absolventen zusammen. Und natürlich sorgte er für die absurden seemännischen Raumbezeichnungen in den Haupttürmen.

Dass Harmsbeek seine Feldhüter unter Ex-Soldaten, Polizeibeamten und blutjungen Uni-Absolventen rekrutierte, erwies sich nicht nur bei den ausgebooteten Forstverwaltungen als kontrovers. Denn zur Umsetzung der Parks mussten Orte aufgegeben und deren Bewohner umgesiedelt werden. Allein im mitteldeutsch-brandenburgisch-schlesischen Nationalpark, dessen Herz das Revier von Elenas Kollektiv ausmachte, betraf das zweihundert meist winzige Ortschaften. Doch auch größere Gemeinden wie Spremberg, Weißwasser oder das fast eintausend Jahre alte Frankfurt/Oder mussten auf deutscher Seite weichen. Hinter der Oder in Polen waren sogar noch mehr Orte dem Erdboden gleichgemacht worden, obwohl die Polen ihren Park so anlegten, dass er größere Ansiedlungen umging, die so erhalten wurden. Die Entschädigungszahlungen, die der Bund und die EU den Umsiedlern aus den vier großen deutschen Nationalparks leisteten, übertrafen sowohl die Reparationssummen, die Deutschland nach dem Ersten Weltkrieg zu zahlen hatte, wie auch die Entschädigungen für die Ostflüchtlinge nach dem Zweiten Weltkrieg und die Kosten des Aufbaus Ost nach der Wiedervereinigung. Trotz aller Diskurse bestanden Ökonomiehistoriker inzwischen darauf, dass diese Entschädigungssummen insgesamt als gigantischer Wirtschaftsanschub gewirkt hatten und die Voraussetzung dafür gebildet hatten, dass die dritte technologische Revolution so erfolgreich umgesetzt wurde, dass die Europäische Union sich weiter gegen die Amerikaner und Chinesen behaupten konnte.

Dennoch hatte sich der teilweise heftige und hartnäckige Widerstand von Teilen der Umsiedler zu einer echten Zerreißprobe für das Land entwickelt. Nie zuvor und nie wieder danach hatten Europa und vor allem Deutschland so gewaltige Demonstrationen und Straßenschlachten erlebt wie im Nachgang der Umsiedlungsbeschlüsse, die allerdings durch einen Volksentscheid rechtlich und politisch abgesichert worden waren. Die mit den Demonstrationen einhergehenden Straßenschlachten forderten mehrere Todesopfer sowohl unter Bundespolizisten wie Demonstranten, und es bildeten sich bewaffnete Heimatmilizen in Württemberg, Bayern, Sachsen, Sachsen-Anhalt und Brandenburg – jenen Bundesländern, die am stärksten von der Einrichtung der Parks betroffen waren. Historiker verglichen diese Milizen nicht, wie es vielleicht nahegelegen hätte, mit dem Terror der RAF, sondern zogen eher Parallelen zu südamerikanischen Guerillaeinheiten, wie den Sendero Luminoso in Peru oder den FARC-Rebellen in Kolumbien, die über viele Jahrzehnte ganze Regionen beherrscht und in einen bürgerkriegsähnlichen Zustand versetzt hatten.

In Deutschland fielen fast einhundertfünfzig Menschen den Milizen zum Opfer, darunter schließlich auch Admiral Harmsbeek selbst, der von einem »Kommando Widerstand Württemberg und Bayern« in Hamburg in die Luft gesprengt wurde. Doch dieser Akt war der letzte nennenswerte Erfolg der Milizen, die untereinander notorisch zerstritten und schlecht ausgestattet waren.

Elena erinnerte sich gut an ein weitverbreitetes Interview von Altkanzlerin Dünya Ateş, die zwanzig Jahre nach ihrer Abwahl über diese Ära ihrer Regierungszeit sagte, dass nichts Deutschlands Bevölkerung so zusammengeschweißt und die Umsetzung der zweiten ökologisch-wirtschaftlichen Wende derart vorangebracht hätte wie die Terrorakte der Umsiedler-Milizen.

Aber auch wenn die Milizen zerschlagen worden waren, hatten die Feldhüter auf viele Jahre hinaus in den neuen Parks mit Apokalyptikern, Neuheimsiedlern und sogenannten Waldgängern zu kämpfen. Wobei Waldgänger noch die harmloseste Gruppe ausmachten, weil es ihnen im Grunde nur darum ging, Artefakte und Wertgegenstände wie Altmetalle aus den Parks zu bergen. Sie vermieden strikt jede Begegnung mit Feldhütern. Die Apokalyptiker, die sich selbst Prepper nannten, hingegen rekrutierten sich teilweise aus dem Umfeld oder Ex-Mitgliedern der Heimatmilizen. Sie besetzten verlassene Ortschaften, wo sie wie die Neuheimsiedler ein Leben in der Natur und außerhalb jeglichen staatlichen Einflusses zu etablieren versuchten. Apokalyptiker waren mit Schusswaffen ausgestattet, und viele von ihnen zögerten nicht, auf die Feldhüter oder Landschaftsarbeiter zu schießen, die den Aufbau der Parks übernommen hatten.

Die Heimsiedler wiederum setzten sich aus esoterisch angehauchten Hippies, Neuheiden oder Sektenanhängern zusammen, die mit ihren Familien aufgelassene Höfe besetzten, dort nachhaltige Landwirtschaft betrieben und sich wie die Apokalyptiker möglichst autark versorgten. Sie leisteten zwar kaum Widerstand, sobald man sie aus den Parks zu evakuieren versuchte, aber hatte man sie von einem Ort vertrieben, tauchten sie an einem anderen, etwas abgelegeneren wieder auf und siedelten dort erneut. Es gab Berichte über Familien, die man über die ersten drei Jahrzehnte der Parkgeschichte hinweg zwanzig Mal ertappt und evakuiert hatte.

Elena konnte nachvollziehen, weshalb Menschen um ihre Heimat kämpften. Aber die Umsiedler waren andererseits auch angemessen entschädigt worden. Noch immer gab es Quartiere in den Metropolen, die fast ausschließlich von Umsiedlernachfahren bewohnt waren, die sich weigerten, jeden ohne Umsiedlerhintergrund als vollwertigen Nachbarn anzuerkennen. Die Umsiedler hatten auch zwei Parteien gegründet, die zwar einige Wahlerfolge verbuchen konnten, aber wegen ihrer deutlich reaktionären oder offen antiökologischen Haltung von den übrigen Parteien geschnitten wurden, sodass sie nie zu echtem Einfluss gelangten. Sogar die besonders in Bayern und Ostdeutschland aktive Allmende-Partei, eine Mischung aus Neonazis und Sozialfaschisten, die es immer noch regelmäßig mit drei, vier Abgeordneten in den Bundestag schaffte, wollte mit den von Heimat-Nostalgie dauerberauschten Siedlervertretern nichts mehr zu tun haben, nachdem sich herausgestellt hatte, dass deren Vertreter ebensolche Posten- und Pensionsjäger waren wie die Allmende-Funktionäre selbst.

Das Video mit dem halb verrotteten Ortsschild, das Elena auf dem Medientisch eingefroren hatte, machte sie traurig. So achtlos hätte man nicht mit Besitz und Erinnerungen der Umsiedler umgehen dürfen, fand sie. Hin und wieder tauchten draußen im Wald solche Artefakte auf. Der Aufbau der Parks hatte zu einem Boom für Abrissunternehmen und Landschaftsbauer geführt. Nicht alle Firmen arbeiteten korrekt. Einige sparten sich den aufwendigen Transport des Bauschutts, den sie stattdessen in Gruben oder Senken in der Nähe der Baustellen entsorgten, die sie danach nur notdürftig mit einer dünnen Schicht Muttererde bedeckten. Solche Gruben waren gefährlich für Mensch und Tier. Weil ihre Oberflächen kaum verdichtet worden waren, neigten sie inzwischen dazu, einzustürzen.

Wahrscheinlich war die junge Hirschkuh, die auf dem Video zu sehen war, in eine dieser Gruben eingebrochen, hatte sich verletzt und war dann in ihrer Nähe verendet. Denn außer den typischen Aasfraßspuren an ihrem Kadaver war auf den Bildern nicht zu erkennen, woran sie gestorben war.

Man hatte vor dem Abriss der Orte jedes Gebäude, jeden Friedhof und jedes Denkmal, das über irgendeine kulturhistorische Bedeutung verfügte, dokumentiert und später aus den Dokumenten eine digitale Erinnerungslandschaft im Metanetz geschaffen, die für jeden frei zugänglich war. Tausende Leichen waren exhumiert und auf den Friedhöfen der Quartiere der Umsiedler, die man an den Ausläufern der Metropolen errichtete, wieder beerdigt worden.

Elena war zu jung, um diese Umbruchzeit selbst erlebt zu haben. Aber, fand sie, Opfer hatten damals nun mal gebracht werden müssen, um die Menschheit vor den ganz großen Katastrophen zu bewahren. Die Umsiedler mochten sich nach zwei Generationen scheinbar ins Stadtleben integriert haben, aber man hielt in diesen Gruppen fest zusammen und warf den Städtern vor, sie seien elitär und brächten kein Verständnis dafür auf, wie es ist, die Heimat zu verlieren. Zweimal im Jahr veranstalteten die Siedler Aufmärsche, bei denen man Fahnen mit den Wappen der verschwundenen Dörfer und Städte durch Straßen und in Stadien trug und sich gegenseitig mit Reden und Volksmusik der gemeinsamen Herkunft versicherte.

Im Nachhinein betrachtet, zeigte sich tatsächlich eine gewisse Überheblichkeit in der Art, wie die Behörden damals mit den Umsiedlern umgegangen waren. Selbst heute traute man bei den Ämtern deren Nachfahren nicht gar so selbstverständlich wie Leuten mit anderem Familienhintergrund. Elena kannte auch die Zeitdokumentationen zu den Protesten und erinnerte sich ganz besonders gut an einen Förster, der vor laufender Kamera in Tränen ausbrach, während er dabei zuschaute, wie man die Plantage seiner fast achtzigjährigen Fichten abholzte, um dort Raum für einen sich selbst erneuernden Urwald zu schaffen. Er rief düstere Prophezeiungen in die Kamera, bevor er vor Zorn, Enttäuschung oder schierer Angst zu weinen begann.

Trotzdem erwies sich, dass er mit den apokalyptischen Warnungen unrecht gehabt hatte. Denn der Park entwickelte sich zu einem Urwald aus Buchen, Eichen, Ahorn und anderen Laubgehölzen und verwandelte sich eben nicht, wie der Forstbeamte es prophezeit hatte, zu einem nur spärlich bewachsenen Ödland.

Verglichen mit anderen EU-Staaten, war Deutschland bei der Umsetzung der Parks noch glimpflich davongekommen. In Frankreich und Spanien, auch in Polen, den Balkanländern und Italien waren immer noch Milizen aktiv, die sich mittlerweile in dritter Generation mit Anschlägen und Attentaten gegen die Umsiedlungen zur Wehr setzten. Inzwischen waren die Milizen dort auch mit Profiwildererbanden verschmolzen, die viele Millionen Euro auf den Schwarzmärkten für Trophäen und Wildfleisch umsetzten.

Elena fuhr zusammen, als sie hinter sich Schritte hörte, und wandte sich zur Tür.

»Moin«, sagte Hassan, der mit einem Unterhemd und einer grauen Schlabberhose bekleidet das Steuerdeck betrat. »Was machst du denn um die Zeit schon hier?«

»Arbeiten. Konnte nicht schlafen«, erklärte Elena, erleichtert darüber, dass es nicht Nemzew war.

»Und wie läuft das neue Suchprogramm?«

Elena streckte ihm den aufgerichteten linken Daumen entgegen. »Gute Arbeit!«

»Hm«, sagte Hassan und brachte den Heißgetränkevollautomaten dazu, ihm einen Cappuccino zu brauen.

12

Vierundzwanzig Stunden später hatte auch Antons Kollektiv mithilfe von Hassans KI-Trim die Rissdokumentationen auf der polnischen Seite überprüft. Bei einer Metaverse-Sitzung stellten Elena, Anton, Nemzew und Marek fest, dass im Park 124 unerklärliche Risse zu verzeichnen waren, die sich auf ein etwa achtzig Quadratkilometer großes Gebiet zwischen Elenas Abschnitt und Antons Überwachungsbereich konzentrierten. Bei mehr als der Hälfte dieser Risse bewiesen die Kadaver, dass es nicht um Trophäen oder Fleisch gegangen war. Stets waren die Opfer Wisente, Rehe, Hirsche oder Wildpferde gewesen, von denen es eine kleine Versuchspopulation auf Antons Seite des Parks gab.

Elena ließen die Daten so ratlos zurück wie Anton.

»Wie Elena vermutet hat, sind das Profiwilderer«, hatte Nemzew bei ihrer Kollektivbesprechung im Gemeinschaftsraum gesagt. »Die haben aus der Lust am Töten ein Geschäftsmodell gemacht. Es gibt immer irgendwo gelangweilte reiche Arschlöcher, die viel Geld dafür zahlen, zu beweisen, was für dicke Eier sie haben!«

Keiner antwortete zunächst auf seinen Einwurf.

»Eierstöcke!«, sagte Hassan schließlich. »Nicht nur dicke Eier, sondern auch Eierstöcke.«

»Was?«, fragte James Herbert verwirrt.

»Na, wenn Alex recht hat, dann ballern da nicht nur Männer sinnlos auf unsere Herden, sondern auch Frauen. Frauen haben …«

»Eierstöcke! Danke, du Klugscheißer!«, entgegnete James

Herbert. »Aber, Mann, das Risiko, das sie dabei eingehen, ist zu groß. Wir sind der am dichtesten überwachte Park in ganz Europa. Das muss schon seit mindestens vier Jahren so laufen, und da soll keiner die Wildererdrohnen beim Einflug geortet haben? Und keine von unseren Schwalben ist je auf einen frischen Abschuss gestoßen?«

»Hm«, sagte Hassan leise. »Ist ein Argument.«

»Geld ist auch eins«, entgegnete Nemzew. »Seit drei Jahren werden die Überflüge nicht mehr von einem Zufallsgenerator gesteuert, sondern folgen einem festen Flugplan. Mindestens zehn Leute im Hauptquartier haben jederzeit Zugang dazu. Um der Luftüberwachung auszuweichen, braucht es nur einen, der heimlich die Hand aufhält und die Flugpläne verkauft.«

Elena fragte sich nicht, weshalb keiner der drei Männer es für nötig hielt, ein Wort über die Motivation von Leuten zu verlieren, die womöglich sehr viel Geld dafür ausgaben, in ihrem Revier wahllos zu töten.

Jeder von ihnen hier am Tisch war ein erfahrener Jäger, selbst Hassan hatte einige Hundert Abschüsse in seiner Personalakte verzeichnet, und er war der schlechteste Schütze unter ihnen und ging deswegen seltener auf Pirsch als die anderen.

Der Tod war für Elena nicht abstrakt, und er hatte den klar umrissenen Zweck, neues Leben aus den Resten des vergangenen zu ermöglichen. Aber die Metropolen waren von Menschen bevölkert, die sich mithilfe von Ritualen, KI, Selbstbetrug und Narzissmus einzureden versuchten, sie hätten das Recht dazu, ihrem eigenen Leben einen Wert beizumessen, der weit über dem aller anderen Lebewesen rangierte. Die KI-Gurus versprachen ihren Anhängern, dass es in absehbarer Zukunft endlich so weit sei, die eigene Persönlichkeit in die Metaspähre hochzuladen und dort im Grunde unbegrenzt weiterleben zu können, unbehelligt von

Krankheit, Katastrophe oder heftigen persönlichen Dramen. Jedenfalls so lange, wie man genug Geld hatte, um die happigen Gebühren dafür berappen zu können – oder einer der Erben beschloss, den Stecker zu ziehen.

Die Neoschamanen verhießen ihren Gläubigen ewiges Leben in diversen Abwandlungen des alten christlichen Paradieses, und die Narzissten, von denen es den Psychologen zufolge immer mehr unter der Bevölkerung gab, waren überzeugt davon, dass ihnen jegliche Form von Unsterblichkeit sozusagen als natürliches Geburtsrecht zustünde. Womit immer sie ihre Sehnsüchte nach ewigem Leben auch rechtfertigten, dass sie überhaupt davon träumten, stellte den besten Beweis dafür dar, wie fasziniert sie alle von Tod und Sterben waren.

Obwohl man im Hauptquartier erfolgreich darauf drängte, dass die Feldhüter auch während ihrer Urlaube in den Metropolen unter ihresgleichen blieben, hatte Elena dieses ungeschriebene Gesetz immer wieder gebrochen und sich sehr bewusst unter Zivilisten gemischt, aber auf Partys und in Bars stellte man ihr immer die eine Frage: wie es sich denn anfühle, zu töten.

Inzwischen hatte sie gelernt, dass es unklug war, aufrichtig zu antworten. Weil die Wahrheit – jedenfalls Elenas Version davon – für die überwiegende Masse der Zivilisten zu verstörend war, als dass sie mit ihr hätten umgehen können: Zu töten war pure Macht und führte zuweilen zu einem allumfassenden Rausch, der älter und tiefer im Menschen verwurzelt war als jegliche andere Emotion; zu töten war letztlich der beste Beweis dafür, dass man lebte. Die wichtigste Leistung von Zivilisation und Kultur bestand darin, dieses Wissen eingehegt und kanalisiert zu haben.

Wie Nemzew zweifelte Elena keine Sekunde daran, dass Menschen viel Geld ausgeben und hohe Risiken eingehen würden, um dieses Gefühl von Macht und einer gewissen

Unsterblichkeit, das einen beim Töten ankam, erleben zu dürfen.

»Ich informiere Hanka und mache zeitgleich eine Meldung an die Bundespolizei und den Zaunschutz«, verkündete Elena in das Schweigen ihres Kollektivs hinein.

»Geil, der Zaunschutz, die Elite der Feldhüterschaft!«, kommentierte Hassan grinsend.

»Wir können nicht alle solche Genies sein wie Elena und Alex«, lächelte James Herbert und prostete mit seiner Teetasse den Übrigen zu.

Den größten Teil des nächsten Abends verbrachte Elena mit den drei Männern in der Kombüse, wobei sich keiner von ihnen besonders für ihre Anwesenheit interessierte, weil Nemzew und James Herbert Würfel spielten und Hassan an einem defekten Gerät herumreparierte, wozu er immer mal die Zungenspitze zwischen die Lippen schob. Ein deutliches Zeichen für höchste Konzentration bei ihm.

Gegen zweiundzwanzig Uhr hatte Elena genug vom Desinteresse ihrer Kameraden und verabschiedete sich in ihre Kajüte. Die Stille, die sie darin empfing, erschien ihr weich und seltsam warm. Sie zog sich aus und ging ins Bett, wo sie nach kurzer Zeit einschlief.

Anderthalb Stunden später warf die Alarmleuchte über der Kajütentür rote Lichter über den Raum. Dazu erklang ein Sirenenton.

Elena sprang auf, wischte sich mit dem Ärmel übers Gesicht, stieg in ihre Hose, ergriff die Uniformjacke und stürmte aufs Hauptdeck.

Dort waren Nemzew und James Herbert bereits über einem Bildschirm gebeugt und betrachteten die Echtzeitübertragung einer Schwalbe-Überwachungsdrohne. Nemzews Hosenstall war offen, und James Herberts Gesicht war gerötet und etwas verquollen. Sex im Metaraum, dachte

Elena, die froh war, dass die beiden Männer zu beschäftigt waren, um sie selbst näher zu mustern.

»Zwei Schwalben sind gerade aus dem System verschwunden. Abgestürzt«, erklärte James Herbert.

»Wilderer?«, fragte Elena.

Nemzew sah auf und zuckte die Achseln. »Weiß nicht. Zwei Drohnen, die auf einmal abstürzen? Bei gutem Wetter? Und ein paar Kilometer voneinander entfernt? Klingt nicht nach Wilderern, oder?«

Das Gebiet, das die Drohne gerade überflog und mit ihrer Nachtsichtkamera aufnahm, zählte zu den ältesten Teilen des Parks. Es war berüchtigt für Funklöcher. Die Zaunsicherungen waren in einem mäßigen Zustand, und die Datensammlungsoperationen der Schwalbe-Drohnen fielen häufig unzuverlässig aus. Zwar überflogen sie auch diese Zone und sammelten Daten, aber die Übermittlung an den Turm verlief wegen der Funklöcher notorisch lückenhaft.

Schon vor Jahren hätte man die Überwachungssysteme in diesem Teil des Parks erneuern sollen, aber im Hauptquartier regte sich hartnäckiger Widerstand, da in diesem Abschnitt seit Ewigkeiten keine Zaunbrüche oder Luftraumübertretungen registriert worden waren und man davon ausging, dass die Jagd in dieser Zone für Wilderer nicht lohnend war, weil die Tierpopulation hier weniger dicht ausfiel als in anderen, besser erreichbaren Parkabschnitten. Hinzu kam, dass es hier die meisten noch nicht völlig abgerissenen Geisterdörfer gab.

Im Hauptquartier argumentierte man, dass die Grenzbezäunung und Luftraumüberwachung der immensen Landwirtschaftsflächen, die an diesen Teil des Parks grenzten, regelmäßig erneuert wurden und deswegen auch als Redundanz für die unzureichende Parkschutzinfrastruktur dienen konnten. Dass sich außerhalb der Reichweite der von den Agrarfirmen angebrachten Umsetzer und GPS-Punkte mehrere Funklöcher auftaten, solange die Parkverwaltung nicht selbst investierte, war ein stetiger Reibungspunkt zwischen den Bürokraten im Hauptquartier und den Feldhüterkollektiven, die von ihrem Hauptturm aus in der Gegend für Ordnung zu sorgen hatten.

Elena war bei Weitem nicht die Einzige, die hinter der Ignoranz, mit der das Dezernat Instandhaltung diesen Teil des Parks strafte, interne Kompetenzrangeleien vermutete. Selbst Thomsens Verschwinden, gar nicht einmal so weit entfernt von hier, hatte im Hauptquartier bislang kein Umdenken ausgelöst.

»Wenn's keine Wilderer sind, was isses dann?«, fragte James Herbert verwirrt.

Hassan betrat verschlafen und nur mit seiner Dienstjacke und einer Schlabberhose bekleidet das Hauptdeck.

»Funklöcher? Endlich ist es so weit! Zwei Drohnen, die es auf einmal erwischt, sind ja wohl genug, dass sie im Hauptquartier mal die Finger aus den Ärschen ziehen!«, sagte er.

Auf den Bildern der Drohne, die das Absturzgebiet überflog, waren einige Rehe und ein Elch zu sehen, die aufgeschreckt vom Summen der Schwalbe-Rotoren durchs Unterholz brachen.

Es ist 0:24 Uhr und stockdunkel im Park, dachte Elena, falls Hassan unrecht hatte und sie es mit Wilderern zu tun hatten, die mit mehreren Drohnen an verschiedenen Stellen die Parksicherung durchbrochen und die Schwalben abgeschossen hatten, würden sie sich da draußen auf ein ungleiches Gefecht mit ihnen einlassen müssen. Dass die Wilderer sich nicht kampflos ergeben würden, stand für Elena fest. Sie hatte eine von den Entscheidungen zu treffen, vor denen sich jeder Kollektivleiter in jedem Hauptturm in Europa so fürchtete wie vor kaum etwas sonst. Denn entweder befahl sie jetzt, herauszugehen und sich auf ein mögliches Gefecht mit den Wilderern einzulassen, oder sie akzeptierte Hassans durchaus plausible Erklärung, setzte auf technisches Versagen und wies ihre Kameraden an, vom sicheren Hauptdeck aus die Lage weiter nur zu beobachten.

»Das ist fürs Protokoll, ich erkläre Stufe Blau!«, sagte Elena.

Nemzew warf ihr einen verständnislosen Blick zu, nickte aber gleich darauf.

Elena wandte sich an Hassan. »Zieh dich an. Dann machst du den Wiesel startklar! James Herbert bleibt hier und überwacht weiter die Lage.«

Nemzew schloss seine Uniformjacke und überprüfte dann die beiden Ersatzmagazine für sein Haenel-Gewehr, die am Koppel befestigt waren.

Kein Widerspruch, nicht übel, dachte Elena und wandte sich ab, um zurück in ihre Kajüte zu gehen und sich dort für den möglichen Ausflug in den Park auszustatten. Sie war bisher nur einmal an einer Konfrontation mit Wilderern beteiligt gewesen. Allerdings waren dabei keine Schüsse gefallen, weil die beiden Männer sich seinerzeit kampflos der Übermacht von sechs Feldhütern ergeben hatten.

Elena war deutlich in Erinnerung geblieben, wie verängstigt die beiden gewirkt hatten, beinahe schienen sie froh gewesen zu sein, dass man sie ertappt hatte. Nur stellte sich damals heraus, dass sie blutige Anfänger und Kleinkriminelle gewesen waren, die mithilfe von ein paar Fallen im Unterholz und einer uralten, gestohlenen Drohne ein paar Euro machen wollten.

Wilderer, die Schwalbe-Drohnen abschossen und sich mitten in der Nacht in den Park wagten, zählten allerdings zu einer deutlich anderen Kategorie, fand Elena. Einer, deren Mitglieder dazu neigten, ohne Warnruf auf Feldhüter zu schießen.

»Halt! Das ist komisch!«, rief James Herbert vom Bildschirm her und winkte Elena dabei eifrig zu.

»Was?«, fragte Nemzew, der bereits an der Tür stand.

»Die Signale sind zurück!«, erklärte James Herbert und wies auf den Bildschirm, der in der Gegend, wo die beiden Schwalben verschwunden waren und Nemzew eine weitere zur Prüfung umgelenkt hatte, plötzlich wieder drei Signale und drei Echtzeitaufzeichnungen anzeigte.

»Mann, falscher Alarm!«, sagte Hassan ganz offensichtlich erleichtert.

»Abwarten«, entgegnete Elena.

Doch während die vier gebannt auf den Bildschirm schauten, blieben die Signale auch für die nächste Viertelstunde stetig und normal. Dasselbe galt für die Aufzeichnungen der Geräte.

»Was jetzt? Alle wieder ins Bettchen?«, fragte Hassan.

»Nein. Jeder hat anderthalb Stunden Wachdienst, bis morgen früh um sechs. Jeder Wachhabende ist gefälligst aufmerksam. Und für alle anderen gilt erhöhte Alarmbereitschaft, bis wir uns morgen früh das Gebiet näher anschauen.«

»Na dann!«, erklärte Nemzew, drängte James Herbert von dem Bildschirm und bedeutete so, dass er bereit sei, die erste Wache zu übernehmen. »Nach mir Hassan, dann James Herbert. Und zuletzt Elena«, sagte er.

Elena fragte sich, ob sie es als Affront werten sollte, dass er so selbstverständlich diese Wache übernahm und damit alle Übrigen zwang, sich die unbeliebten Hundewachen zwischen zwei und sechs Uhr morgens zu teilen.

»Hm, ich geh ja schon …«, sagte James Herbert und trottete gähnend zur Tür. Wohin Hassan ihm mit einem Achselzucken folgte, noch bevor Elena sich überhaupt in Bewegung gesetzt hatte.

In ihrer Kajüte angekommen, erschien ihr die Stille darin, die sie am Abend noch als warm und sicher empfunden hatte, bedrohlich. Sie war sicher, dass sie nicht würde schlafen können. Also setzte sie sich zwischen Bett und Bullauge auf den Boden, zog die Knie an, umschlang sie mit den Armen und legte ihren Kopf darauf ab.

Jedem und jeder, dachte sie, standen ja wohl ein paar Momente hemmungslosen Sich-gehen-Lassens zu. Und frau musste die Feste feiern, wie sie fielen.

Es war eine Sache, in einem von Adrenalin, Erwartung und uneingestandener Furcht geprägten Moment die Entscheidung zu treffen, sich einem möglichen Feuergefecht in einer stockdunklen Wildnis auszusetzen. Es war etwas ganz anderes, darüber in der Stille der Kajüte zu reflektieren. Scheiße, habe ich zu lange mit dem Befehl gezögert?, fragte sich Elena und spürte, wie sich ihr ganzer Körper anspannte und gleich darauf ihre Hände zu zittern begannen und sie eine Gänsehaut bekam.

Elena war seit ihrer ersten Minute im Dienst klar gewesen, dass sie eines Tages nicht nur auf Wild, sondern auch auf Menschen zu schießen haben würde, und bislang hatte sie mit dieser Gewissheit ganz gut zu leben vermocht. Aber jetzt, da es beinahe so weit gewesen war, fürchtete sie, dass sie im entscheidenden Augenblick versagen könnte.

Nemzew und Ulf Thomsen waren in ihren Anfangsjahren bei der Truppe als legendäre Kämpfer berühmt gewesen, in ihren Personalakten waren mehrere Finalschüsse auf Wilderer vermerkt, und Thomsen hatte sich einst sogar in eine der Verbrecherorganisationen einschleusen lassen, um deren Mitglieder, Drohnen und Beutehehler zu identifizieren. Nach allem, was sie den Fallberichten und Erzählungen ihrer Kameraden hatte entnehmen können, fielen solche Auseinandersetzungen stets kurz und heftig aus. Die Bewaffnung und Ausrüstung größerer Wildererbanden waren denen der Feldhüter überlegen.

Elena zweifelte weniger daran, dass sie ihre Frau in einem klassischen Gefecht stehen würde. Aber es gab Situationen, wo es angebracht war, Wilderer zu überrumpeln und dann ohne Anruf auf sie zu feuern. Davor fürchtete sie sich, und dazu fühlte sie sich nicht bereit. Jedenfalls noch nicht, und vielleicht, dachte sie, werde ich es ja niemals sein.

Sie ließ sich für einige Zeit von einer Gefühlsmischung aus Furcht, Überforderung und Aussichtslosigkeit überwältigen.

Bereits vor Tagen hatte sie sich im Metaverse über die Auswirkungen von Schwangerschaften informiert und war erschrocken darüber gewesen. Unterm Strich, dachte sie, bin ich jetzt schon nicht mehr voll zurechnungsfähig und hätte Hanka längst darum bitten müssen, mich abzulösen. Ich riskiere hier immerhin Leben und Gesundheit meines Kollektivs. Also weshalb lasse ich mich morgen früh nach dem Kontrollflug nicht ablösen?

Sie ahnte, wie die Antworten ihres Vaters und ihrer Urgroßmutter ausfallen würden. Ihr Vater würde sie versonnen anlächeln und daran erinnern, dass sie schon als Kleinkind so selbstbestimmt gewirkt hatte, dass Mutter und er sich zuweilen vor ihr gefürchtet hatten. Und Urgroßmutter würde auf ihrem zu stark entwickelten Eigensinn und ihrem Ehrgeiz herumreiten, die angeblich keinen Raum für etwas anderes als ihre Karriere und ein bisschen sorgsam angepassten Hedonismus zuließen. Der Tod war ein Teil des Lebens, und soweit sie wusste, könnte sie den Parasiten in sich gerade noch loswerden, bevor er/sie/es ein wie auch immer geartetes Selbst entwickeln oder Schmerzen empfinden konnte. Das war bei allem Selbstekel ein verdreht tröstlicher Gedanke.

Elena glaubte, ihr Herz schlüge schneller, sie spürte Schweißperlen über die Stirn rollen und legte sich aufs Bett.

In den nächsten Tagen und Wochen, dachte sie, würde ihre Blutmenge um fast vierzig Prozent zunehmen und ihre Bauchdecke wahrscheinlich aufreißen. Außerdem würde sie kurzatmig werden, ihre Knochen an Festigkeit verlieren, während ihre Lunge, der Bauch, die Beine und Füße sich mit Wasser füllen und ihre Hormone ein verlogenes biochemisches Theater aufführten, das dazu gedacht war, ihr weiszumachen, dass der Parasit, der unaufhörlich in ihr heranwuchs, den einzigen Lebens- und Überlebenszweck darstellte, der ihr seit seiner Zeugung noch zustand.

Und all dies war eigentlich noch der geringste Teil dessen, was die Schwangerschaft ihrem Körper antat. In gewisser Weise war es, als würde sie jetzt zum ersten Mal in ihrem Leben wirklich begreifen, dass sie nicht nur aus Fleisch und Blut bestand, sondern dass ihr Geist bloß eine begrenzte Macht über jene Maschine aus Fasern, Genen, Hormonen, Muskeln, Knochen, Sehnen, Venen, Arterien, Knorpeln und Hirngewebe verfügte, die er bewohnte.

Eine rundum erschreckende Erkenntnis, die sie durchaus als persönliche Kränkung empfand.

All die Zweifel, die Angst und der Selbstekel blieben Männern erspart, dachte sie, und nichts anderes war ihr jemals so unfair erschienen wie dies.

Nemzew, Hassan und James Herbert hatten doch auch mindestens einmal am Tag Sex in irgendeinem Metaraum und wirkten rundum zufrieden damit. Eine Menge ihrer Kolleginnen und Bekannten nutzten KI-Sexautomaten, und demnächst würde es sogar erlaubt sein, die neueste Generation dieser Dinger zum Dienst im Park mitzunehmen. Und bei ihrem letzten Turmeinsatz hatten zwei Kollegen tagelang kein anderes Thema beim Essen gehabt als Identitäts- und Geschlechtertausch in Metaräumen, wo sie virtuell Sex als Männer, Frauen, Einhörner oder Bären gehabt hatten. Es existierten unendliche Möglichkeiten, sich die sexuelle Kante zu glätten, aber ich, dachte Elena, muss ja treudoof immer auf der traditionellen Biovariante bestehen.

Scheißsex, Scheißkerle und – ach, Scheißalles!

Sie schlief ein.

3

Der Wald
März

13

Die Wiesel-Drohne flog über die Randgebiete des ältesten Teils des Parks, der an riesige Gemüse- und Biomassefelder angrenzte. Über denen zogen vier kantige, silbern schimmernde Roboter ihre Linien, hin und wieder blitzte es blau oder rot zwischen ihnen auf. Das waren die Laser, mit denen sie Unkraut oder überflüssige Nutzpflanzen abtöteten.

Das dem Zaun am nächsten gelegene Feld wurde von schmalen Hainen begrenzt, die aus Robinien, ein paar Birken und Gebüsch bestanden.

Elena schaute aus der Wiesel-Drohne nach unten. Sie mochte Robinien nicht, die waren wie Unkraut, sie wuchsen in Gruppen überall an den Rändern der kleinen Savannen und verdrängten zuweilen die Birken, die sie viel lieber sah.

Der Parkzaun war hier in einem mäßigen Zustand, kein Vergleich zu dem an den Abschnitten in unmittelbarer Nähe zur Metropole.

Hassan drehte die Drohne nach links ab und steuerte sie tiefer in den Park hinein.

Einige Zeit darauf verzeichnete das Kom der Drohne eine Anfrage von Mats Heuer, dem Agrartechniker, der von seinem Steuerturm zehn Kilometer hinter dem letzten Zaunsystem die Arbeit der Agrarroboter koordinierte und überwachte.

Elena kannte ihn nicht persönlich, aber sie erinnerte sich, dass er ein Bekannter von Nemzew war, der Mats offenbar vertraute.

»Mats? Elena hier!«, antwortete sie.

»Elena? Kenn ich nicht!«, drang Mats' erstaunte Antwort aus den Lautsprechern.

»Sie ist meine neue Beigängerin!«, erklärte Nemzew zu laut und dröhnend. Soso, dachte Elena, er hat Beigängerin gesagt, nicht Vorgesetzte.

»Ach, Alex, bist du das? Na, wenn sie zu dir gehört, ist ja alles klar. Hab euch gerade auf den Schirm gekriegt und wollte Hallo sagen. Reine Höflichkeit.«

»Danke«, entgegnete Elena. »Uns sind heute gegen null Uhr fünfzehn zwei Schwalbe-Drohnen hier in der Gegend zeitweise abhandengekommen, dann wieder aufgetaucht, aber heute früh gegen sechs wieder verschwunden. Hat dein System die vielleicht verzeichnet? Gab's sonst irgendetwas Ungewöhnliches, das dir gemeldet wurde?«

»Nee, da war nix, sonst hätte ich mich schon bei euch gemeldet. Aber uns sind Anfang der Woche drei Relais ausgefallen, deswegen fahre ich auch bloß vier Roboter hier. Hab das schon der Zentrale gemeldet.«

»Wie ist das denn passiert?«, erkundigte sich Nemzew. »Ihr hattet doch gutes Wetter hier, kein Sturm, kein Regen. Sind die Dinger schon so alt, dass sie einfach aus den Halterungen fallen?«

»Nee, unsere Ausrüstung hier ist viel besser als eure. Die Dinger waren fast neu. Das müssen Wisente gewesen sein, die die Masten umgeworfen haben. Steht auch so in meinem Bericht. Hätte ja erwartet, dass ihr den schon im System habt.«

Elena, die fürchtete, den Report übersehen zu haben, warf fragende Blicke in die Runde. Aber die Kollegen deuteten an, dass sie ebenfalls keine Ahnung von einem Bericht des Agrartechnikers hatten.

»Ist noch nix bei uns angekommen, Mats«, sagte Nemzew.

»Mist! Na, Alex, wenn ihr schon in der Gegend seid, könnt ihr nach den Dingern schauen? Unsere Drohnen dürfen ja nicht so weit in den Park reinfliegen. Warte 'ne Sekunde, ich geb dir gleich die Koordinaten durch, ja?«

»Klar. Wir sehen uns das an und schicken dir einen Schadensaufnahmereport. Aber ist schon komisch, die Wisente sind selten so weit oben im Park.«

»Ja, dachte ich auch. Aber ich kenne mich mit den Viechern nicht so gut aus wie ihr. Danke, dass du dich drum kümmern willst!«

Hassan lenkte die Drohne etwas ab von ihrem ursprünglichen Kurs, doch Elena schüttelte den Kopf und bedeutete ihm, zum anfänglichen Kurs zurückzukehren. »Hey, Mats, wir suchen jetzt erst mal nach unseren Schwalben und sehen dann auf dem Rückweg nach deinen Relais«, erklärte sie.

»Sehr gut, ich warte dann, bis ihr euch meldet.«

»Wir melden uns, falls wir die Dinger finden. Wenn du nichts von uns hörst, musst du halt einen Einflugantrag stellen und eure Leute danach suchen lassen«, sagte Elena, die damit Nemzew zuvorkommen und bei Mats klarstellen wollte, dass sie hier die Chefin war, nicht Nemzew.

»So machen wir das. Obwohl diese Scheißanträge ja 'ne Ewigkeit dauern, bis die mal bearbeitet werden.«

»Geht den Menschen wie den Leuten«, rief Nemzew ins Mikro, schaute dabei aber Elena beleidigt an.

Das Gespräch war beendet.

»Sag mal, Hassan, nutzen wir die ausgefallenen Relais nicht auch für unsere Schwalben?«, fragte Elena.

»Sicher. Wenn ich gewusst hätte, dass Mats die Relais verloren hat, hätte ich die Schwalben gar nicht erst hier raufgeschickt. War ja klar, dass die spinnen, wenn ihnen die Umsetzer hier oben fehlen.«

Die Umsetzer waren angeblich recht neu gewesen, dachte

Elena, und Wisente streunten zwar schon mal bis hier herauf, aber in den Populationsbewegungsdaten, die sie wegen der mysteriösen Wildrisse in den letzten beiden Tagen ausgewertet hatten, waren keine Wisentaktivitäten in diesem Gebiet verzeichnet gewesen, das wusste sie genau. Falls die Umsetzermasten nicht wirklich schlampig errichtet worden waren, dann gab es außer Wisenten und heftigen Unwettern nichts im Park, was sie hätte zerstören können. Andererseits konnten unzuverlässige Relais auch das seltsame Verhalten ihrer beiden verschwundenen Drohnen erklären.

Nemzew schaute sie nachdenklich an. »Ich weiß, was du denkst ...«, sagte er.

»Ohne Masten und Umsetzer könnte hier auch die Luftüberwachung gelitten haben«, sagte sie.

»Ja. Und es gab keine Wisentaktivitäten hier oben. Die Masten sind nicht zufällig umgefallen«, antwortete Nemzew. »Wenn ich Wilderer wäre und viel Geld damit machen wollte, ein paar reichen Arschlöchern Abschüsse zu ermöglichen, dann wäre das keine schlechte Gegend dafür. Und ich wäre mir dann auch nicht zu fein, hier hereinzufliegen und ein paar Relais zu zerstören, damit ich mit meinen Klienten bei den Abschüssen so gut wie ungestört bin.«

James Herbert Jones löste seinen Sicherungsgurt, trat mit eingezogenem Kopf an Elena und Nemzew vorbei und öffnete die Sicherungsbox für die vorschriftsgemäß in jeder Feldhüterdrohne verwahrten S-&-G-Vollautomatik-Pistolen.

»Scheiße!«, rief er, als er einen Blick in die Box geworfen hatte.

Dort waren zwar die vier vorgeschriebenen Pistolen in ihren Halteclips, aber nur ein halb voller Munitionskarton.

»Ich trete den Schlampen von der Materialausstattung die Haarlinien krumm!«, knurrte Nemzew, löste ebenfalls seinen Gurt, ergriff die erste der vier Pistolen und lud das Magazin nach.

»Schlampen? Dort arbeiten Christopher, Henry, Heiner, Rudolf und Bashir«, zischte Hassan wütend.

»Mir scheißegal. Schlampe ist Schlampe. Ob mit Möse oder ohne«, entgegnete Nemzew, während er die erste Waffe an Elena weiterreichte und dann das Magazin der zweiten herausspringen ließ, um es zu laden.

Elena war überrascht darüber, wie offen Hassan Nemzew, dem Oberhirsch, widersprach.

»Wird schon schiefgehen«, versuchte James Herbert zu beschwichtigen.

Nemzew händigte James Herbert eine der Waffen aus, steckte die dritte in den Clip an seinem Gürtel und lud die vierte.

»Hat bloß für jeweils acht Schuss gereicht. Aber wir haben ja noch die Gewehre. Die sind eh besser gegen Wilderer«, erklärte Nemzew.

Elena hatte sich ins dünne Polster ihres Mannschaftssitzes zurückgelehnt.

»Ja!«, sagte sie und schloss ihre Augen. War die Gefahr, da unten Wilderern zu begegnen, gestiegen?, fragte sie sich. Eher nicht. Aber selbst wenn sie dieses Mal noch davongekommen waren, früher oder später würde sie sich in einer Auseinandersetzung mit ihnen wiederfinden. Aber nicht jede und jeder in ihrer Position hatte den Luxus, sich in einer realen Trockenübung emotional darauf einstellen zu können, auf Menschen schießen zu müssen.

»Maaaann!«, rief James Herbert, der eben auf dem Weg zurück zu seinem Platz einen Blick durchs Bullauge geworfen hatte. »Geh runter, Hassan! Runter!«

Nemzew, Hassan und Elena schauten hinaus.

14

Elena hasste den scharfen, süßklebrigen Geruch von Verwesung, der zwischen den Erlen, Robinien und kleinen Walnussbäumen am Rand der Lichtung hing. Seit sie die Drohne verlassen hatten, kämpfte sie mit Brechreiz. Was Hassan zufällig durch das Bullauge der Drohne entdeckt hatte, waren sechs Kadaver, die auf der kleinen Waldöffnung verwesten. Zwei von ihnen mussten seit dem Winter hier liegen. Der Zustand der übrigen vier deutete darauf hin, dass mindestens zwei von ihnen erst kürzlich zu Tode gekommen waren. Während die übrigen beiden wohl seit vier bis sechs Wochen hier allmählich vergingen.

Drei der Kadaver waren Wisente, die schon seit dem Winter hier liegen mussten. Die anderen Überreste waren die eines Hirsches und zweier junger kräftiger Wildschweine. Es war möglich, dass die Schweine vom Aasgeruch angelockt worden waren. Aber Rehe hätten sich von den verwesenden Kadavern instinktiv ferngehalten.

Nemzew war im Unterholz verschwunden, um sich nach Fährten umzusehen, während Hassan und James Herbert Jones mithilfe von Messern, Phiolen und Pinzetten aus einer roten Kunststoffbox Proben der Kadaver zur späteren Auswertung im Turm sammelten.

Elena stand mit schussbereitem Gewehr Wache.

Hin und wieder brachte ein Windstoß die frühen Blätter der Büsche und Bäume in Bewegung, was für Elena jedes Mal eine Erleichterung darstellte, weil der Luftzug den heftigen Verwesungsgeruch minderte.

Keine drei Meter von ihr entfernt lag der von letzten Fellfetzen und schleimig grauem Fleisch behangene Schädel eines der Wisente und starrte aus leeren Augenhöhlen zum Waldrand. Über ihnen kreisten einige Krähen und Feldmöwen, obwohl Elena sicher war, dass hier auch größere Raubvögel wie Habichte, Milane und Eulen aktiv gewesen waren. Einige Eulengewölle lagen nicht weit von ihr am Boden, und die Populationen der übrigen Raubvögel waren in den letzten Jahren stärker angewachsen, als man es prognostiziert hatte.

Die Auffindungssituation der Kadaver widersprach Elenas sämtlichen Erwartungen. Befände sich hier ein Wasserloch, wäre es plausibel gewesen, dass sich die Tiere aus eigenem Antrieb eingefunden hätten, sogar das Rotwild. Doch die Lichtung war flach und der Boden unter dem zumeist noch grauen Gras hart und trocken, zudem fiel er nach Osten hin leicht ab. Selbst während der kurzen Schneeschmelze, um die Weihnachtszeit oder Anfang Januar herum, hätte sich hier kein Wasser gesammelt, das die Tiere angelockt haben könnte.

Nein, mit Ausnahme der Wisente war offenbar jedes Tier erst nach seinem Tod hierher transportiert worden. Was sich nur durch die Aktivität von Wilderern erklären ließ – die es vielleicht mithilfe einer größeren Drohne sogar geschafft hätten, die Wisente hierher zu schaffen. Obwohl Elena darin keinen Sinn erkennen konnte, denn die Wilderer hätten Trophäen oder Fleisch auch an dem Ort austrennen können, an dem sie die Tiere getötet hatten. Diese Lichtung war zum Abschuss nicht besser geeignet als jede andere offene Stelle in diesem Parkabschnitt.

Elena nahm sich vor, zu überprüfen, wie lange genau die Relais und Umsetzer ausgefallen waren und wie oft es hier zuvor schon auffällige Ausfälle an den Zaun- und Luftüberwachungssystemen gegeben hatte. Sie hoffte, daraus

Bewegungsmuster der Wilderer im Park ableiten zu können.

»James, habt ihr schon was zu dem Befraß oder zu Kaliber und Schussbild?«, rief sie ihren Kollegen zu, die sich eben um die kahlen, gräulichen Rippen des zweiten, etwas weniger verwesten Wisents drängten. Hassan überprüfte auch diesen Kadaver mit einer kleinen Metallsonde aus der roten Box.

»Befraß ist, was man erwarten würde. Luchs, Wolf, bisschen was Kleineres war inzwischen auch dran. Vögel auf jeden Fall. Krähen, paar Raben. Kein Geschoss, wahrscheinlich haben sie das sowieso entfernt, als sie die Tiere aufgeschlagen haben«, antwortete James Herbert Jones.

»Alles, was ich hier erkennen kann, ist, dass da gar nichts entfernt wurde, James. Die Rippen haben keine Schneidspuren. Auch die Hinterläufe nicht. Aber dort sind die besten Stücke, wenn's denen um Fleisch gegangen wäre. Die Wisente sind einfach nur abgeschossen worden!«, erklärte Hassan sichtlich wütend. Er hatte sich ein Tuch über Nase und Mund gebunden und beugte sich dicht über den Kadaver.

»Da ist doch gar nix mehr dran! Lass mich erst mal die Sondensuche beenden, bevor du so was behauptest!«, verwehrte sich James Herbert Jones gegen Hassans Vermutung.

»Das sieht man doch!«, erwiderte Hassan knapp und aggressiv.

Ein Pfiff ertönte, der sie alle aufblicken ließ.

Nemzew musste etwas gefunden haben. »Ich geh schon!«, rief Elena. »Macht ihr mal hier in Ruhe weiter. Wir brauchen Proben von jedem Kadaver hier und von der Erde um ihn herum.«

»Ich mach das nicht zum ersten Mal …«, antwortete James Herbert Jones gekränkt.

Elena sicherte ihre Waffe und ging in die Richtung, aus

der Nemzews Pfiff ertönt war. Sie hatte das Gefühl, etwas schaue ihr aus den leeren Augenhöhlen des Wisents hinterher.

Sie schlug sich durch das Unterholz bis zu einem Wildpfad, den offenbar auch Nemzew genutzt hatte.

Sie sah ihn zwischen einigen älteren Bäumen stehen, er hielt den Lauf seines Gewehrs nach unten gerichtet und schaute ihr verschlossen entgegen.

»Es ist da drüben!«, sagte er, sobald er sicher war, dass sie ihn verstehen konnte, wandte sich ab und ging an den Bäumen vorüber tiefer in das Waldstück hinein. Elena bemerkte mehrere offenbar schon ältere Brüche im Unterholz und an einigen der jüngeren Bäume. Das sah aus wie Bruch, der entstand, wenn Wisente sich durch dichten, jüngeren Wald schlugen. Sie wunderte sich einmal mehr, dass die Tiere bis hier herauf zum Zaun gezogen waren. Das taten sie gewöhnlich nicht, da hinter dem Zaun der Baumbestand des Parks ganz bewusst dichter angelegt worden war.

In den ersten Jahren nach Gründung des Parks war es ein ständiges Ärgernis gewesen, dass Teile des Großwilds in diesen Randzonen an den Setzlingen Fraßschäden verursachten, aber ständige Drohnentreibaktionen ihrer Kollegen damals und die Installation von lauten Warnmeldern, die noch dazu rot aufleuchteten, hatten die Tiere schließlich davon abgebracht, zumal ihnen bald auch weit bessere Weidegründe weiter im Innern des Parks zur Verfügung standen.

»Ich weiß nicht, was das ist, Elena, aber es gehört nicht hierher«, sagte Nemzew, legte die Waffe ab, ließ sich auf die Knie nieder und wies auf eine merkwürdig geordnet wirkende Ansammlung von Knochen und kleineren Steinen.

Elena hatte so etwas noch nie gesehen, weder hier im Park noch außerhalb. Sie trat näher und betrachtete die Knochen. Zwei von ihnen waren länger und kräftiger als die übrigen und in Form eines Kreuzes angeordnet worden. Auf jenes Knochenkreuz wiederum hatte man zwei flache Steine platziert, über denen zwei weitere, etwas kleinere Knochen ebenfalls in Kreuzform abgelegt worden waren. Auf ihnen befanden sich drei flache, übereinandergestapelte Steine.

»Das ist nicht zufällig entstanden.«

Nein, das war offensichtlich, dachte Elena, ebenso fasziniert wie abgestoßen von diesem … was immer das hier war.

»Hast du das dokumentiert?«

»Ja«, antwortete Nemzew einsilbig.

Elena nickte, ließ sich ebenfalls auf die Knie fallen, stützte sich auf ihr Gewehr und griff mit der freien Hand nach dem obersten, kleinsten der Steine. Ihr fiel nichts Besonderes an ihm auf. Einfach ein flacher Stein, wie er in Bachbetten oder zwischen den Gräsern hier zu Tausenden zu finden sein musste. Sie legte vorsichtig auch die beiden anderen Steine beiseite und betrachtete einige Zeit die beiden kleineren Knochen. Sie lehnte das Gewehr gegen einen Baum und ergriff mit beiden Händen die Knochen, befühlte und betrachtete sie, als könnte ihr das Auskunft über Sinn und Zweck dieser merkwürdigen Skulptur geben.

Sie öffnete ihr Kom, wartete einen Augenblick, bis es sich ins Netz eingeloggt hatte, das hier tatsächlich sehr schwach war, und blätterte sich dann durch eine bioanthropologische Datenbank, um die Knochen zuordnen zu können.

Sie war sicher, dass Nemzew dies ebenfalls bereits getan haben musste, aber kein Wort dazu sagte.

»Und?«, fragte Nemzew.

»Uneindeutig.«

»Hm, wie bei mir. Ich dachte, dir als Biologin fällt noch mehr ein …«

Natürlich, dachte sie, das muss ja sein, dass du mir meine höhere Qualifikation gerade jetzt unter die Nase reibst.

»Das Einzige, das in den Datenbanken ungefähr unserem

Fund entspräche, sind Affenartige. Aber auch dort ist die Zuordnung unspezifisch.«

»Hast du's mal mit Humanoiden versucht? Davon gibt's nämlich im und um den Park einige.«

»Nicht witzig!«, entgegnete Elena.

»Doch«, widersprach Nemzew, erhob sich und wies zwischen einige junge Robinien, die sich in einer Gruppe zwischen einem mickrigen Ahorn und einigen älteren Birken angesiedelt hatten. »Dort ist noch mehr, was du sehen solltest …«

Elenas Blick folgte seiner Geste.

Zwischen den Bäumen waren unter etwas totem Gras Spuren in der harten Erde zu erkennen, entstanden etwa zur selben Zeit, als die Wisente starben. Elena erinnerte sich an ihre Konferenz mit Anton und die Teilspur, die er zur Sprache gebracht hatte. Nemzew hatte sie zunächst für den verwischten Tatzenabdruck eines Luchses gehalten, aber nachdem sie das Bild vergrößert hatten, stellte sich heraus, dass der Abdruck nicht von einem Luchs stammen konnte. Nemzew hatte daraufhin seine Meinung revidiert und sich darauf versteift, dass sie es mit Wilderern zu tun hatten, die die Feldhüter auf der polnischen Seite mit dieser Spur in die Irre zu führen versuchten.

Doch jetzt schaute Elena auf gleich drei nicht weit voneinander entfernte Abdrücke, die exakt denen auf Antons Bild entsprachen.

Elena war ratlos, und Nemzew sah es ihr an.

»Ich arbeite seit dreiundzwanzig Jahren hier draußen. So was wie das da hab ich noch nie gesehen«, sagte Nemzew mit einem vorwurfsvollen Unterton, als mache er Elena dafür verantwortlich, vor einer Spur zu stehen, deren Zuordnung ihn überforderte.

»Hast du die Abstände zwischen den Spuren schon vermessen?«, fragte Elena.

Nemzew öffnete sein Kom und zeigte ihr die Ergebnisse seiner Messung. Die verwirrten Elena allerdings nur noch mehr, weil sie ebenso uneindeutig ausfielen wie die Zuordnung der Knochen, die sie in der Nähe der Kadaver gefunden hatten.

Sie fühlte sich von Nemzews überheblichen Blicken und dem unausgesprochenen Vorwurf, der darunter lag, überfordert. Dieser Mann war ihr ein Rätsel und würde es weiter bleiben, dachte sie gereizt.

»Wenn das Einzige, was diesen Knochen drüben entspricht, Affenartige sind, dann sollten wir vielleicht mal sehen, ob die Spuren hier auch von Affen stammen könnten«, sagte sie.

»Du spinnst!«

»Kann ja sein, aber ich bin hier der Chef!«, entgegnete sie, und es klang harscher, als sie es für möglich gehalten hätte. Sie wandte sich ab und kehrte zu der kleinen Öffnung zurück, wo Hassan und James Herbert immer noch mit der Belegaufnahme an den Kadavern beschäftigt waren.

15

Hassan schaute ihr verwundert entgegen, sobald sie auf die Lichtung trat, senkte aber gleich darauf den Blick und sammelte weiter mit einem Spatel trockene, feste Erde in einem Glasbehälter.

Elena reckte den linken Arm mit dem daran angeschnallten Kom in die Höhe und bewegte sich einige Male im Kreis, um Verbindung zum Netz zu bekommen. Endlich sah sie an dem grünen Leuchten des Koms, dass es sich eingeloggt hatte.

Rechts von ihr erschien Nemzew zwischen dem Unterholz; er hielt sein Gewehr vorschriftsmäßig mit dem Lauf nach unten und wirkte so furchtbar unerschütterlich dabei.

»Boing, Boing, Pum, Simsalabim …«, sang er die Erkennungsmelodie einer beliebten Netzshow für Kinder, bei der es galt, anhand von bunten, lustigen Cartoonclips eines ungeschickten Zauberers bekannte Märchen zu erraten.

»Alex, alles gut bei dir?«, fragte Hassan.

Nemzew reagierte nicht darauf, sondern schaute Elena dabei zu, wie sie sich mit ihrem Kom in eine Datenbank einwählte, um dort Fotos und Videos, die sie von den geheimnisvollen Spuren gemacht hatte, hochzuladen. Es dauerte nur wenige Sekunden, die Elena wie eine Ewigkeit vorkamen, zumal jetzt Hassan und James Herbert sie ebenfalls verwundert anschauten.

»Sie glaubt, wir hätten uns Affen eingefangen«, erklärte Nemzew. Elena gab sich zwar alle Mühe, seine Show zu ignorieren, schaffte es aber nicht. Was Nemzew zweifellos auch bewusst war.

»Was issen mit euch los?«, erkundigte sich James Herbert.

»Frag sie!«, antwortete Nemzew und summte erneut die Anfangstakte der Erkennungsmelodie der Kindershow.

Elena spürte eine Hitzewallung kommen. O Gott, gleich schwitze ich wie in einer Sauna, dachte sie, das kann doch nicht wahr sein, nicht jetzt, verdammt, Nemzew glaubt doch, dass ich es aus Verunsicherung über seine infantilen Provokationen täte.

Endlich zeigte ihr Kom ein Ergebnis der Datenbanksuche an. Elena speicherte es und sorgte mit zwei Berührungen ihrer Fingerspitzen auf dem Screen dafür, dass das Kom die Ergebnisse in Hologramme umwandelte und gegen den etwas dunkleren Hintergrund des Waldstücks projizierte.

Die drei Männer schauten einige Zeit wortlos auf die Projektion.

»Glaub ich nicht!«, sagte Hassan.

»Die Datenbank spinnt. Wiederhol die Suche!«, riet ihr James Herbert.

Elena ignorierte die Worte der beiden und schaute zu Nemzew. Der erwiderte ihren Blick und sagte dann: »Jede Datenbank ist nur so gut wie die Daten, mit denen du sie fütterst. Deine Bilder waren scheiße.«

»Waren sie nicht«, entgegnete Elena gepresst.

»Da steht *unspezifisch, Pavianartige*«, sagte Hassan. »Und *Vorkommen: Afrika, Halbwüsten, Savanne und Hochland.* Vor drei Wochen hatten wir hier minus dreizehn Grad. Das hält kein Pavian aus.«

»Lad deine eigene Dokumentation hoch und lass sie durch die Datenbank laufen. Das ist eine Anweisung!«, sagte Elena zu Nemzew. Schwanzvergleich kann ich auch, dachte sie und fühlte dennoch, wie kalter Schweiß ihre Stirn herabrann.

»Du schwitzt ja«, sagte Nemzew.

»Ich erwarte, dass meine Anweisung ausgeführt wird, Zweiter Feldhüterobermeister Nemzew!«

Nemzew blies zwar genervt die Wangen auf und schaute an Elena vorbei zu Hassan und James Herbert, aber er lud seine Aufnahmen in die Datenbank hoch. Wozu er keine lächerlichen Verrenkungen mit seinem Kom-Arm machen musste, weil er natürlich zufällig auf der einzigen Stelle hier in der Waldöffnung stand, an der das Netz ausreichend gut war, um die Daten problemlos hochzuladen.

Nemzew wartete auf das Ergebnis seiner eigenen Datenbankrecherche.

Er wartete *zu* lange, dachte Elena und begriff, dass er offenbar zögerte, die Ergebnisse seiner eigenen Recherche neben Elenas Hologramme zu projizieren.

Hassan und James Herbert sahen Nemzew an, als erwarteten sie von ihm eine plausiblere Erklärung, als Elena sie gegeben hatte. Die konnte er allerdings nicht liefern, weil seine Ergebnisse genauso ausfielen wie Elenas. Nemzews Zögern verschaffte ihr eindeutig Befriedigung, selbst wenn sie das zu verbergen versuchte.

Endlich ließ er sich dazu herab, seine Ergebnisse neben Elenas zu projizieren.

Ich muss schon wieder pinkeln, das ist doch wohl nicht wahr, zum dritten Mal heute Morgen, dachte Elena, der es peinlich war, sich jeden Moment in die Büsche schlagen zu müssen.

Hassan und James Herbert schauten fassungslos auf Nemzews Projektion.

»Die Datenbank hat Fehler! Muss einfach …«, flüsterte Hassan und trat unwillkürlich einige Schritte näher auf die Hologramme zu, als glaubte er, ein Perspektivwechsel führe dazu, dass die Ergebnisse anders ausfielen. Doch nichts veränderte sich an den Hologrammen.

»Was jetzt?«, fragte James Herbert.

Nemzew schaute nachdenklich in den Himmel und schob seine freie Hand in die Hosentasche. Er blieb einige Zeit regungslos so stehen, wandte sich dann aber mit einer plötzlichen Bewegung an Hassan und James Herbert. »Wir werden hier verarscht. Keine Ahnung, weshalb. Aber wir werden vorgeführt. Und ich werde nicht darauf reinfallen. Das da«, er wies auf die Kadaver, »waren Wilderer, keine Scheißaffen.«

Keiner antwortete darauf.

Das Schweigen der Männer wurde erst vorwurfsvoll, dann belastend. Elena war klar, dass sie etwas tun musste, um ihre Autorität zu wahren. Also tat sie das Naheliegendste und befahl Hassan und Nemzew, die mysteriösen Pavianfährten zu sichern, indem sie Abformungen davon anfertigten. »Mann, Fährtenausgüsse? Haben wir dazu überhaupt das Material dabei?«, fragte James Herbert erstaunt.

Während Hassan erleichtert über ihre Anweisung wirkte, schaute Nemzew regungslos nahezu eine halbe Minute weiter auf die Hologramme, bevor er sein Kom schloss, das Gewehr entsicherte und Hassan wortlos dabei zusah, wie der die für Abgüsse nötigen Utensilien aus der roten Box heraussuchte. Als Hassan schließlich mit zwei Glasbehältern, einigen Spateln und einem Sack sehr altmodischen Gipses Nemzew ins Unterholz folgte, trat er auf einen trockenen Ast, der zerbrach.

»'tschuldigung!«, sagte er.

Elena fühlte, wie das Adrenalin, das sie während der Auseinandersetzung mit Nemzew ausgeschüttet hatte, ihren Herzschlag beschleunigte. Aber – wie auch immer – es machte auch ihr dringendes Bedürfnis nur noch drängender. Zwei Minuten darauf hockte sie zwischen Gras und zerbröseltem Laub hinter einigen unterentwickelten Farnen und Ahornkeimlingen und erleichterte sich. Paviane, dachte sie, wie kommen Paviane in meinen Park?

Mein Park, dachte sie gleich darauf, hab ich ihn gerade zum ersten Mal als *meinen* Park gedacht? Verdammt! Mein Park, so hatte Thomsen ständig geredet. Und er hatte sich dabei auch so aufgeführt, als sei all das hier sein ganz persönlicher Besitz, in dem besser keiner je irgendetwas sagte, unternahm oder vielleicht sogar dachte, das nicht von ihm autorisiert worden war.

Elena erhob sich, zog Unterhose und Hose wieder hoch und schob mit den Schuhspitzen einige trockene Blätter über den feuchten Fleck.

»Elena? Wie alt waren die Fährten eigentlich?«, fragte James Herbert, sobald sie wieder zu ihm und in den Gestank der Kadaver trat, deren Fleischreste unter dem ersten warmen Frühjahrssonnenschein dieses Morgens verrotteten.

Gute Frage, dachte sie, sehr gute Frage. Vor allem deswegen, weil ihr einfiel, dass bei den kurzen Angaben in der Datenbank vermerkt gewesen war, Paviane seien Aasfresser.

Sie öffnete ihr Kom, drehte sich einige Male, ging einige Schritte und bekam Netz, sie loggte sich ein und rief aus mehreren Datenbanken Informationen über Fressverhalten, soziale Prägungen und Reviergrößen von in kälteren Hochlandgebieten lebenden Pavianen ab. Demzufolge könnte das, was sie hier vor sich hatten, ein Futterplatz der Tiere sein.

Die Gedankenfolge, die sich logisch an diese Schlussfolgerung anschloss, erschreckte sie. Die Wisente waren vielleicht tatsächlich hier gerissen worden – wie auch immer das vor sich gegangen sein mochte. Aber falls es so war, dann hatten sie es mit einem größeren Rudel Affen zu tun. Anders war nämlich nicht zu erklären, wie die Wisente getötet worden waren. Außerdem kamen die Affen regelmäßig hierher zurück, um zu fressen.

Nemzew und Hassan kehrten zurück.

»Paviane leben in Rudeln. Und falls sie bereits einige Zeit

im Park aktiv sind, worauf das Alter der Risse hier hindeutet, verfügen sie über mehrere Orte, an denen sie Beute abgelegt haben. Ganz besonders jetzt am Ende des Winters. Wir beenden die Belegaufnahme hier, kehren zum Wiesel zurück, überfliegen diesen und den sich östlich anschließenden Quadranten und suchen nach mehr Hinweisen auf Pavianaktivitäten«, wies Elena ihr Kollektiv an.

Die Reaktionen der Männer darauf fielen erwartungsgemäß unterschiedlich aus. Während sie Nemzew deutlich ansah, wie sehr er ihre Anweisung verachtete, wirkte Hassan merkwürdig aufgeregt, vielleicht sogar jagdfreudig, während James Herbert sie für absurd hielt, aber womöglich annahm, dass eine Affenjagd immerhin Abwechslung von der täglichen Feldhüterroutine bot.

»Ulf hätte so eine Entscheidung zuvor im Kollektiv besprochen«, sagte Nemzew.

»Ulf ist tot!«, entgegnete Elena.

Hassan und James Herbert ergriffen die Henkel der roten Box. »Mama und Papa streiten«, sagte James Herbert lächelnd.

»Scheißwitz!«, knurrte Nemzew ihn an.

»Du bist doch nur sauer, weil du nicht sicher bist, ob James dich oder Elena für die Mama hältst«, erwiderte Hassan.

»Bei euch stellt sich die Frage ja gar nicht erst, wer die Mama ist«, entgegnete Nemzew.

»Er!«, sagte James Herbert und wies auf Hassan.

»Das sagt er doch nur, um mich herumzukriegen!«, antwortete Hassan gelassen und stieß dabei absichtlich gegen die Kiste, sodass James Herbert ins Stolpern geriet.

16

Von der Wiesel-Drohne aus versandte Elena zwei Berichte über ihre Funde. Einer ging an Major Hanka im Hauptquartier, der zweite an Anton auf der polnischen Seite. Außerdem verfasste sie eine deutlich knappere Nachricht an Mats, den Agrartechniker, den sie darin bat, eine Liste der Zeiträume anzufertigen, zu denen er seit November Ausfälle oder Unregelmäßigkeiten der Netzverbindung in seinem Abschnitt des Parkrands verzeichnet hatte.

Sie erwartete keine prompten Antworten. Hankas Tag begann mit Besprechungen im Hauptquartier, und er war notorisch unorganisiert, was die Reaktionen auf Sofortnachrichten betraf. Anton war um diese Tageszeit drüben im polnischen Park wahrscheinlich im Wald unterwegs, und Mats hatte seine Roboter zu überwachen.

Während Hassan und James Herbert darüber spekulierten, wie es Paviane in ihr Revier verschlagen haben könnte, ignorierte Nemzew ihre zunehmend haarsträubende Diskussion und schaute wortlos aus dem Bullauge auf die inzwischen immer öfter auflockernde Waldfläche unter ihnen, die die Drohne etwa zehn Meter über Wipfelhöhe überflog.

»Maskottchen? Wirklich?«

»Sicher! Die halten sich Affen und nehmen sie zu ihren Überfällen mit. Vielleicht benutzen sie die als Jagdhundersatz, wer weiß?«, verteidigte Hassan gerade seine neueste Hypothese. »Elena? Schick 'ne Anfrage ans Hauptquartier, dass die 'ne Liste von allen registrierten Pavianen hier und in Polen anfertigen sollen«, schlug er vor.

Wie Nemzew reagierte Elena nicht auf die Spekulationen der beiden, sondern konzentrierte sich auf die drei Monitore der Überwachungskameras des Wiesels, die das Gebiet, das sie überflogen, aufnahmen und mithilfe ihrer Wärmebildverstärker Aktivitäten von Wildpopulationen erfassten. Bisher war ihnen nichts Ungewöhnliches untergekommen.

Elena schaute gemeinsam mit James Herbert aus den beiden Bullaugen nach weiteren Riss- oder Fraßstellen der Paviane.

Sie war überzeugt, dass Nemzew trotz aller gegenteiligen Hinweise weiter bezweifelte, dass in ihrem Parkabschnitt Paviane aktiv waren. Elena konnte ihm das nicht verdenken. Sie war ebenso verblüfft von der Existenz der Affen wie ihr Kollektiv. Wenn sie brutal aufrichtig gegenüber sich selbst war, dann fühlte sie sich sogar überfordert davon. Ihrem Kollektiv deutlich zu machen, dass sie keine Ahnung hatte, was zu tun sei, sobald sie die Affen wirklich fanden, kam nicht infrage. Das hätte ihre Autorität geschwächt. Zumal ihr letzten Endes sowieso nur eine Option blieb, wie mit den Tieren zu verfahren war: Den Vorschriften entsprechend wären sie als Neophyten abzuschießen und ihre Kadaver für weitere Untersuchungen sicherzustellen. Doch galt das auch für solch exotische Tiere wie Paviane? Sollten sie nicht zumindest eines der Exemplare lebend sicherstellen?

»Ich hab hier vielleicht etwas!«, sagte Nemzew und deutete auf den mittleren Monitor. Hassan drehte ab und steuerte die Drohne in Schleifen über den Gebietsabschnitt, den sie eben passiert hatten. Er spulte die Aufzeichnung zwei Minuten zurück.

Unter der relativ dichten Kronendecke eines Waldstücks aus Ahorn, Kastanien und Eschen bewegte sich eine Gruppe von sechs Individuen, die die Wärmebildverstärker rot, orange und gelblich darstellten. Die Aufnahmen fielen aber zu ungenau aus, um mehr daraus lesen zu können, als dass sich die Gruppe recht zügig in westlicher Richtung bewegte. Allerdings war trotz der schlechten Aufnahme zu erkennen, dass die Tiere sich anders verhielten als Wölfe, die für Elena die einzige Spezies im Park gewesen wären, die in Körpergröße und Gruppenverhalten ungefähr dem der Tiere auf den Videos entsprochen hätten.

»Das sind keine Wölfe!«, sagte sie.

»Vielleicht doch«, widersprach Nemzew, schaute dabei aber so verblüfft konzentriert auf den Monitor, dass Elena ihn beinahe dafür bedauerte, dass er sich durch diese Aufnahmen eines Besseren belehren lassen musste.

»Die sind scheiße schnell!«, sagte James Herbert erstaunt.

Er hatte recht, die Tiere bewegten sich offensichtlich schneller durch den dichten Wald unter ihnen, als Elena es ihnen zugetraut hätte.

»Die Frage ist, wo sie hinwollen. So schnell, wie die sind, können wir zu Fuß nicht mithalten«, sagte sie.

»Soweit ich weiß, gibt es in der Richtung, aus der sie wahrscheinlich kommen, kein Gewässer. Wir sollten uns nach einer Tränke umsehen. Und zwar einer, die gut verborgen ist. Diese Scheißaffen sind monatelang jedem unserer Überwachungssysteme entgangen. Das ist nur …«, sagte James Herbert.

»… möglich, wenn sie sich bewusst sind, dass sie sich vor Drohnen in Acht nehmen sollten?«, warf Nemzew mit einem höhnischen Unterton ein.

»Na ja … ja, oder?«, antwortete James Herbert.

»Ihre zentralen Verbreitungsgebiete sind Savannen, Hochland und lockere Waldbestände. Zumindest die Jungen können Beute großer Raubvögel werden. Deswegen schützen sie sich instinktiv vor Bedrohungen aus der Luft«, warf Elena ein.

»Hm, möglich«, gab James Herbert zu.

»Wenn wir noch länger hier nur Schleifen ziehen, verlieren wir sie!«, rief Hassan.

»Ja, folge ihnen, aber bleib so weit oben wie möglich, ohne dass wir sie aus dem Erfassungsbereich der Sensoren verlieren!«, wies Elena ihn an.

Einige Minuten später stellte sich heraus, dass sie die Horde tatsächlich verloren hatten.

Elena bemerkte am Vibrieren ihres Koms, dass sie eine Nachricht erhalten hatte. In der Vermutung, dass die von Anton oder Major Hanka stammte, öffnete sie das Kom. Aber als Absender war *Alexander Nemzew* angegeben. Verwundert las sie die Nachricht, wobei sie dem Impuls widerstand, zu Nemzew herüberzublicken. Er hatte nur ein Wort geschrieben: *Blaichenstayn?*

Keine Frage, worauf er sich damit bezog. Irgendwie mussten die Affen in den Park gekommen sein. Aber bei allen Rätseln, die die Arbeit dieser Stiftung umgab, fiel Elena kein plausibler Grund dafür ein, weshalb man eine Horde afrikanischer Paviane hier in ihrem Nationalpark ausgewildert haben sollte.

»In elf Kilometern ist ein Bachlauf verzeichnet, da gibt es laut Navi eine dichte Böschung, die gute Deckung bietet«, sagte James Herbert. »Wenn ich ein Affe wäre und in diesem Gebiet nach Wasser suche, dann wäre das meine erste Wahl.«

»Ich tu dir den Gefallen, keinen von den Witzen, die mir gerade zu dir und Affen einfallen, hier anzubringen!«, meldete sich Hassan aus der Steuerkanzel.

»Alexander, was meinst du?«, erkundigte sich Elena, die nicht den Eindruck erwecken wollte, dass sie Nemzew übergehen wolle.

»Ich brauch jedenfalls auch keine Affenwitze!«, entgegnete er.

Na gut, wenn du es so haben willst, kein Problem, dachte

Elena und wies Hassan an, diese potenzielle Wasserstelle anzufliegen.

»Du willst mindestens einen von denen lebend, oder?«, fragte Nemzew.

Elena nickte. »Wir haben doch Anästhetikapfeile an Bord, oder?«

»Drei Stück. Aber kein Luftgewehr, sondern nur das Blasrohr. Das Luftgewehr ist im Turm, weil Alex es reinigen und überholen wollte«, sagte James Herbert.

Nemzew lächelte ihn herausfordernd an. »Ich krieg die auch mit dem Blasrohr!«

»Zweimal Kartoffelschälen, wenn du es nicht beim ersten Versuch hinkriegst!«, forderte James Herbert Nemzew heraus.

»Kein Kartoffelschälen, sondern Drohne putzen. Innen und außen«, erhöhte Nemzew den Einsatz.

»Ab dafür!«, erklärte James Herbert.

Eines Tages, dachte Elena angewidert, mussten die doch mal genug haben von ihren ewigen Schwanzvergleichen, oder nicht? Vor ihrer Beförderung hätte sie sich wahrscheinlich sogar darüber amüsiert. Jetzt empfand sie das Verhalten ihrer Kameraden als leicht bedrohlich und definitiv verantwortungslos.

17

Sie hatten ein ganzes Stück Weg von der Drohne bis zu dem Bach zurückgelegt und schauten sich jetzt nach der Wildtränke um.

Um den Bachlauf herum hatten sich Farne und Schilf angesiedelt, zwischen denen teilweise noch zehn Zentimeter hoch Schnee lag.

Elena ging als zweite ihrer Gruppe bedächtig am Ufer entlang, vor ihr lief Nemzew, direkt hinter ihr folgte James Herbert, während Hassan den Abschluss bildete.

Was wir hier tun, ist absurd, dachte Elena, es kann keine Paviane in meinem Park geben. Sie biss sich schuldbewusst auf die Unterlippe, weil ihr klar wurde, dass sie den Park schon wieder als *ihren* Park gedacht hatte. Keiner von ihnen hatte Erfahrung mit Affen, und selbst wenn Nemzew einen mit dem Blasrohr traf, konnte es sein, dass die Dosis zu hoch oder zu niedrig ausfiel. Und so viel wusste sie immerhin – Affen lebten in engen Sozialverbänden und verteidigten ihre Gruppe, sollten sie die bedroht sehen.

Paviane, das hatte sie vorhin in dem Datenblatt gelesen, wogen zwischen dreißig und vierzig Kilo, sie waren aggressive und geschickte Jäger, deren Zähne und Krallen auch Menschen gefährlich werden konnten. Hier im Unterholz und zwischen den Bäumen waren die Tiere jedem Menschen an Schnelligkeit und Beweglichkeit weit überlegen. Sie mussten also schnell und entschlossen reagieren, um die Gruppe töten zu können.

Die einzige plausible Erklärung, wie die Affen hierhergekommen waren, bestand darin, dass man sie im Park ausgesetzt hatte. Darüber spekulieren, wer das getan hatte und wozu, wollte sie jetzt nicht. Dennoch konnten die Tiere nur aus einem Forschungslabor oder von privaten Züchtern stammen. In beiden Fällen grenzte es an ein Wunder, dass die Gruppe mehrere Monate in der Wildnis überlebt hatte. Doch Elena bezweifelte nicht, dass die Paviane über Erfahrungen mit Menschen verfügten, und es erschien ihr nur einleuchtend, dass sie sie als potenzielle Bedrohung betrachten würden. Sie konnten es sich nicht leisten, Fehler zu machen, dachte sie, während sie Nemzew um eine Biegung des Bachs folgte. Dort verbreiterte sich der Bachlauf etwas, und die Böschung fiel sanfter zum Ufer hin ab.

Nemzew trat einige Schritte auf das Bachufer zu, setzte den Feldstecher an die Augen und begann, das Ufer nach Spuren abzugehen. Es dauerte nicht lange, bis er fündig wurde.

»Wildpferde, Rotwild, ein paar Vogelspuren und bisschen Niederwild. Die Pfade sind gut ausgetreten. Das hier ist die örtliche Wildkneipe«, verkündete er flüsternd.

»Keine Affenspuren?«, fragte Elena.

Er schüttelte den Kopf.

Hassan und James Herbert hatten die Windrichtung ermittelt und sich unabhängig voneinander auf die Suche nach Anständen gemacht, von denen aus sie die Tränke unter Feuer nehmen konnten.

Hassan winkte Elena und Nemzew zu. Sie traten zu ihm und schauten dann mit ihren Ferngläsern am gegenüberliegenden Ufer auf eine fast schnurgerade Reihe von Spuren, die sich über einen Fleck Schnee zog, der sich einige Meter zwischen den Bäumen am gegenüberliegenden Bachufer gehalten hatte.

»Horrido!«, sagte Nemzew verwundert.

»Scheiße, Affen!«, entgegnete James Herbert.

»Zwei von uns bleiben auf dieser Seite in Deckung, die anderen gehen ans andere Ufer«, schlug Nemzew leise vor.

»Ja«, antwortete Elena. »Sucht euch einen erhöhten Anstand. Einen Baum oder so. Hauptsache, wir sind aus ihrer Blicklinie heraus. Ich glaube nicht, dass sie mit Gefahr von oben rechnen. Kein Raubvogel hier ist groß genug, um ausgewachsene Paviane anzugreifen. Die Spuren zeigen ja auch, dass sie sich am Boden entlang hierher bewegt haben.«

»Falls wir sie hier und jetzt nicht erwischen, dann eben später. Hauptsache ist doch, dass wir erst mal sicher sind, womit wir es überhaupt zu tun haben, oder?«, entgegnete James Herbert.

»Genau!«, pflichtete Elena ihm bei, beugte sich herab und zippte die Knöchelverschlüsse ihrer Diensthose um die Stiefel zusammen und machte sich so bereit, durch den Bach zu waten. Die Hose war zwar wasserfest, aber der Bachlauf war vielleicht tiefer, als es schien, und sie wollte nicht, dass sich ihre Stiefel mit eiskaltem Wasser füllten.

»Ich gehe mit Hassan rüber, Alex und James Herbert, ihr sucht hier nach Anständen«, sagte sie.

»Wenn die Affen von drüben anlaufen, ist es vielleicht besser, euch beide drüben zu haben, um sie alle schnell genug zu erwischen. Hassan ist kein so geiler Schütze«, gab James Herbert zu bedenken.

»Nein, Elena hat recht. So machen wir das!«, entschied Nemzew und nickte Elena zu.

Sie fand seine Reaktion zwar einigermaßen übergriffig, wollte aber eine neue Diskussion vermeiden und stimmte ihm deshalb zu.

So watete sie dann mit erhobenem Gewehr vor Hassan zum gegenüberliegenden Ufer.

Dort angekommen, suchte sie sich einen Anstand in einem Baum. Sie kletterte etwa drei Meter am Stamm hinauf, um sich dann in einer Astgabelung halbwegs bequem niederzulassen. Hassan stieg einige Meter hinter ihr zwischen einem Holundergebüsch auf einen Findling und legte sich dort flach auf den Bauch.

Elena hatte zwar James Herbert und Hassan von ihrer Stellung aus im Blick, aber Nemzew konnte sie nicht sehen. Der war wohl am Boden zwischen Gebüsch und Farnen in den Anstand gegangen – was ihm den Schuss mit dem Blasrohr nicht erleichtern dürfte. Elena fand das merkwürdig, offenbar nahm er diese Jagd nicht so ernst wie sie. Was ihr angesichts seiner Wette mit James Herbert unverständlich erschien.

Während sie im Anstand lagen, erschienen zwei Füchse, ein Rudel Rehe und einige Wildenten und Waldhühner am Bach. Alle Exemplare wirkten gesund und angesichts des gerade erst vergangenen Winters ordentlich genährt. Was Elena durchaus mit Stolz erfüllte. Sah man mal von der Tatsache ab, dass sich darin eine Gruppe von Pavianen herumtrieb, erweckte dieser Teil des Parks einen gesunden Eindruck.

Elena war geduldig, und sie hatte bereits Tausende Stunden auf der Lauer verbracht. Es machte ihr nichts aus, zu warten, selbst wenn es unbequem auf dem Baum war und die Kälte durch ihre Uniform drang.

Es dauerte mehr als anderthalb Stunden, bis sie erste Hinweise auf ihre Beute vernahm. Ein trockenes, dunkles Bellen erklang. Elena hätte diese Laute niemals mit Affen in Verbindung gebracht, aber keine andere Spezies im Park wäre dazu fähig gewesen, sie zu erzeugen. Höchstens erinnerten sie entfernt an das eifrige Meckern von Siebenschläfern, selbst wenn diese Laute hier viel kräftiger und dunkler ausfielen.

Es hätte surreal wirken müssen, die ersten beiden Tiere kurz darauf zwischen den Farnen und Holunderbüschen auftauchen zu sehen, doch Elena empfand weder Befremden noch Beklemmung bei ihrem Anblick, sondern war zutiefst fasziniert.

Die Vorhut der Horde bestand aus zwei offensichtlich männlichen Tieren, die größer und schwerer waren, als sie es erwartet hätte. Die beiden Individuen teilten vorsichtig einige Farne und trockene Äste, aber traten nicht ins Offene hinaus.

Trotzdem war zu sehen, dass Färbung und Konsistenz ihrer Felle nicht den Bildern und Beschreibungen aus den Datenblättern entsprach. Denn die beiden Tiere waren von einem am Oberkörper hellgrauen, fast silbrig schimmernden Fell bedeckt, das an Läufen und um den Bauchbereich herum in ein gefällig gedecktes Braun auslief. Zudem wirkte der Schwanz der Tiere merkwürdig kräftig, war auch befellt und schien knotige Stellen aufzuweisen, obwohl das angesichts der Befellung nicht sicher zu sagen war. Auch erschienen Elena die Gesichter der Tiere gedrungener als die gewöhnlicher Paviane. Aber es existierte mindestens ein halbes Dutzend Unterarten ihrer Gattung, und Elena wäre in diesem Moment nicht so weit gegangen, die Tiere, die sie von ihrem Anstand aus sah, als absolut untypisch einzuordnen.

Hätte sie die Tiere mit einem Wort beschreiben müssen, dann wäre ihr vielleicht als Erstes *majestätisch* in den Sinn gekommen.

Sie hatten bei ihrem Drohnenflug sechs Individuen entdeckt, doch sie konnte hier nur drei sicher ausmachen, alle wirkten ausgewachsen, wenn auch mindestens eines der Tiere ihr etwas größer vorkam als seine Gefährten. Aber Elenas Sicht war von Farnen und Holunder behindert, und sie war nicht sicher, ob ihr Eindruck den Tatsachen entsprach.

Sie schreckte auf, als Nemzews Pfeil das am deutlichsten sichtbare Tier traf.

Ein exzellenter Schuss, dachte sie beeindruckt.

Das angeschossene Tier stieß eine Reihe knapper, trockener Rufe aus und wandte sich zu seinen Gefährten. Vertreter jeder anderen Spezies im Park hätten sich nach Nemzews Treffer instinktiv ins Unterholz zurückgezogen, der Affe schien aber zunächst mit seinen Gefährten zu kommunizieren, die sich daraufhin tiefer in die Deckung zurückzogen, ihren angeschossenen Gefährten aber *nicht verließen*.

Das getroffene Tier sank schließlich nieder. Elena hatte Gelegenheit, auf mindestens einen der drei übrigen Affen zu schießen. Sie justierte ihre Waffe auf der Ablage etwas nach und feuerte kurz nacheinander zwei Schüsse auf eines der Tiere ab, dessen Standort sie durch trockenes Laub, Äste und Farne erahnte. Sie war sicher, getroffen zu haben, blickte erneut durchs Zielfernrohr und schwenkte den Lauf eine Winzigkeit nach links, dorthin, wo sie glaubte, dass sich das letzte der drei Tiere zurückgezogen hatte. Sie glaubte, es entdeckt zu haben, als aus Hassans Waffe zwei Schüsse abgefeuert wurden, denen gleich darauf ein dritter und vierter folgten.

Elena sah, wie Nemzew aus seiner Deckung sprang und das Haenel-Gewehr anlegte. Was soll das?, fragte sie sich.

Ein heftiger Schlag traf sie an Schulter und rechtem Arm, sie schrie auf, ließ gleichzeitig die Waffe fallen und stürzte zu Boden, wo ihr Fall zwischen einem trockenen Holunderbusch auf einer Schicht aus fauligen Blättern und Humus endete. Elena glaubte, einen grau-silbernen Schatten zu sehen, der über sie hinwegsprang. Ein zweiter Schlag traf sie auf die Brust. Sie rollte sich instinktiv zur Seite und wurde von einem dritten und vierten Schlag an Nacken und Hinterkopf getroffen.

Schwarz …

18

»Aua! Lass das!«, fuhr Elena Nemzew an, der mit einer Pinzette aus dem Griff seines Multizweckwerkzeugs ein Stück modriges Holz aus der Platzwunde an Elenas Schläfe entfernte. Schon als kleines Kind hatte sie es nicht ertragen können, wenn man sie am Kopf streichelte oder gar – wie ihre Urgroßmutter das gerne getan hatte – Aknepickel im Gesicht ausdrückte.

Nemzew ignorierte ihren Widerstand und sprühte Desinfektant aus einer kleinen Kunststoffflasche auf die Wunde.

»Das sollte genäht werden …«, sagte James Herbert.

»Nee, geht schon so«, antwortete Nemzew.

Scheiße, die reden über mich, als sei ich gar nicht da, regte Elena sich im Stillen auf, während sie vorsichtig an der Platzwunde entlangtastete.

»Was war das?«, rang sie sich endlich dazu durch, die entscheidende Frage auszusprechen. Sie fürchtete, die Männer hätten jeden Respekt vor ihr verloren. Schließlich war sie aus ihrem Anstand gefallen, und wahrscheinlich hatte sie das zweite Tier nicht einmal getroffen. Das war so peinlich. Die werden mich zum Gespött im Hauptquartier machen, dachte sie, in jedem Turm werden sie über mich lachen und anzügliche Witze reißen, die Kerle genauso wie die Frauen.

»Du hast einen Affen erwischt und einen zweiten verletzt, den Hassan danach erlegt hat. Dann bist du von dem da angegriffen worden …«, erwiderte Nemzew und wies mit seiner linken Stiefelspitze auf einen von drei Affenkadavern, die nebeneinander am Bachufer aufgereiht lagen. »Und zwar damit«, ergänzte James Herbert und hob einen etwa achtzig Zentimeter langen, schweren Kastanienholzknüppel.

»Einer ist entkommen. Und auf der Aufnahme im Wiesel waren es sechs Individuen. Drei sind also noch unterwegs.«

»Wie geht's deinem Kopf, Elena? Ist dir schwindelig? Hast du das Gefühl, doppelt zu sehen? Das war 'n harter Treffer. Du könntest 'ne Gehirnerschütterung haben oder ein Ödem.«

»Mir geht's gut«, wehrte sich Elena gegen Hassans Besorgnis.

Sie erhob sich, wies Nemzews Hilfe ab und trat dann etwas unsicher zu den drei Affenkadavern, um die näher in Augenschein zu nehmen.

»Wie schwer sind die? Fünfundfünfzig Kilo? Sechzig?«, fragte sie schließlich.

»Eher sechzig. Sie sind zwischen dreiundsechzig und vierundsiebzig Zentimeter groß. Außerdem alle männlich«, antwortete Nemzew, der die Tiere während Elenas Ohnmacht bereits vermessen haben musste.

Elena beugte sich herab und zog die Lefzen eines der Affen zurück. Das Tier verfügte über ein beeindruckend kräftiges Gebiss mit vier Fangzähnen, und auch die Krallen waren scharf und erstaunlich lang. Gemeinsam mit den Fangzähnen bildeten sie sicher fürchterliche Waffen bei der Jagd oder im Kampf.

Nur hatte dieses Tier sie nicht mit Fangzähnen oder Krallen angegriffen, sondern einen Knüppel genutzt, dachte Elena. Raben und Krähen verwendeten primitive Werkzeuge, um ihre Beute aufzubrechen, auch Eulen und Uhus zeigten zuweilen die Neigung dazu. Aber kein Raubtier, das in diesen Breitengraden heimisch war, verfügte über die dafür nötige Intelligenz, die körperlichen Voraussetzungen oder das motorische Geschick. Diese Affen waren wirklich jedem anderen Räuber im Park überlegen.

Schließlich befühlte sie einen der buschig befellten Affenschwänze, der eine Reihe von knorpeligen Knoten aufwies, deren evolutionären Zweck sie nicht erfassen konnte.

Nemzew stieß mit der Schuhspitze gegen eines der toten Tiere.

»Was ist mit dem Exemplar, das du mit dem Anästhetikapfeil getroffen hast?«, erkundigte sich Elena.

»Weg. Zwei der anderen haben ihn getragen«, sagte Hassan.

»Sogar ich war zu langsam, um die zu erwischen«, erklärte Nemzew ehrfürchtig.

»Die haben ihn getragen?«, fragte Elena erstaunt.

Die Männer nickten, sogar Nemzew.

Einige Zeit herrschte ein unbehagliches Schweigen.

»Wird höchste Zeit für Berichte ins Hauptquartier«, sagte Hassan schließlich.

»Wenn die Affen Elena angreifen konnten, obwohl wir zu dritt waren und bewaffnet, dann frage ich mich, wie lange die hier schon aktiv sind und ob die damals ...«, sagte James Herbert.

»... Ulf erwischt haben? Jetzt komm gefälligst mal wieder runter!«, unterbrach ihn Nemzew.

Hassan und James Herbert mieden seinen wütenden Blick.

»Thomsen ist vor drei Jahren verschollen. So lange hätten die Affen sich nicht vor uns verbergen können«, entgegnete Elena.

»Die reißen Wisente, benutzen Werkzeuge und verteidigen sich im Kollektiv!«, widersprach Hassan aufgebracht. »Dann sind die auch schlau genug, um sich drei Jahre vor uns und Antons Turmbesatzung verstecken zu können. Vor allem, falls sie zwischen den Revieren der Haupttürme wechseln. Ihr habt doch die Rissdaten im Turm gesehen! Wie lange gehen die zurück?«

»Nicht lange genug«, antwortete Nemzew.

Elena wusste, dass ihr Beigänger log. Sie hatten schließlich Daten mehrerer Jahre in Hassans Suchprogramm eingegeben. Nemzew wollte offensichtlich nicht wahrhaben, dass sein Freund und Vorbild Thomsen ausgerechnet einer Horde Affen zum Opfer gefallen sein könnte. Aber vielleicht ist er auch nur ebenso wütend, verunsichert und verwundert wie wir anderen auch, dachte Elena, die ja selbst noch nicht vollständig begreifen konnte, womit sie es hier zu tun hatten.

Typisch, dass keiner der anderen beiden Männer es wagte, Nemzew auf seinen Irrtum, der durchaus auch eine bewusste Lüge gewesen sein konnte, aufmerksam zu machen. Doch Fakt war, dass zwischen hier und dem Auffindungsort von Ulf Thomsens Drohne keine dreißig Kilometer lagen.

Während die drei Männer eine Behelfstrage anfertigten, mit deren Hilfe sie die getöteten Tiere zum Wiesel bringen wollten, setzte Elena sich abseits ihrer Gefährten auf einen Stein, befühlte ihre Bluse über dem Bauch und strich um ihre Scheide. Sie fürchtete, dass der Angriff des Affen und ihr Sturz aus der Astgabel eine Blutung ausgelöst haben könnten.

Nichts.

Weshalb erleichtert mich das nicht?, fragte sie sich.

19

Es wäre unnötig kräftezehrend gewesen, die Tiere bis zur Drohne selbst zu tragen, weshalb die Feldhüter auf Hassans Anraten hin beschlossen hatten, die Affen nur etwa vier Kilometer bis zu einer größeren Öffnung im Wald zu transportieren, von wo aus Hassan loslaufen und die Drohne holen würde.

Die Männer hatten aus drei starken Ästen, einem Seil aus Nemzews Rucksack und drei Jacken einen behelfsmäßigen Transportschlitten gebaut, den sie jetzt abwechselnd hinter sich herzogen. Er war groß genug, um zwei der Tiere aufzunehmen, während Nemzew sich das leichteste über die Schulter gelegt hatte. In regelmäßigen Abständen wechselten sie sich dabei ab, die Trage zu ziehen. Einer von ihnen diente als Vorgänger, der an der Spitze ihres Zugs dafür sorgte, den Weg frei zu halten, und in der Lage war, unbehelligt von einer Last auf Gefahren zu reagieren.

Eine Last von mehr als einhundertfünfzig Kilogramm mehrere Kilometer durch die Wildnis zu transportieren, war für die Feldhüter keine Kleinigkeit. Verschwitzt erreichten sie die Lichtung und ließen sich nebeneinander schwer atmend zu Boden fallen.

Elena hatte auf ihren Rang pochen müssen, um ebenfalls den Transportschlitten ziehen zu dürfen, weil Hassan und James Herbert sich als Gentlemen aufspielten und ihr das mit Hinweis auf ihren Sturz und ihre Verletzung zu ersparen versuchten und darauf bestanden, dass sie als Vorgängerin nützlicher sei. Sogar Nemzew hatte den beiden darin zugestimmt. Um den Männern ihre blöde Ritterlichkeit auszutreiben, hätte sie wahrscheinlich mehr Heldentaten vollbringen müssen als Herkules, dachte Elena frustriert.

Trotzdem war sie erleichtert, sobald sie die Lichtung erreichten.

Hassan machte sich auf zum Wiesel.

James Herbert und Elena vermaßen mithilfe der Dokumentationsapplikationen ihrer Koms die Affen. Das Netz war hier so schwach, dass es zwecklos gewesen wäre, die Daten in die Zentrale Datenwolke des Feldhüterhauptquartiers hochzuladen, weswegen sie das Material zunächst nur in die internen Speicher ihrer Koms luden. Nemzew hatte sich für die erste Wache gemeldet und zog mit gesenktem Kopf seine Runden um die Lichtung.

Schließlich hatten Elena und James Herbert die Dokumentation beendet und verglichen ihre Daten.

Elena bereute zum ersten Mal seit dem Ende ihres Studiums, den Kurs Vergleichende Zoologie abgewählt zu haben, bei dem sie deutlich mehr über Affenartige hätte pauken müssen als in dem allgemeinen Kurs, der sich auf die in Zentral-, Süd- und Osteuropa vorherrschende Flora und Fauna beschränkt hatte.

Dennoch waren ihr neben Körpergröße, Krallenanordnung und den beeindruckenden Gebissen der Affen auch einige andere Merkmale aufgefallen, die sie für ungewöhnlich hielt. So war deren Fell dichter und länger, als sie es erwartet hätte, und auch Muskelmasse und -verteilung erschienen ihr untypisch für jede Spezies Affenartiger, an die sie sich erinnern konnte. Vor allem aber faszinierte sie die opponierbare Daumenstellung der Tiere. Obwohl sie sich dunkel zu erinnern glaubte, dass die bei Menschenaffen die Regel war, erschienen ihr die Daumen der drei Pavianartigen deutlich ausgeprägter zu sein, zumal sie darüber hinaus auch über bemerkenswert große und bewegliche Zehen verfügten. Große und bewegliche Zehen waren bei Affenartigen grundsätzlich auch keine Besonderheit, doch sowohl die erste wie die letzte Zehe der getöteten Tiere fielen etwa gleich lang aus und schienen in ihrem Bewegungsradius den übrigen Zehen deutlich überlegen zu sein.

Zog sie außerdem das wenige, was sie bisher über Gruppen- und Individualverhalten der Affen wussten, in Betracht, drängte sich die Schlussfolgerung auf, dass die Tiere nahezu perfekt für eine nomadische Lebensweise als Räuber oder Allesfresser in Wildnissen mit wechselhaftem Klima ausgestattet waren.

Elena war sich vollauf bewusst, dass es ein Fehler war, erlegte Tiere mit allzu viel Gefühl aufzuladen und ihnen so menschliche Eigenheiten zuzuweisen, über die sie im Leben nie verfügt hatten. Dennoch konnte sie beim Anblick des größten Tieres nicht umhin, aus dessen Gesicht einen gewissen Hochmut herauszulesen. Es hatte im Sterben die Lefzen etwas aufgezogen, sodass zwischen dem tiefen Rostrot und dem helleren rosa Farbton im Innern der Schnauze die Fangzähne wie eine kurze Kette aus spitzem Elfenbein hervorleuchteten. Für einen trügerischen Augenblick ging von jedem der drei erlegten Tiere etwas Dunkelzottiges, Gefährliches aus. Von oben betrachtet, schienen die aneinandergereihten Kadaver, wie sie so auf den Rücken lagen, plötzlich eine ungeheure Verachtung gegenüber ihren Jägern auszustrahlen.

»Was sagst du dazu?«, unterbrach James Herbert ihre Gedankengänge.

»Wozu?«

»Na, was haben wir denn die letzte Stunde gemacht, Chefin?«

»Wie fällt denn deine Bewertung aus?«

»Wäre ich Gott und wollte für unseren Park eine Spezies

erschaffen, die gleich nach uns die Spitze der Nahrungskette einnimmt, hätte ich es viel schlechter machen können als mit diesen Affen.«

»Stimmt«, gab Elena zu und wies auf die Kadaver. »Aber Gott hat damit ja wohl nichts zu tun.«

»Das wäre Ansichtssache, oder?«

Elena verzog das Gesicht zu einer missbilligenden Grimasse.

»Na gut, vielleicht auch nicht ...«, knickte James Herbert ein, obwohl er objektiv betrachtet natürlich im Recht war.

Hassan hätte allmählich zurück sein sollen.

Elena schaute wiederholt auf ihr Kom und fragte sich, ob sie die Zeit bis zu Hassans Rückkehr vielleicht dazu nutzen sollte, ungestört mit Nemzew zu reden, zumal James Herbert inzwischen mit sich selbst beschäftigt war, seit er sich einen Flecken trockenen Grases gesucht hatte, wo er jetzt saß und an einem Proteinriegel knabberte, die sie alle als Notverpflegung in den Rucksäcken mit sich führten.

Jetzt ist auch nicht besser oder schlechter als später, dachte Elena und ging zu Nemzew, der am Rande der Lichtung stand und in den Himmel schaute, wo zwei Milane ihre Kreise zogen.

»Was issen los?«, fragte er, sobald sie sich ihm auf Hörweite genähert hatte.

»Nichts. Oder eben doch, Alex. James und ich haben die Affen vermessen und noch mal untersucht. Ich weiß nicht, wo die herkommen, aber die sind wie geschaffen für unseren Park. Und mein Studium ist ja schon eine Weile her. Aber mir ist von da wirklich nichts in Erinnerung geblieben, was mit diesen Affen vergleichbar wäre.«

»Na toll, so weit waren wir doch schon mal, oder?«

Will er sich vor einem Gespräch drücken, fühlt er sich gekränkt, oder ist er so ignorant, ganz bewusst Tatsachen missachten zu wollen?, fragte sich Elena.

»Nicht ganz. Und jetzt tu nicht so, als sei dir das nicht völlig klar, Alex!«

»Was willst du, Elena? Dass ich vor dir auf die Knie falle und dir recht gebe?«

Elena holte tief Atem und nahm einen neuen Anlauf, dieses Gespräch in eine produktive Richtung zu lenken.

»Ich wollte mit dir über diese Blaichenstayn-Stiftung reden. Sogar James Herbert ist aufgefallen, dass die Affen in allem, was wir über sie bisher wissen, wie maßgeschneidert für unseren Park wirken.«

Nemzew schaute sie aufmerksamer und vielleicht sogar einen Tick gelassener an. »Du meinst, die hätten irgendwas damit zu tun?«

»Weiß ich nicht, aber was, wenn die Affen Teil eines Projekts waren, das die Stiftung hier durchgeführt hat? Irgendwo müssen sie ja hergekommen sein. Die ungewöhnlichen Rissbilder, die wir mit Hassans Programm herausgefiltert haben, gehen zurück bis zu Ulfs Dienstzeit in unserem Turm. Du warst sein Stellvertreter. Denk doch mal nach, Alex, erinnerst du dich wirklich an nichts, was mit der Stiftung zu tun hatte? Vielleicht war's ja nur eine Kleinigkeit, irgendeine Bemerkung von Ulf oder ein Bericht im System?«

Nemzew schien tatsächlich einige Augenblicke darüber nachzudenken, doch Elena konnte in seinem Gesicht den Moment herauslesen, in dem er beschloss, ihre Frage nicht länger ernst zu nehmen.

»Da gab's nichts. Wenn da was gewesen wäre, hätte Ulf mit mir darüber gesprochen. Schon aus dienstrechtlichen Gründen hätte ich über jedes Forschungsprojekt, das unseren Parkbereich berührt, informiert werden müssen. Das ist doch damals nicht anderes gelaufen als heute. Ich hab zwar auch keine Erklärung, wo die Scheißaffen herkommen, aber Ulf hatte damit nix zu schaffen«, antwortete er ihr gelassen.

»Trotzdem, Alex, deine Freundin hat doch erwähnt, dass Hanka den Ordner mit dem Blaichenstayn-Budget nie geöffnet hat, aber dass Major Willms reingesehen hat und es anschließend Streit zwischen ihr und dem Ministerium gab. Dieser Krähe Willms trau ich zu, dass sie die Vorschriften beugt, wenn es ihr in den Kram passt und sie damit etwas für ihre Karriere oder die Sisterhood herausholen kann. Hat sie sich nicht ganz gut mit Ulf verstanden?«

»Nee, die waren zum Schluss wie Hund und Katze, weil Ulf den Plan mit den Jagdlizenzen im Park abgelehnt hat, aber Willms den bei einer Beratung in Brüssel befürwortete. Ulf hat das als Verrat angesehen. Ich übrigens auch. Wenn die Willms eine Schweinerei in unserem Parkabschnitt zu verantworten gehabt hätte, wäre Ulf der Erste gewesen, der es an die große Glocke gehängt hätte.«

Nemzew schaute auf sein Kom und anschließend wieder zum Himmel hinauf.

»Hassan lässt sich zu viel Zeit«, verkündete er.

»Ist ein ziemlicher Weg bis zur Drohne, und er war nach der Schlepperei auch nicht mehr taufrisch, als er losgegangen ist.«

»Trotzdem«, erwiderte Nemzew.

Zehn Minuten später leuchtete Elenas Kom mehrfach nacheinander rot auf. Auch Nemzews und James Herberts Geräte reagierten. Hassan hatte einen Notruf ausgelöst. Ihre Koms waren bis zu einer Entfernung von zwanzig, dreißig Kilometern fähig, auch ohne Verbindung zum Netz intern miteinander zu kommunizieren, und der Notruf war dafür eingerichtet, dass sich Kollektivmitglieder für den Fall, dass sie getrennt unterwegs waren, gegenseitig über Notlagen informieren konnten.

20

Sie hatten die Affenkadaver zurückgelassen und waren in strammem Marschtempo zur Wiesel-Drohne aufgebrochen.

Nachdem sie etwa zwei Drittel des Weges durch aufgelockerten Baumbestand und Unterholz zurückgelegt hatten, glaubte Elena, einen der Affen zu sehen, der sie von Baumwipfel zu Baumwipfel verfolgte. Sie zögerte, die anderen darauf aufmerksam zu machen, als Nemzew plötzlich verharrte, seine Waffe hob, zielte und zwei Schüsse abgab.

»Da war ein Affe!«, rief er.

»Ich hab ihn auch gesehen«, gab Elena zu und stellte sich neben Nemzew in Positur.

»Die haben schon mal einen von uns angegriffen, wir gehen kein Risiko ein. Ab jetzt läuft jeder schussbereit!«, wies Elena ihre Gefährten an.

»Klar!«, entgegnete James Herbert und entsicherte sein Gewehr.

Nemzew winkte sie mit einer Geste links an ihm vorbei auf einen Wildpfad zu, der dort in östlicher Richtung verlief. Hassan musste ihn benutzt haben, denn darauf waren frische Stiefelspuren zu sehen.

»Du gehst als Nachhut, Alex! Ich sichere mittig östlich und westlich. James Herbert macht die Spitzensicherung«, wies Elena die beiden Männer an und war froh darüber, dass sie Nemzew damit zuvorgekommen war, der wirkte, als ob er jeden Moment selbst einen Vorschlag hätte machen wollen.

»Ja«, erklärte James Herbert.

Die neue Laufformation schränkte ihr Tempo zwar um einiges ein, aber die damit gewonnene Sicherheit machte dieses Manko wett.

Es dauerte noch einmal fast eine Stunde, bis sie sich der Drohne und ihrem Kameraden näherten. Schon einige Hundert Meter zuvor hatten sie das typische trockene Bellen der Affen gehört. Seither bezweifelte Elena, dass sie es nur mit den übrigen drei Tieren aus der sechsköpfigen Horde von heute Morgen zu tun hatten. Wie viele von den Tieren gab es hier wohl?, fragte sie sich beklommen, während sie sich zwang, ihr Tempo weiter zu reduzieren und vorsichtig auf die vor Jahren durch einen Windbruch geschaffene Lichtung zuzugehen, auf der Hassan die Drohne niedergesetzt hatte.

Zwischen jungen Buchen, einer Gruppe Spitzahornen, einigen Erlen und den unvermeidlichen Robinien hindurch erkannte sie jetzt undeutlich das Heck der Drohne, deren Laderampe herabgelassen war.

James Herbert blieb hinter ihr stehen, und Nemzew trat einige Schritte nach rechts von dem Wildpfad, dem sie bisher gefolgt waren.

Er gab ihr mit einer Geste zu verstehen, ebenfalls zu verharren. Elena folgte seinem Hinweis und trat dann ebenso wie James Herbert zu ihrem Beigänger, der von seiner Stellung aus einen guten Blick auf die Lichtung und den hinteren Bereich der Drohne hatte.

Elena schätzte die Entfernung auf etwa vier-, vierhundertfünfzig Meter, ergriff ihr Fernglas und schaute, wie auch Nemzew und James Herbert, zu der von trockenem Gras bedeckten Lichtung.

Links neben der Drohne lag ein erlegter Affe, eines der Drohnenbullaugen war zerbrochen, und ein weiterer Affe saß auf dem Dach der Drohne, auf das er mit einem kantigen Stein in regelmäßigen Abständen einschlug. Seine Schläge wirkten in ihrer beherrschten Regelmäßigkeit beängstigend und surreal.

Von Hassan war nichts zu sehen.

»Er hat den einen dort geschossen, was?«, flüsterte James Herbert.

»Ach ja?«, antwortete Nemzew gepresst.

Zwischen dem etwa kniehohen Gras um die Drohne bewegte sich etwas. Elena machte ihre Kameraden darauf aufmerksam und konzentrierte sich auf die Stelle.

Zwei Affengesichter tauchten zwischen dem Gras auf, die Tiere mussten sich auf allen vieren dorthin bewegt haben, dabei darauf bedacht, stets Deckung zu halten. Genau so, wie es Raubtiere beim Annähern an Beute oder Rivalen halten würden. Das Tier auf dem Drohnendach gab ein Bellen von sich und unterbrach seine Schläge. Ein weiteres sprang unvermittelt neben es auf das Dach. Dieses Tier war kleiner, wohl auch jünger und konnte nur vom schräg verlaufenden Bug des Wiesels her aufs Dach gesprungen sein.

Dort sind schon mehr von ihnen, als wir angenommen hätten, dachte Elena, deren Angst um Hassan ihr Herz rascher schlagen ließ. James Herbert waren Anspannung und Furcht deutlich ins Gesicht geschrieben, Nemzew jedoch beneidete sie um seine – zumindest äußerliche – Ruhe. Er hatte sein Gewehr an den Baumstamm angelegt, den er sich als Deckung ausgesucht hatte, und schien die beiden Affen auf dem Drohnendach ins Visier zu nehmen, die jetzt weitere bellende Laute ausstießen und wohl mit dem Tier im Gras kommunizierten.

Wo ist Hassan?, fragte sich Elena. Vorhin, aufgeregt und im Jagdeifer, hatte sie kaum registriert, wie geschickt Hassan die Drohne zwischen zwei gestürzte Bäume niedergesetzt hatte, deren beachtliche Stämme modernd und von Gras umwachsen im Zentrum der Waldöffnung lagen. Sie mussten sich in einem der alten Abschnitte des Parks befinden, dachte sie zusammenhanglos, anders wäre solch alter Baumbestand nicht zu erklären gewesen.

Ein Aufzucken von Farbe links neben der Drohne schreckte sie aus ihren Gedanken. Sie richtete den Feldstecher darauf aus. Dort liefen Gras und Lichtung in ein Stück Altwald aus, beherrscht von einer Gruppe nahezu völlig durchgetrockneter Buchen und umrandet von emporgeschossenen Spitzahornen, die den Altbäumen Sonne und Wasser entzogen und so zu deren Sterben beigetragen hatten. Dort wuchsen Farne und einiges an größeren Waldwiesengewächsen, die gute Deckung boten. Zwischen Farnen und Disteln erhoben sich drei weitere Affen, einer davon größer und zottiger als alle, die Elena bisher gesehen hatte. Der Große bellte in Richtung der Drohne und vollführte dazu winkende Gesten mit der rechten Vorderpfote, die Elena erst nach einem Augenblick der Verwunderung als Warnhinweise an seine Hordenmitglieder begriff. Noch während jener Winkgesten sprangen die beiden Affen vom Drohnendach und bewegten sich dann in erstaunlicher Geschwindigkeit durchs hohe Trockengras auf das große Tier am Waldrand zu.

James Herbert schoss auf den Großen, verfehlte ihn jedoch, woraufhin Nemzew auf eines der drei übrigen Tiere feuerte, die durchs Gras auf den Waldrand zuliefen. Obwohl Elena ahnte, dass sie zu spät reagierte, legte sie ebenfalls das Gewehr an und setzte den Affen zwei Schüsse nach. Zu ihrer eigenen Überraschung war sie beinahe sicher, dass zumindest einer davon getroffen hatte.

Kurz entschlossen, senkte sie das Gewehr, lief auf die Drohne zu und rief, so laut sie konnte, nach Hassan. Ihr Lauf machte sie nahezu blind und taub für ihre Umgebung, aber er vermittelte ihr das Gefühl, wenigstens etwas Kontrolle über ihre Lage zurückgewonnen zu haben, was ihr eine große Erleichterung verschaffte.

Nemzew folgte ihr, noch bevor James Herbert sich in Bewegung setzte, dennoch war ihr Vorsprung zu groß, als dass einer der Männer sie hätte einholen können.

Sie registrierte aus dem Augenwinkel heraus den getöteten Affen neben der Drohne im Gras, erhöhte ihr Tempo noch einmal und setzte über die Laderampe ins Innere der Drohne, wo sie einem Fleck schimmernd angetrockneten Blutes auswich und gegen das geschlossene Schott zur Steuerkanzel prallte.

»Hassan? Hassan?«, rief sie.

Zwischen den linken Mannschaftssitzen lehnte ein toter Affe an der Drohnenwand. Sein Gesicht war zerstört. Über dem Hals ragte eine rote, von weißen Schlieren durchzogene Maske hervor, aus der eine Reihe weißer Fangzähne ragten. Ein faustgroßer Teil der Stirn war verschwunden. Aus dem Loch war eine in der Drohnennotbeleuchtung grünlich-grau schimmernde Masse ausgetreten.

Elena schlug gegen das Schott zum Steuerbereich. Sie war zu aufgeregt und fahrig, um dessen Verriegelung beim ersten Versuch lösen zu können.

Nemzew erschien plötzlich neben ihr, stieß sie beiseite und entriegelte das Schott, das er dann aufriss.

Die Frontscheibe der Drohne war von Rissen durchzogen, und der Steuerbereich wirkte wie von Knüppel- oder Steinschlägen zerstört.

Hassan befand sich am Platz des Piloten, er war bleich, und in seiner rechten Schulter klafften tiefe Risse, aus denen Blut lief, das er offenbar mithilfe seiner Jacke zu stoppen versucht hatte.

»O Scheiiiiiße!«, brüllte James Herbert hinter ihr und dehnte das *Scheiße* so sehr, dass es zu einem einzigen bizarren Heullaut wurde.

Elena wand sich an ihm vorbei und nestelte den Erste-Hilfe-Kasten zwischen den rechten Mannschaftssitzen los;

einiges von dem Affenblut war über den geriffelten Metallboden bis zu dem Kasten geflossen. Sie verzog das Gesicht, während sie die Haltegurte löste und dann den Kasten in die Steuerkanzel schleppte, wo Nemzew bereits dabei war, Hassans Hand und Jacke von der verletzten Schulter zu lösen.

»Ich geh raus und mach die Drecksviecher platt!«, rief James Herbert und lud sein Gewehr nach.

»Du bleibst hier und hilfst mir, Hassan hier rauszubringen. In der verdammten Butze ist kein Platz, ihn zu versorgen!«, raunzte Nemzew ihn an. James Herbert schaute ihn an, als hätte Elenas Beigänger gerade das Vaterunser heruntergebetet.

»Das schaffen wir beide schon, Alex. James, geh raus und sichere die Drohne. Jeder Affe, den du erwischen kannst, wird abgeschossen. Das ist ein Befehl!«, sagte Elena.

James Herbert verschwand wortlos nach draußen.

Weil Nemzew drauf und dran war, sich Hassan über die Schulter zu legen, hinderte Elena ihn daran, da sie fürchtete, dass er dabei den verletzten rechten Arm ihres Kameraden noch mehr schädigte.

»Warte!«, zischte sie, ergriff Hassans am Boden liegende Jacke, legte den verletzten Arm vorsichtig quer über seine Brust und sicherte ihn dort mithilfe der Jacke. Sie spürte, wie Hassans Atem über ihre Hände strich. Immerhin lebte er noch, dachte sie erleichtert.

Sie verbot sich jeden Laut, jegliche Regung, während sie Hassan hinausschleppten. Er war schwerer als erwartet, und selbst Nemzew ächzte einige Male unter der Last auf dem Weg durch den Laderaum und die Rampe hinab.

Elena war dennoch überrascht, wie achtsam, ja zärtlich er den Verletzten dann auf eine aus dem Lagerraum herbeigeholte Plane bettete, bevor er kehrtmachte und den Erste-Hilfe-Kasten herbeiholte. Er stellte ihn neben Elena ab. »Du hast das im Griff?«, fragte er.

Sie nickte ihm zu.

Nemzew zog Handschuhe aus dem Kasten, streifte sie über und ging in den Laderaum zurück, wo er den Affen ergriff und am unverletzten Hinterlauf nach draußen zerrte. Er holte zweimal tief Atem, stöhnte auf, erhob den Kadaver und warf ihn dann wie einen Sack ekliger Abfälle auf die Lichtung.

Elena hatte inzwischen Hassans Hemd und Unterhemd aufgeschnitten und seine Verletzungen freigelegt. Sie war sicher, dass er dabei zumindest zeitweise bei Bewusstsein war. Er hatte drei Wunden, von denen zwei wirkten wie nebeneinanderliegende, tiefe Schnitte, die sowohl Blutgefäße wie Muskeln durchtrennt hatten. Sie vermutete, dass die von Affenkrallen stammten. So schwerwiegend sie wirkten, bereiteten sie ihr doch weniger Sorgen als die Bisswunde in Hassans Hals, aus der offenbar viel Blut ausgetreten war. Der Biss hatte seine Hauptschlagader zwar verfehlt, aber womöglich andere lebenswichtige Blutgefäße und Organe verletzt. Sie säuberte die Wunden gründlich, zog dann eine Wegwerfspritze mit einem Cocktail aus Entzündungshemmern und Antibiotika auf, stieß die feine Nadel in Hassans linken Oberarm und drückte die durchsichtige Flüssigkeit in seinen Körper. Vor Tollwut über Tetanus bis hin zu einem halben Dutzend weiterer durch Raubtierbisse übertragene Infektionen sollte Hassan damit geschützt sein. Was er jetzt brauchte, waren Ruhe und Flüssigkeit, dachte sie, um, so gut es ging, den Blutverlust ausgleichen zu können. Hassan hatte Fieber, was ihr Sorgen bereitete, aber angesichts seiner schweren Verletzungen zu erwarten gewesen war.

Nemzew trat aus dem Laderaum und blickte sich nach James Herbert um, der am Bug der Drohne lehnte, das Gewehr locker auf den linken Arm gestützt, während er es mit der rechten Hand hielt. Diese Haltung mochte nicht vorschriftsgemäß sein, war aber effektiv.

Elena spritzte Hassan noch eine Dosis Beruhigungsmittel, deckte ihn mit einer Rettungsdecke zu und überprüfte die Körperdaten in seinem Kom. Demnach war sein Puls etwas schwach, aber der Sauerstoffgehalt im Blut unbedenklich, außerdem wirkte sein Atemrhythmus stabil und regelmäßig.

»Wie schlimm ist es?«, fragte sie Nemzew und wies auf die Drohne.

»Wie schlimm ist es bei ihm?«, erwiderte er kühl.

»Hassan wird überleben.«

»Die Drohne nicht. Die Steuerelemente sind völlig zerschlagen. Sogar die Koms sind durch.«

Elena warf einen langen erschrockenen Blick in den Laderaum des Wiesels.

»Scheiße«, flüsterte sie.

»Vielleicht kann Hassan ja was basteln, wenn er wieder zu sich kommt. Aber bis dahin stecken wir hier fest«, erklärte Nemzew, griff in seine Jackentasche, zog eine Ledertasche hervor, öffnete sie und drehte sich aus dem Tabak und dem Papier darin eine Zigarette.

Elena öffnete ihr Kom und machte einen Standortabgleich, der jedoch wegen der fehlenden Netzabdeckung ungenau ausfiel. Trotzdem waren die Ergebnisse präzise genug, um festzuhalten, dass sie sich etwa sechzig Kilometer tief im ältesten Teil des Parks befanden, dreiundzwanzig Kilometer entfernt vom nächsten funktionierenden Umsetzer und etwa zwölf Kilometer von der Stelle, an der Thomsen seine Drohne verlassen hatte, um auf Nimmerwiedersehen zu verschwinden. Na, dachte sie in einem Anfall von Panik, wie steht's jetzt mit deinen Führungsqualitäten, da du gerade einen schwer verletzten Kameraden zu versorgen hast, mit einem undurchsichtigen Stellvertreter und dem wahrscheinlich schlechtesten Schützen der mitteldeutsch-polnischen Feldhütereinheit, abgeschnitten von jeglicher

Kommunikation, hier am Ende und Arsch der Welt gestrandet bist?

»In anderthalb Stunden wird's dunkel«, sagte Nemzew leise. »Die Wiesel sind auf Leichtigkeit und Manövrierfähigkeit getrimmt, der Korpus besteht aus Hanffasern und Harz. Die Scheißaffen waren so blöd, auf die Fenster einzudreschen. Hätten sie das an den Wänden versucht, wäre Hassan jetzt Hackfleisch.«

»Danke für den Vortrag, Alex. Ich hab meine technische Einweisung damals auch nicht geschwänzt.«

»Hm, Scheiße, tut mir leid.«

Beide schauten wortlos zum Waldrand, an dem sich jedoch weiter nichts rührte als einige Blätter, die leise im leichten Wind raschelten.

»Ob die Affen zurückkommen?«, fragte Nemzew schließlich.

Elena wies auf die beiden Kadaver, die bei der Drohne im Gras lagen. »Die haben schon mal versucht, ihre Toten zurückzuholen.«

»Der, den ich heut Mittag betäubt habe, lebte noch.«

»Aber der war betäubt, oder? Für die anderen Affen muss er wie tot gewirkt haben.«

Nemzew zuckte mit den Achseln. »Sie haben uns in Ruhe gelassen, als wir die drei Kadaver durch den Wald geschleppt haben, oder?«

»Weil sie damit beschäftigt waren, Hassan und unsere Drohne fertigzumachen«, entgegnete Elena und wurde sich erst, während sie die Worte aussprach, bewusst, welche Konsequenzen sie implizierten. Denn sollten sich die Tiere tatsächlich von dem Wasserloch zurückgezogen haben, um dann in einer größeren Gruppe über Hassan und das Wiesel herzufallen, bedeutete dies zwangsläufig, dass ihnen bewusst war, wozu die Drohne diente, und dass sie mit deren Zerstörung dafür sorgten, dass die Feldhüter hier feststeckten. So viel an taktischer Intelligenz war schwer vorstellbar, selbst bei Affen.

»Du verrennst dich, Elena!«, sagte Nemzew, aber er tat es nicht vorwurfsvoll oder hämisch, sondern kühl und gelassen. »Was, glaubst du, ist hier passiert?«

»Hassan ist zurückgekehrt, traf dabei auf die Horde und ist von ihr angegriffen worden. Der Affe, den wir im Laderaum gefunden haben, war sicher schon in der Drohne, als Hassan sie erreicht hat. Auf dem Weg dahin hat er das Tier getötet, das wir im Gras gefunden haben. Schwer zu sagen, wo er verletzt wurde, aber möglich, dass er die Drohne betrat und dort von dem Affen ohne Gesicht angegriffen wurde, den er erschießen konnte, bevor er das Schott sicherte. Dann hat er den Notruf abgesetzt und das Bewusstsein verloren.«

»Klingt plausibel. Wenn man mal davon absieht, dass du den Tieren so viel Intelligenz zutraust, zu wissen, dass sie uns hier fertigmachen können, falls sie das Wiesel beschädigen. Aber falls sie ihre Toten bergen, dann sind sie dabei ganz schön wählerisch. Weil der Affe, den Hassan auf der Wiese fertiggemacht hat, noch herumlag, als wir ankamen, obwohl ich mindestens vier Affen gesehen habe, die zwar versuchten, die Drohne aufzuknacken, aber den Kadaver da liegen ließen, wo er war.«

Elena musste sich eingestehen, dass Nemzews Argumentation stichhaltig war. Sie dachte einen Moment darüber nach.

»Es sei denn, die sammeln sich gerade irgendwo im Wald, um einen koordinierten Angriff vorzubereiten. Heute Mittag an der Tränke haben sie das schließlich irgendwie auch getan, oder? Sie wussten, dass ich auf meiner Seite des Bachs das schwächste Glied in unserer Schützenkette war, weil ich auf meinem Anstand die geringste Bewegungsfreiheit hatte. Anders als Hassan, James Herbert oder du.

Und euch haben sie keinen Knüppel über die Schulter gezogen.«

»Zufall.«

»Oder nicht«, widersprach Elena.

Nemzew warf ihr einen seiner typischen, kalt berechnenden Blicke zu, aus dem Elena nichts als Überheblichkeit und Verachtung herauslas. »Ist immer ein Fehler, Tiere zu vermenschlichen, indem man ihnen zu viel zutraut. Führt dazu, dass man dann erwartet, dass die sich auch wie Menschen verhalten. Tun sie aber nicht. Und wenn sie dann nicht so reagieren, wie du es erwartet hast, bist du so richtig am Arsch.«

»Das Orakel der Feldhüterschaft hat gesprochen! Schweigt ehrfurchtsvoll im Angesicht seiner Weisheit!«

Nemzews Reaktion überraschte Elena. Denn statt gehässig oder wütend zu antworten, nickte er ihr nur mit einem feinen Lächeln zu und drehte sich noch eine Zigarette.

»Mit den Affen im Wald wäre es unklug, uns zu trennen. Weswegen du keinen von uns zur Zaungrenze oder zum nächsten Umsetzer vorausschicken kannst, um Hilfe zu holen. Hassan irgendwohin zu bringen, wo wir bessere Deckung haben, wäre sowieso zu riskant. Am besten bleiben wir hier, warten die Nacht ab und hoffen, dass er morgen früh fit genug ist, um uns zu helfen, das Wiesel wieder so weit zusammenzuflicken, um hier herauszukommen, damit du und ich ein paar Leuten im Hauptquartier die Ärsche breittreten können.«

Elena stimmte zu.

»Du übernimmst die Hundewache!«, befahl sie ihm.

»Klar. Wer bin ich, deinen Schönheitsschlaf zu ruinieren?«, entgegnete er und steckte sich die Zigarette an.

»Das war unnötig, Alex!«

»Mir scheißegal!«, entgegnete er und rauchte seine Zigarette zu Ende.

Da draußen lag der Wald. In den Mythen und Märchen, mit denen Elena aufwuchs, war er bevölkert von menschenfressenden Wölfen, Hexen und bösartigen Riesen, vor denen es den Rest der Welt zu schützen galt. Jetzt wusste sie, dass er tatsächlich unberechenbare Ungeheuer beherbergte. Aber, dachte sie, vielleicht war das auch nur passend. Nirgendwo sonst als hier im Wald und der Wildnis hätten die Menschen ihnen überhaupt noch einen Platz zugestanden. Vielleicht bestand aber das Problem gar nicht darin, dass diese Monster tatsächlich existierten und in der beginnenden Dämmerung auf sie lauerten. Sondern darin, dass keiner von ihnen mehr wusste, wie man mit den Ungeheuern umgehen sollte, weil man ihnen allen zu lange eingeredet hatte, dass wahre Monster nur noch in Mythen und Märchen existierten. Was ein Gedanke war, den ihre Kameraden zweifellos lächerlich gefunden hätten.

21

Die Affen kamen in der Dämmerung zurück. Ihre Leiber hoben sich deutlich vor dem Hintergrund aus weißen Schneeresten, kahlen Ästen und dunkler werdendem Himmel ab, in dessen Zentrum eine orangerot-gelbe Sonne versank. Sie sammelten sich in drei Gruppen zu jeweils vier Tieren und sprangen bellend und gestikulierend am Waldrand auf und ab, als hielten sie eine Besprechung ab.

Hassan, den sie vorhin zwischen Laderaum und Steuerkanzel auf Jacken und Rucksäcke auf den Drohnenboden gebettet hatten, regte sich. Er schien zu fantasieren, denn er stieß eine Reihe wortähnlicher Laute aus. Seine Temperatur war stetig gestiegen, obwohl der Medizincocktail, den Elena ihm verabreicht hatte, dies hätte verhindern sollen. Sie hatte aus einem Ersatzhemd und Wasser aus ihren Feldflaschen einen Wadenwickel improvisiert, mit dem sie ihn, so gut es ging, zu kühlen versuchte. Vor einiger Zeit hatte sie ihm ein fiebersenkendes Mittel aus dem Erste-Hilfe-Kasten gegeben, dessen Anwendungsanweisung besagte, es sei schnell wirkend und habe kaum Nebenwirkungen. Trotzdem sank Hassans Temperatur nicht. Und eine ihrer vier Feldflaschen war nahezu leer, für die nächsten Wickel würde sie eine zweite anbrechen müssen.

James Herbert warf einen langen Blick aus der mehrfach gerissenen Frontscheibe des Wiesels. Dann ergriff er seine Waffe, durchquerte den Laderaum und machte sich an der Laderaumklappe zu schaffen.

»Lass das!«, wies Elena ihn an.

»Was? So nah, wie die sind, erwisch ich mindestens drei oder vier, bevor die zurück in den Wald fliehen!«, entgegnete James Herbert verwundert.

Doch Elena warf Nemzew einen herausfordernden Blick zu, schob James Herbert beiseite, stellte sich auf einen der Mannschaftssitze, lud dort ihre Pistole durch und öffnete statt der Laderaumrampe die Luke im Dach der Drohne. Sie tat es vorsichtig und leise.

»Scheiße, Elena, das ist doch total daneben!«, zischte Nemzew, ergriff dabei den verblüfften James Herbert und zog ihn auf dessen Platz zurück. Elena war sicher, dass Nemzew ahnte, weshalb sie James Herbert von einem Angriff abgehalten und stattdessen die Luke geöffnet hatte.

Es existierten zwar zwei schmale Sehschlitze am Heck des Wiesels, die allerdings nur genug Überblick für die allernächste Umgebung der Drohne boten.

Elena war, anders als ihr Kollektiv, überzeugt, dass den Tieren dies auch bewusst war. Sie fürchtete, dass die Gruppe am Waldrand eine Ablenkung darstellte, dazu gedacht, sie aus dem Wiesel hervorzulocken, um sie dann draußen im Freien angreifen zu können.

Sie schob behutsam Kopf und Schulter durch die Luke. Die kühle Luft war eine Erholung von dem abgestandenen Mief aus kaltem Blut, Affengedärm, Männerschweiß und Biohydrauliköl, der das Innere des Wiesels beherrschte.

Der erste Stein verfehlte ihren Nacken, doch der nächste traf und sorgte dafür, dass sie vor Schmerz und Überraschung einen Moment unaufmerksam war, sodass die beiden Tiere, die von rechts hinter ihr aufs Wieseldach sprangen, sich ihr beinahe so weit nähern konnten, um mit den Knüppeln, die sie dabeihatten, ihren Kopf treffen zu können.

Die Luke war gerade breit genug, um sich darin umzuwenden und auf die Tiere zu feuern – selbst wenn die

Schüsse unsicher ausfielen und Elena nur einen Treffer landete. Der dafür sorgte, dass ihr heißes Affenblut ins Gesicht spritzte.

Sie ließ sich fallen und landete zwischen den Mannschaftssitzen auf dem harten, geriffelten Metallboden der Drohne.

Nemzew schoss dem zweiten Angreifer in die Brust, sobald der ins Drohneninnere blickte. Das getötete Tier fiel neben Elena in den Laderaum, während James Herbert brüllend die Luke wieder verschloss.

Nemzew trat dem toten Affen auf den Bauch und richtete seine Pistole auf dessen Brust, offenbar unschlüssig, ob er dem Tier einen Fangschuss versetzen sollte.

»Haidur und Odin!«, rief James Herbert, der eine gewisse Affinität für Neoschamanismus hatte.

Elena setzte sich auf und kroch schwer atmend zu einem Mannschaftssitz, wo sie sich den Nacken rieb und den getöteten Affen anblickte, der zwischen ihr und Nemzew dampfend ausblutete.

»Die haben wirklich drauf gewartet, dass wir rauskommen«, sagte Nemzew schließlich.

»Das sind doch nur Affen!«, erwiderte James Herbert fassungslos.

Noch während seine Worte im Innern der Drohne verklangen, trafen erste Schläge die Haut des Wiesels. Die Affen, die sich am Waldrand aufgehalten hatten, mussten sich der Drohne genähert haben und sie jetzt mit Steinen und Knüppeln traktieren. Anders waren Anzahl und Frequenz der Schläge nicht zu erklären.

Die Schläge erzeugten einen dumpfen Lärm und setzten sich gut fünf Minuten fort, bis sie unvermittelt abbrachen.

Bislang hatte die Hülle der Drohne standgehalten, aber falls die Tiere ihre Angriffe fortsetzten, war es sicher nur eine Frage der Zeit, bis sie brach.

Elena hatte einen stechenden Kopfschmerz, und ihr war

schwindelig. Sie fürchtete, sich jeden Moment übergeben zu müssen.

»Nnn! Ghhrt! Tss! Huzt!«, sagte Hassan in seinem Fieberwahn und rollte den Kopf hin und her.

Elena hatte das Gefühl, der von Blut besudelte tote Affe starre sie an. Wie bei dem Tier, das sie heute Morgen inspizierte, hatte auch er im Sterben seine Lefzen etwas aufgezogen, was dem Gesicht die Anmutung einer schnarrend überheblichen Wut verlieh. Obwohl Elena wusste, welch irrationaler Gedanke das war, fürchtete sie, das Tier könnte jeden Augenblick ins Leben zurückkehren, um sie hier in dem engen, stinkenden Laderaum erneut anzugreifen.

»O Gott, mach das weg!«, flüsterte sie und rückte von dem Tier so weit wie möglich ab.

Nemzew warf ihr einen fragenden Blick zu, doch James Herbert ergriff eines der angekletteten Sitzpolster und warf es über das Gesicht des toten Affen.

Elena kämpfte zwar weiterhin gegen ihren Brechreiz und atmete nur flach und zögernd die stickige Luft ein, dennoch hatte James Herberts Geste ihr eine gewisse Erleichterung verschafft. Nemzew kommentierte sie mit einem verächtlichen Laut.

Es war längst dunkel draußen, und nachdem James Herbert das Gesicht des Affen verdeckt, Nemzew sich in der Mitte des Laderaumes zwischen zwei Bullaugen postiert hatte und James Herbert eine Bestandsaufnahme ihrer Vorräte und Ausrüstung gemacht hatte, fiel kein Wort mehr. Selbst Hassan verstummte in seinem Fieberwahn.

Nach und nach glaubte Elena, jeder Atemzug, jede noch so winzige Bewegung, jegliches Knistern und Kleidungsrascheln lade sich mit einer zusätzlichen Bedeutung auf, die sich ihrer Beurteilung entzog. Obwohl sie sich im rationalen Teil ihres Bewusstseins durchaus klar darüber war, dass dem nicht so sein konnte, schienen die winzigsten Geräusche ihre Kopfschmerzen zu verstärken und ihre angespannten Nerven weiter zu reizen. Wie soll ich es eine ganze Nacht in diesem Kasten aus Hanffasern, Harz, Biohydrauliköl und zerschlagenen Instrumenten aushalten, ohne den Verstand zu verlieren?, fragte sie sich. Die Antwort darauf fiel so schlicht wie unausweichlich aus: Weil dir gar nichts anderes übrig bleibt.

Kurz darauf loste sie mit Nemzew und James Herbert die Wachen aus – was ihr immerhin das Gefühl vermittelte, ihrer Situation nicht völlig tatenlos ausgeliefert zu sein.

Dass Zeit sich dehnen oder beschleunigen konnte, war eine Binsenweisheit, deren Wahrheitsgehalt sie auf Anständen und der Jagd oft genug hatte anerkennen müssen. Doch die Stunden in dem Wiesel zwischen einem schnarchenden James Herbert, einem dösenden Nemzew, dem fiebrigen Hassan und dem toten Affen schienen ihr mal rascher, mal quälend langsam zu vergehen, ohne dass Elena ein Muster darin hätte erkennen können. Vielleicht, dachte sie, war das ja ein erstes Anzeichen von Übergeschnapptsein. Wahrscheinlicher als das, fand sie allerdings, war, dass ihr Verlust von Zeitgefühl mit dem Hormonfasching zu tun hatte, der aufgrund ihrer Schwangerschaft in ihrem Stoffwechsel vorging und von der Evolution eingerichtet worden war, um sie von einer selbstbestimmten jungen Frau in ein von irrationalen Emotionsschwankungen bestimmtes Muttertier zu verwandeln.

Wie sie sich bei den Wachen abwechselten, so wechselten sie sich auch damit ab, bei Hassan zu sitzen und seine Bewegungen, die Temperatur und den Puls zu überprüfen. Die beiden Männer waren dabei nicht weniger eifrig und aufmerksam als Elena. Obwohl sie ziemlich sicher war, dass dieser Pflegedienst ihnen zumindest teilweise als willkommene Abwechslung vom schweigenden Dösen in den Mannschaftssitzen diente.

Elena vermied es bis nach Mitternacht, darüber nachzudenken, wie sie vorgehen sollten, falls Hassans Zustand sich bis zum Tagesanbruch nicht so weit verbesserte, dass er ansprechbar und zurechnungsfähig genug war, um sie dabei zu unterstützen, das Wiesel oder wenigstens dessen Kommunikationsmodule wieder in Gang zu bringen.

Spätestens gegen drei, kurz vor der Ablösung zur Hundewache, für die Nemzew sich von vornherein bereit erklärt hatte, gelang es Elena, sich mit einer Mischung aus erzwungener Zuversicht, Müdigkeit und schierem Trotz vorzumachen, dass Hassan eher früher als später wieder zu sich käme. Doch sobald sie ihren Beigänger berührte, um ihn für die Wache aus seinem unruhigen Halbschlaf zu wecken, wurde ihr klar, dass sie sich etwas vormachte, wenn sie darauf setzte, dass Hassans technisches Talent und seine Erfahrung ihnen schon aus der Klemme helfen würden. Unwillkürlich rechnete sie durch, wie lange es dauern würde, bis man realistischerweise vom Hauptquartier aus eine Suche nach ihnen startete. Das Ergebnis machte ihr Angst. Außerdem warf sie sich vor, am Nachmittag nicht darauf bestanden zu haben, gemeinsam zur Drohne zurückzukehren, was zweifellos Hassans Verletzung verhindert hätte.

James Herbert schnarchte leise, die Füße in den Bergstiefeln auf den toten Affen gelegt. Nemzew regte sich, schaute sie einen Moment verdutzt an, trank dann einen Schluck Wasser aus seiner Feldflasche und blickte lange misstrauisch auf Hassan.

»Es geht ihm nicht besser?«

»Eher schlechter«, antwortete Elena flüsternd. »Ich weiß nicht, wie lange er ohne richtige medizinische Versorgung noch hat.«

Nemzew nickte und streckte dann Hände und Beine aus. Was in der Selbstverständlichkeit, mit der es tat, auf Elena wirkte wie ein Teil seiner täglichen Aufwachroutine.

»Nehme an, dass ich mich bei dir entschuldigen sollte? Die Affen sind intelligenter, als ich es ihnen zugetraut hätte.«

»Entschuldigungen bringen uns nicht weiter. Aber ich weiß den Gedanken zu schätzen«, antwortete sie. »Bis jetzt hat die Außenhaut ja standgehalten. Möglich, dass sie zumindest die Angriffe auf das Wiesel sein lassen.«

Nemzew schürzte die Lippen und stemmte sich aus seinem Sitz. »Möglich ist alles. Nur wahrscheinlich isses nicht. Sie haben gesehen, dass sie die Frontscheibe und eines der Bullaugen fast geknackt hätten. Ich vermute eher, dass sie gegen Morgen wiederkommen. Mit größeren Werkzeugen.«

Er hatte sicher recht, fand Elena.

»Ich begreife es einfach nicht, Alex. Wir haben sechs Affen erlegt, und wir haben gestern Abend mindestens ein Dutzend von denen gesehen. Wir haben selbst erlebt, wie gut die sich hier angepasst haben. So was geht nicht über Nacht. Das braucht Monate und Jahre. Wie konnten die unserer Überwachung so lange entgehen? Hassans optimiertes Suchprogramm hat die ersten verdächtigen Rissbilder über vier Jahre zurückverfolgt. Ich kann mir vorstellen, dass vier oder sechs Affen uns ein paar Monate durch die Lappen gehen, aber zwölf? Was, wenn da draußen sogar zwanzig oder noch mehr von ihnen auf uns warten? Sollten die uns gemeinsam angreifen, so wie gestern Abend, dann sehe ich schwarz für das Wiesel.«

»Die Affen sind doch nicht schon seit Jahren hier, Elena. Ausgeschlossen«, antwortete Nemzew gelassen.

»Warum eigentlich? Diesen Parkabschnitt überwachen wir lockerer als jeden anderen, weil wir uns drauf verlassen, dass die Agrartechniker das für uns übernehmen. Du weißt so gut wie ich, dass die Systeme hier draußen überaltert sind und schon ewig erneuert gehört hätten«, widersprach Elena.

»Wie kommen die Affen dann in Antons Revier rüber,

hm? Falls sie seit Jahren hier wären, hätten Ulf oder ich das noch vor Anton bemerkt.«

Das war ein Argument, das sich nicht von der Hand weisen ließ, zumal Thomsen in seinen letzten Dienstmonaten offenbar besessen von dem weißen Wisentbullen gewesen war und sich dort nach ihm umgesehen hatte.

»Vielleicht sind sie ja erst kürzlich aus Polen zu uns gekommen?«

»Antons Kollektiv ist doch genauso gründlich und zuverlässig wie unsere. Und der Zaun auf der polnischen Seite ist überall besser in Schuss als unserer«, widersprach Nemzew gereizt.

»Schon gut«, flüsterte Elena, die es ausgerechnet jetzt nicht auf einen Streit ankommen lassen wollte.

»James und ich wären zwar fähig, ein paar Kabel zusammenzuknoten, aber wozu die dienen und ob das nicht eher einen Kurzschluss auslösen würde – keine Ahnung. Hier im Wiesel überstehen wir noch einen Tag und eine Nacht, so lange reichen die Akkus für die Luftversorgung und die Heizung noch. Aber Hassan muss in ein Krankenhaus. Bei dem Fieber hält er keine vierundzwanzig Stunden mehr durch.«

»So weit war ich auch schon!«

»Sicher.«

»Und?«, setzte Elena nach.

»Wir trennen uns. Der nächste Umsetzer ist dreiundzwanzig Kilometer entfernt, und das ist keiner von denen, die Mats ausgefallen sind, sondern einer von unseren.«

Jedes ihrer Koms konnte sich in die Umsetzer einloggen und so mit der technischen Abteilung im Hauptquartier Kontakt aufnehmen. Das war eine zusätzliche Sicherheitsmaßnahme, die man ganz zu Beginn beim Aufbau der Parks eingerichtet hatte.

»Wir können die Affen nicht lange genug ablenken, um einem von uns die Chance zu verschaffen, hier rauszukommen und zum Umsetzer zu gehen. Einer allein kommt nicht durch. Selbst, wenn du oder ich gehen würde, hat ein Einzelner nicht genug Feuerkraft, um es mit einer Gruppe Affen aufzunehmen. Sogar, falls die Affen sich teilen, hätte derjenige, der losgeht, mehrere von denen am Hals. Die sind im Wald doch viel schneller als wir.«

»Ich bin der beste Schütze, und ich bin im Wald immer noch fit genug, um schneller als ein paar Scheißaffen zu sein«, antwortete Nemzew.

»Zusammen haben wir genug Feuerkraft, um sie so lange auf Abstand zu halten, bis Hilfe kommt.«

»Wo soll die denn herkommen? Aus dem Hauptquartier? Die haben zwar unser Gespräch mit Mats registriert und den letzten Standort des Wiesels vermerkt. Kommt aber öfter vor, dass einer von uns in der Drohne im Park übernachtet. Bis die im Hauptquartier mitschneiden, dass etwas nicht stimmt, dauert es von morgen früh an bestimmt drei, vier Stunden, bis einer reagiert und eine Suchaktion lostritt. Dazu kommen noch mal mindestens anderthalb Stunden, bevor die Kameraden uns finden. Vorausgesetzt, es ist überhaupt eine von den schnelleren Drohnen frei. Mit einem Wiesel oder einem Luchs schafft es vom Hauptquartier bis hierher niemand vor zwei, drei Uhr nachmittags. Ich brauche für die dreiundzwanzig Kilometer bis zum Umsetzer ungefähr zweieinhalb Stunden, und ich kann dem Hauptquartier mit meiner Meldung so viel Feuer unterm Arsch machen, dass sie sofort Hilfe schicken. Bis morgen Abend hält Hassan doch gar nicht mehr durch, so schlecht, wie er aussieht.«

Hassans Zustand war der einzige Grund, aus dem Elena bereit gewesen wäre, Nemzews Vorschlag zu folgen. Aber sie hielt seine Einschätzung, dreiundzwanzig Kilometer durch den Wald in unter drei Stunden zurückzulegen, für übertrieben optimistisch. Zumal das voraussetzte, dass sie wahrscheinlich eine Menge Munition daran verschwenden mussten, die Affen abzulenken und am Waldrand festzuhalten, um ihm einen aussichtsreichen Vorsprung verschaffen zu können.

Während der Eignungsprüfungen für die Feldhüterausbildung und später dann bei den Praxistests im Park hatten ihre Ausbilder Elena zwar gute Instinkte bescheinigt, aber bisher hatte sie sich in schwierigen Situationen hier im Park stets eher auf Erfahrungen, Rationalität und die Vorschriften als auf Bauchgefühle verlassen. Nur endeten ihre Erfahrungen genau hier in diesem Drohnenladeraum. Alles, was sie in den letzten knapp vierundzwanzig Stunden erlebt hatten, wirkte so surreal und weitab jeglicher Rationalität. Und die Vorschriften waren glasklar: Sie besagten, dass sich Feldhüterkollektive in akuten Gefahrenlagen nur in allerhöchster Not trennen sollten. Scheiße, dachte sie, hätte mir so etwas nicht passieren können, bevor ich schwanger bin und deshalb bloß teilweise voll zurechnungsfähig?

»Elena?«, drängte Nemzew auf eine Entscheidung.

»Ich übernehme die Wache. Du schläfst weiter. Falls du nachher losgehst, musst du ausgeruht sein. Wir treffen eine Entscheidung, sobald es dämmert.«

Nemzew war eindeutig nicht zufrieden mit ihrer Entscheidung. Doch die war nun einmal das Beste, wozu Elena im Augenblick fähig war.

Elena hatte ein Drittel des Inhalts einer weiteren Flasche verwendet, um Hassans Wadenwickel regelmäßig zu erneuern.

Vergeblich.

Sie weckte ihre Kameraden rechtzeitig, um sicherzustellen, dass sie bei ihm waren, als Zweiter Feldhüterobermeister Hassan Runggaldier starb. Die drei stimmten darin überein, seinen Todeszeitpunkt mit 4:11 Uhr anzugeben – exakt der Moment, in dem Nemzew Hassans Gesicht mit einem Stück Rettungsdecke bedeckte.

Elena schaute an ihren Kameraden vorbei auf die mit der silbernen Decke verhüllte Leiche.

»Kamerad Hassan Runggaldier! Unvergessen!«, flüsterte sie.

James Herbert und Nemzew legten sich die Arme um die Schultern, blickten Elena einen Moment verächtlich an und brüllten, so laut und schnarrend sie nur konnten: »Unvergessen!«

Noch während ihr Ruf in dem niedrigen Laderaum nachklang, wiederholten sie ihn zweimal. Sie taten es ebenso stramm, schnarrend und mit feindseligen Blicken wie beim ersten Mal.

Sie geben mir die Schuld an Hassans Tod, dachte Elena erschrocken. Das ist unfair, keiner hätte damit rechnen können, dass die verdammten Affen ihm an der Drohne auflauerten.

22

Elena stand neben der zugedeckten Leiche und schaute zur Laderaumklappe. Dieser Moment eben, als Nemzew und James Herbert ihr »Unvergessen« in den Laderaum brüllten, hatte ihr bewiesen, dass sie sich etwas vormachte, wenn sie glaubte, dass ihre männlichen Kameraden sie als Führerin der Truppe akzeptierten. Elena nahm sich fest vor, sich nicht von ihnen einschüchtern zu lassen.

Nemzew hob sein Gewehr aus der Halterung und öffnete dessen Magazin. »Sechs drin, zwei fehlen!«, verkündete er und hängte sich die Waffe über die Schulter.

»Was tust du da?«, fragte Elena.

»Das Kommando übernehmen. Wir überprüfen jetzt alle, wie viel Munition noch da ist, und dann gehen wir zusammen zu dem Umsetzer.«

James Herbert lud schweigend und mit exakten, merkwürdig trägen Bewegungen seine Waffe nach. »Scheiße!«, fluchte er, sobald er damit fertig war und auf Hassans Gewehr schaute, das geladen neben dem Cockpitschott in seiner Halterung klemmte. Er zögerte sichtlich, danach zu greifen. Elena konnte sich partout nicht daran erinnern, wer es dort gesichert hatte oder wann das gewesen war. Allerdings hatte sie auch ganz andere Probleme als das.

»Ich bin Kollektivleiterin, und ich habe nicht entschieden, dass wir die Drohne verlassen«, erklärte Elena und legte die Hand auf Hassans Gewehr in der Halterung.

»Du warst so lange Leiterin, bis du einen Kameraden verloren hast. Ich bin Dienstältester, die Vorschriften sind eindeutig: Wenn ein Leiter ausfällt, übernimmt der rangnächste oder dienstälteste Kamerad die Führung.«

Elena hatte trotz ihrer Schwierigkeiten mit Nemzew nicht damit gerechnet, dass er so weit gehen würde, sich offen gegen sie zu stellen. Scheiße, was mach ich denn jetzt?, fragte sie sich, aber ließ ihre Hand weiter auf Hassans Gewehr und erwiderte geradeheraus Nemzews herausfordernde Blicke.

»Sieh es doch endlich ein, Elena, Willms hat recht, sie hätten dich niemals auf diesen Posten berufen dürfen. Du bist zu schwach dafür!«, erklärte Nemzew und legte seine Hand neben ihre auf den Kolben des Haenel-Gewehrs. »Ich habe vor unserem Abflug mit Willms gesprochen. Sie sagt, dass du nur befördert worden bist, weil sie dich nach dem Einsatz hier auf einen Lehrgang schicken und anschließend in die höhere Verwaltung im Hauptquartier abschieben wollen. Dein Einsatz im Park ist nur eine Formalie, damit die Beförderungsbedingungen für den höheren Verwaltungsdienst erfüllt sind. Jeder im Hauptquartier weiß, dass du nur für die Verwaltung, aber nicht den Außendienst taugst!«

Elena hörte zum ersten Mal davon, dass sie von der Führungsetage für den höheren Dienst und eine Verwaltungslaufbahn vorgesehen war. Obwohl diese Art von Geheimnistuerei andererseits genau dem Vorgehen ihrer Vorgesetztenriege entsprach und sie außerdem wusste, dass man aktuell bevorzugt jüngere Feldhüter mit Studienabschlüssen in die höhere Verwaltungslaufbahn schleuste. Danach, dass sie kein Interesse an einem Schreibtischposten im Hauptquartier hatte, fragte keiner. Dass Willms offenbar ausgerechnet mit Nemzew über sie, ihre Qualifikationen und ihre weiteren Karriereaussichten gesprochen hatte, verletzte Elena und machte sie zornig. Frau Oberst hatte sie nicht nur einfach hintergangen, fand Elena, sondern verraten. Aber Zorn war ein schlechter Ratgeber. Letzten Endes war sie jetzt und hier auf Nemzew genauso angewiesen wie er auf sie. Mit Frau Oberst konnte sie später immer noch abrechnen.

»Es ist mir scheißegal, was Willms behauptet, Alex. Aber ich vergesse trotzdem, was du gerade gesagt hast. Wir sind alle fertig nach dem, was passiert ist. Da kann's schon mal vorkommen, dass einer übers Ziel hinausschießt«, antwortete sie und hoffte, dass ihr Zugeständnis und die halb verbrämte Drohung, die sich dahinter verbarg, genug war, um Nemzew zur Vernunft zu bringen.

»Wer hier übers Ziel hinausgeschossen hat, wird eine Untersuchungskommission klären. Bis dahin übernehme ich das Kommando. Und ich befehle, dass wir das Wiesel verlassen und uns zu dem Umsetzer durchschlagen, um Hilfe zu holen. Hier drin stehen wir keinen neuen Angriff ohne weitere Verluste durch. Und das gebe ich auch gerne jeder Kommission genau so zu Protokoll.«

Der Umsetzer befand sich an einem Förderkran in einem vor mehr als einem Jahrhundert aufgegebenen Kohletagebau. Elena erinnerte sich an den Ort. Am Rand des gigantischen, teilweise mit Wasser gefüllten Restlochs rostete seit mehr als einem Jahrhundert der Förderkran vor sich hin. Auf Elena hatte er bei jedem Überflug wie ein bösartig gestimmtes Monster aus einer anderen Welt gewirkt, das sich trotzig zu sterben weigerte, obwohl seine Zeit vorbei und es längst rundum besiegt war.

Alles in Elena weigerte sich, die Drohne zu verlassen und sich draußen in der Wildnis den Affen auszusetzen. Draußen hätten sie aber wirklich mehr Bewegungsfreiheit und würden zumindest zeitweise bessere Deckung finden, um die Affen zu bekämpfen. Wären ihre Gegner Wilderer mit automatischen und halb automatischen Schusswaffen, hätte sie selbst längst einen Ausbruch befohlen. Schusswaffen waren Wiesel-Drohnen absolut nicht gewachsen. Aber sie hatten es nun mal mit Affen zu tun, die Steine warfen und Knüppel schwangen. Solchen primitiven Angriffen noch einige Zeit länger standzuhalten, traute sie der Drohne durchaus zu. Zumal sie zumindest nach vorn aus dem Steuerstand heraus und nach hinten, über die halb geöffnete Laderaumklappe hinweg ganz akzeptable Feuerstände zur Verfügung hätten.

»Weißt du, was, Alex? Du ekelst mich an. Nicht, weil du glaubst, ich sei ein kleines naives Mädchen, das sich einfach so herumschubsen ließe. Sondern weil du nicht zugeben kannst, dass du genauso eine Scheißangst hast wie James und ich. Aber Angst ist hier gerade genug für alle da. Der Unterschied zwischen dir und mir ist bloß, dass ich meine Angst sogar in dieser Scheißdrohne irgendwie aushalten kann, ohne überzuschnappen. Aber du hältst Angst nur dann aus, wenn du davor weglaufen kannst. Deswegen willst du unbedingt raus in den Wald. Weil der mehr Raum bietet, um davonzulaufen. Ich hab Thomsens Logbücher gelesen, er hat dich nicht mitgenommen, wenn er nach dem weißen Wisentbullen gesucht hat. Er wusste, dass er sich nicht auf dich verlassen konnte, sobald's mal wirklich richtig eng wird.«

Elena nahm ihre Hand von Hassans Gewehr und legte sie um den Kolben ihrer Dienstpistole. Sie war so wütend und aufgeregt, dass sie nicht mehr sicher sein konnte, ob sie mit ihren Worten Nemzew so weit in die Ecke gedrängt hatte, dass ihm – so, wie er nun mal psychisch strukturiert war – gar nichts weiter übrig blieb, als sie anzugreifen.

»Meine Angst geht dich gar nichts an, Elena!«, zischte Nemzew ihr zu. »Und Ulf hat mich nur deswegen nicht mitgenommen, weil er wusste, dass es illegal gewesen wäre, den Bullen ohne Not zu schießen, und mir den Untersuchungsausschuss ersparen wollte!«

Er hatte während seiner Rechtfertigung keinen Moment den Blick von Elenas Hand auf ihrer Pistole gelassen.

Elena ahnte, dass sie gewonnen hatte, als Nemzew sich gegen ihre Vorwürfe verteidigte, statt die Auseinandersetzung noch weiter auf die Spitze zu treiben.

Jetzt, dachte Elena, muss ich es nicht nur mit meiner Angst hier in dieser stinkenden Drohnenbüchse aushalten, sondern auch mit einem Mann, den ich gerade bis aufs Blut gereizt habe und der mir niemals verzeihen kann, dass ich ihn so bloßgestellt habe, dass er von jetzt an eigentlich nackt durch die Gegend läuft.

»Mit Meuterei hab ich nichts zu tun, Alex. Solange wir hier drin sicherer sind als draußen, bleibe ich hier«, verkündete James Herbert.

Nemzew wandte sich von Hassans Gewehr ab, setzte sich eine der Nachtsichtbrillen auf und schaute wortlos, aber bis aufs Äußerste angespannt aus dem Backbordbullauge in die Dunkelheit hinaus.

James Herbert setzte sich mit gesenktem Kopf auf seinen Mannschaftssitz und umkrampfte dabei das Gewehr so fest, dass seine Fingerknöchel weiß hervortraten.

Elenas Kopfschmerzen waren verschwunden, aber anstatt erleichtert darüber zu sein oder ihren Etappensieg über Nemzew zu genießen, stand sie mit der rechten Hand an der Pistolentasche zwischen den beiden Männern in der Drohne und fühlte sich so leer, dass es ihr für einige Zeit schwerfiel, sich vorzustellen, dass in ihr je wieder Raum für ein anderes Gefühl sein könnte als diese Leere.

»Die greifen im Morgengrauen an. Bis dahin sind's noch dreißig Minuten«, sagte Nemzew leise.

»Diese Viecher sind einfach zu blöd, so lange damit zu warten, bis wir hier drin einfach durchdrehen, oder?«, versuchte sich James Herbert an einem Witz.

»Hier dreht keiner durch!«, antwortete Elena, obwohl

sie ahnte, dass dies eine völlig unbewiesene Behauptung war.

»Sie bereiten irgendwas vor«, sagte Nemzew leise.

Elena zog eine der Nachtsichtbrillen aus einem Schrank an der Bordwand, trat zu einem der Bullaugen und schaute in die Nacht hinaus. In dem grünlich blauen Licht des Gerätes erkannte sie vier oder fünf der Affen, die etwas, das vielleicht Steine waren, vom Waldrand zu einem Ort etwa auf halbem Weg zwischen dem Waldrand und der Drohne schleppten.

Die Tiere erledigten ihre Arbeit methodisch und schnell, aber vor allem taten sie es so, dass sie sich dabei ihrer Deckung bewusst waren.

»Knallen wir sie ab? Je weniger es sind, die uns nachher angreifen, umso besser!«, sagte James Herbert.

Elena setzte die Nachtsichtbrille ab und schüttelte den Kopf.

»Wir haben zusammen vielleicht noch zwanzig, zweiundzwanzig Schuss, und da sind die Pistolen schon eingerechnet. Die verschwenden wir nicht an zwei Affen, die Steine schleppen, sondern warten mit dem Schießen, bis die alle auf uns zukommen und dazu aus dem Gras herausmüssen«, sagte Nemzew.

Er hat recht, dachte Elena, bei einem geballten Angriff der Tiere konnten sie mehr von ihnen töten und so die Angreifer hoffentlich entweder komplett eliminieren oder sie zumindest so weit dezimieren, dass sie sich zurückzogen.

»Wenn die so schlau sind, die ganzen Steine von dort auf unsere Frontscheiben zu werfen, dann knacken sie das Wiesel auf wie 'ne Sardinenbüchse, Alex!«, widersprach James Herbert.

»Dann wissen wir, dass wir hier rausmüssen!«, antwortete Nemzew.

Elena hatte eine furchtbare Vision von zehn oder mehr Affen, die nacheinander dicht gedrängt durch die beiden zerbrochenen Frontscheiben des Wiesels ins Innere der Drohne eindrangen und dabei zähnefletschend Steine warfen und kurze Knüppel schwangen.

»Na, hoffentlich sind die dann wenigstens blöd genug, dass sie uns nur aus einer Richtung angreifen und kein zweites Kommando am Bug postieren, das uns dort erwartet«, sagte James Herbert.

»Dann haben wir immer noch unsere Pistolen, um uns den Weg zum Wald frei zu schießen«, sagte Elena und hoffte, das Thema damit vorläufig abgeschlossen zu haben.

Nemzew behielt recht. Die Affen griffen kurz vor der Morgendämmerung an. Elena sah, wie drei von ihnen sich aus dem Unterholz am Waldrand lösten und sich zu den Steindepots bewegten, wo sie sich zunächst in Deckung hielten.

»Ihr sichert hier unten! Ich gehe durch die Luke und feuere auf die Steinewerfer. Sobald ich nachladen muss, reicht einer mir Hassans Gewehr rauf!«, wies sie die beiden Männer an.

Ohne deren Reaktion abzuwarten, öffnete sie die Dachluke des Wiesels und schob vorsichtig ihren Kopf heraus, schaute sich ängstlich im Zwielicht um, bevor sie das Gewehr nachzog und schließlich in Anschlag brachte. Bislang war von ihren Gegnern nichts weiter zu erkennen als einige sich rasch bewegende Grashalme, auf die zu feuern recht aussichtslos gewesen wäre, weshalb Elena das unterließ.

Ich werde die drei an den Steindepots erwischen, sobald sie sich aufrichten, um die Steine zu werfen, dachte sie, wenn dann weitere nachrücken, setze ich die genauso außer Gefecht, bevor ich nach Hassans Gewehr greifen muss und ihnen ein paar Sekunden Atempause verschaffe. Sollten inzwischen wieder einige von ihnen ihre Vorgänger bei den Steindepots ersetzt haben, erwische ich mindestens zwei von denen sicher auch. Danach werden wir schon sehen, wie mutig der Rest von ihnen noch ist.

Elena registrierte eine Bewegung an den Steindepots und schoss. Sie war sicher, ihr Ziel verfehlt zu haben.

»Es geht los!«, rief sie in das Wiesel.

Eine weitere Bewegung im hohen Gras. Dieses Mal wartete sie ab, bis sie ihr Ziel klar im Visier hatte, bevor sie schoss. Nach dem trockenen Plopp des Schusses stob eine Wolke aus Blut und Fell über dem Gras auf. Ein zweiter Schuss, ein zweiter Treffer.

»Zwei von zwei! Bei dem Licht! Oberklasse!«, rief James Herbert aus dem Drohneninnern.

Wie Elena es erwartet hatte, näherten sich jetzt weitere Tiere ihren toten Gefährten. Nur waren es nicht zwei oder drei Affen, sondern fünf. Sie bellten wütend gegen die Drohne an. Während drei von ihnen sich den deponierten Wurfgeschossen näherten, warfen die übrigen beiden kleinere Steine, Hölzer und Erdklumpen auf die Drohne, um so den Vorstoß ihrer Gefährten zu decken. Obwohl die Tiere ihr Ziel nur unregelmäßig trafen, brachte die schiere Masse der auf das Wieseldach einprasselnden Geschosse Elena dazu, vorübergehend hinter dem Lukendeckel Schutz zu suchen. Sie war wieder einmal verblüfft über das Maß an Koordination und Intelligenz, das ihre Gegner bewiesen.

Dennoch besiegte sie ihren Schutzinstinkt, schlug die Luke zur Seite und setzte kurz nacheinander vier Schüsse auf die Affen ab.

»Einer abgemeldet, einer definitiv verwundet, einer bloß vielleicht außer Gefecht gesetzt, aber großartige Leistung!«, rief James Herbert.

Trotzdem hatte Elena nicht alle Tiere der Vorhut von

ihrem Vorhaben abgebracht, sodass die beiden übrig gebliebenen Affen jetzt damit begannen, ihre vorbereiteten Steine auf die Drohne zu schleudern, wobei nur einer von ihnen Elena ins Visier nahm, während der Zweite sich auf die vom ersten Angriff der Affen gestern bereits gesplitterte Frontscheibe des Wiesels konzentrierte. Und während die beiden Affen der Vorhut Dach und Frontscheibe der Drohne mit Steinen bewarfen, rückten vom Waldrand her drei weitere Tiere nach, um ihre Gefährten zu unterstützen. Die Steinwürfe erfolgten dabei so rasch aufeinander, dass Elena sich gezwungen sah, im Innern der Drohne Zuflucht zu suchen.

Wo sich nur wenige Augenblicke darauf herausstellte, dass die Steinwürfe nur einen Teil der Angriffstaktik der Affen ausmachten. Denn unter den auf die Außenhaut des Wiesels einprasselnden Geschossen hatten sich vier weitere Tiere durch das Gras dem Bug der Drohne genähert, die, dort angelangt, mit mächtigen Knüppeln gegen die beschädigte Frontscheibe schlugen. So, als *wüssten* sie genau, dass dies der schwächste Punkt der Drohne sei.

Nemzew hatte sich Hassans Gewehr quer über die Schulter gehängt und an der Laderaumklappe postiert, als Elena ins Innere des Wiesels zurückkehrte.

»Wir müssen hier raus!«, rief er ihr zu, während James Herbert das Schott zur Steuerkanzel verriegelte. Was ihnen immerhin etwas Zeit verschaffen würde, selbst falls die Affen demnächst durch die zerschlagene Frontscheibe ins Innere der Drohne gelangen sollten.

Elena musste eine Entscheidung treffen. Folgte sie Nemzew, oder bestand sie darauf, dass sie sich weiter hier verbarrikadierten und auf Hilfe hofften? Die arschsichere Arroganz, mit der Nemzew annahm, dass sie beide widerspruchslos seiner Führung folgten, regte Elena zwar maßlos auf, aber die Drohne war tatsächlich zu einer Falle geworden. Falls sie aus dem Wiesel fliehen und ihr Glück im Wald suchen wollten, dann musste es jetzt geschehen, solange die Affen kein Kommando zur Laderampe am Heck ausgesandt hatten, um sie dort zu erwarten. Was angesichts ihrer taktischen Intelligenz durchaus wahrscheinlich war, sosehr Elena dies auch verwunderte.

Dennoch war sie überzeugt, dass sie hier im Wiesel den Affen eher früher als später ausgeliefert sein würden und ihre Chancen draußen im Wald besser standen. Zumal sie zu dritt über genügend Feuerkraft verfügten, um sich eine größere Horde vom Leib zu halten. Darin, dass sie gezwungen waren, mit leichtestem Gepäck zu gehen, sah sie zwar ein gewisses Risiko, aber das hielt sie für vertretbar. Die dreiundzwanzig Kilometer stellten schließlich keine Weltreise dar. Zu dritt würden sie die bis zum späten Vormittag sicher zurückgelegt haben.

Eine Minute darauf war alles vorbereitet für ihren Ausbruch und den Gang in die Wildnis. Sie hatten ihre Jacken übergezogen, die Schuhe nachgeschnürt und die Rucksäcke neu gepackt.

Nemzew schaute angespannt aus dem Backbordbullauge in die Dunkelheit hinaus, und James Herbert umkrampfte dabei das Gewehr so fest, dass seine Fingerknöchel weiß hervortraten.

Wie bei der Entscheidung, das Wiesel zu verlassen, so hatte es auch nur weniger Worte bedurft, ihren Schlachtplan für die Flucht aus der Drohne festzulegen. Was schlicht daran lag, dass er simpel war. Denn sobald sie bereit waren, über die Laderampe hinauszustürmen, würden sie die drei – hoffentlich! – noch funktionstüchtigen Scheinwerfer der Drohne anwerfen, ihre Gegner so blenden und sich so rasch wie möglich in den Wald schlagen.

Nach einem letzten Blick auf ihre Gefährten warf Elena den Schalter herum, während James Herbert die Laderaumklappe entriegelte, die mit einem harten Tuck-Geräusch herabfiel. Elena stürmte hinter James Herbert und Nemzew als Letzte aus dem Wiesel.

Sie erinnerte sich später nur noch unzulänglich an die unmittelbar darauf folgenden Momente. Aber es war anzunehmen, dass sie einfach den beiden Männern hinterher zum Waldrand gerannt war.

Doch auch wenn sie keine Bilder mehr im Gedächtnis fand, so hörte sie später immer noch die Schläge, mit denen die Tiere die Frontscheibe der Drohne einschlugen – hallend und unnatürlich klar waren sie durch die Stille der Wildnis geklungen.

Im ersten Augenblick, in dem sie wieder klarsah, rannte sie zwischen einigen alten Ahornen und Buchen über vertrocknete Farne und schwingenden Waldboden, während James Herbert atemlos Nemzew hinterherrief, wie viele Tiere er wohl getroffen habe. Ihr Beigänger antwortete nicht, sondern lief in diesem elastischen, mühelos wirkenden Gang stumm weiter.

Weil sie ein ungewohntes Geräusch aufschreckte, wandte Elena sich im Lauf um und sah, dass neben ihr ein Stein auf den Humus schlug, dem gleich darauf ein zweiter folgte, der, schon besser gezielt, ihren Rucksack traf. Sie beschleunigte noch einmal und holte James Herbert ein.

»Steine! Über uns! In den Bäumen!«, rief sie.

Nemzew wich einem Steinwurf aus, wurde aber nur wenige Schritte weiter von einem getroffen. Er wirbelte herum, schaute zu Elena und James Herbert zurück, lief ihnen einige Meter entgegen, blieb dann stehen, hob sein Gewehr und setzte drei Schüsse ab, mit denen er immerhin einen der Angreifer erlegte und einen zweiten verwundete, denn neben dem reglos zu Boden gefallenen Affen sprang ein zweiter etwas unbeholfen herab und bewegte sich östlich ins Unterholz. Elena zog ihre Pistole aus dem Holster und feuerte auf das Tier. Ein trockenes Bellen und eine Wolke von etwas, das sie für helles Blut vor dem Hintergrund der fliehenden Nacht hielt, zeigten, dass sie getroffen hatte.

»Weiter!«, rief sie Nemzew zu, der das Gewehr im Anschlag nach oben gerichtet hielt und erneut schoss, bevor er sich wieder in Bewegung setzte. Weil er der sicherste Schütze war, trug er neben seinem eigenen Haenel-Gewehr auch das von Hassan. Er hatte es über die Schulter gehängt, der Lauf ragte um einiges über seinen Kopf hinaus, und wie er dort stand in seiner Uniform mit der schussbereiten Waffe, erinnerte er Elena an uralte Stiche und Gemälde von mythischen Rittern auf der Suche nach einem unheimlichen Monster, das fällig war, besiegt zu werden.

Sie lief jetzt vor Nemzew, etwa gleichauf mit James Herbert, der hin und wieder ohne ersichtlichen Grund helle Schreie ausstieß, als glaubte er, damit die Affen erschrecken oder sich selbst zu noch höherem Tempo antreiben zu können. Dabei hätte er wissen müssen, dass man bei solch einem Lauf durch dunkle Wildnis besser den Atem sparte und die Aufmerksamkeit keine Sekunde vom nächsten und übernächsten Schritt ablenkte. Dennoch lief er sicher und ausdauernd, solange Elena ihm so nahe blieb wie jetzt.

Wieder hagelten Steine von den Bäumen herab, wobei diese Würfe nur einseitig von links her erfolgten, was merkwürdig war, da ein Angriff von beiden Seiten deutlich effektiver gewesen wäre. Aber die Steinwürfe fielen überlegter aus, je weiter sie sich von der Drohne entfernten. Elena wurde zweimal von kleineren Geschossen getroffen, aber Nemzew und James Herbert, die vor ihr liefen, konnten immer wieder mit viel Glück und Geschick größeren Steinen ausweichen.

Elena bemerkte, dass die Tiere weiterhin arbeitsteilig

vorgingen. Denn regelmäßig sprangen zwei oder drei von ihnen aus den Bäumen herab und klaubten vom Waldboden Wurfgeschosse auf, die sie dann ihren Gefährten in den Bäumen brachten.

23

Schließlich verlor Elena sowohl James Herbert wie Nemzew aus dem Blick, weil vor ihr eines der Tiere von einem Baum zu Boden sprang. Es musste sich dabei um einen der Hohler handeln. Das Tier ergriff einen morschen Ast, der von einem der umliegenden Bäume gebrochen war, und sprang-hüpfte auf sie zu. Es schwang dabei den Knüppel vor sich her, als gelte es, damit Insekten zu vertreiben oder ein dichtes Gebüsch zu teilen.

Der Affe war so unvermittelt vor Elena erschienen, dass sie ihm nur mit Mühe auszuweichen vermochte und dabei in dichtes Gestrüpp aus Holunder, Farnen, wilden Brombeeren und einem stacheligen Wildrosenbusch geriet.

Sie hörte Nemzew nur wenige Schritte neben ihr vorbeihasten. Er verschwendete keine Zeit an einen Blick zur Seite oder zurück, und Elena war sich nicht sicher, ob er sie schlichtweg übersehen oder bewusst ignoriert hatte.

Dennoch hing sie jetzt in diesem Unterholz fest, das Gesicht zerkratzt von Brombeer- und Wildrosendornen, ihre Arme verfangen in fauligem Farn und Holundergeäst, unfähig, ihre Handwaffe aus dem Holster zu ziehen und auf den Affen zu richten, der keinen halben Meter entfernt seinen Knüppel schwang.

Selbst mehrere Schläge mit dem Knüppel würden wahrscheinlich nicht ausreichen, sie zu töten, aber sie würden sie zweifellos verletzen, möglicherweise sogar schwer. Hätte sie jetzt um Hilfe gerufen und wären James Herbert oder Nemzew in Hörweite gewesen, hätten sie es sicher nicht gewagt, ihre Rufe zu ignorieren – jedenfalls James Herbert nicht. Elena wollte aber nicht um Hilfe bitten, ganz besonders nicht jetzt, da sie einen Fehler gemacht und sich durch eigene Schuld in diese Lage gebracht hatte.

»Na, komm schon, du Scheißvieh!«, forderte sie den Affen flüsternd heraus.

Während sie das Tier beobachtete, gelang es ihr, die linke Hand so weit frei zu machen, um nach ihrer Pistole greifen und diese auf den Affen richten zu können.

Obwohl das Tier ihre Waffe wohl klar als Bedrohung erkannt hatte, änderte es nichts an seinem Verhalten. Eigentlich hätte es längst auf sie zustürmen und sie schlagen sollen, die Zeit, die sie gebraucht hatte, um die Waffe herauszunesteln, hätte für mehrere schwere Schläge ausgereicht. Warum also reagierte der Affe nicht?

Elena richtete ihre Pistole auf den Affen. Im selben Moment tauchte Nemzew hinter dem Tier auf, er hatte seine beiden Gewehre geschultert, aber die Pistole schussbereit in der Hand.

Elena schoss dem Affen in die Brust. Er wurde, begleitet von einem überraschend hohen Quieken, auf den Rücken geschleudert und verfiel in Spasmen, während sein Herz Blut aus dem Körper pumpte, das über den Oberkörper hinweg in die dunkle Humuserde floss.

»Ladehemmung?«, fragte Nemzew.

Elena befreite sich aus dem Gestrüpp, während ihr Beigänger sich bereits wieder abgewandt und in raschem Lauftempo auf den Weg gemacht hatte.

Elena folgte ihm hastig, einerseits froh darüber, dass er ihr eben doch zu Hilfe gekommen war, andererseits peinlich berührt, dass er dies überhaupt für notwendig gehalten hatte.

Die Affen stoppten unvermittelt ihre Angriffe, obwohl sie ihnen weiter folgten.

24

Die drei Feldhüter liefen eng beieinander durch zunehmend locker stehenden Mischwald, bis Elena sicher war, dass sie die unmittelbare Bedrohung durch die Tiere hinter sich gebracht hatten. Sie waren seit einiger Zeit weder mit Steinen beworfen worden, noch hatten sie in ihrer unmittelbaren Nähe Affen entdeckt.

Die Sonne war inzwischen aufgegangen. Obwohl der Wald im Halbdunkel lag, war es nur eine Frage von wenigen Minuten, bis auch hier Tageslicht die Dunkelheit verdrängte.

Sie alle waren, wenn nicht körperlich, so doch psychisch, erschöpft und hatten eine Atempause nötig.

Während sie in einigen Schritten Entfernung neben Nemzew und James Herbert auf einem umgestürzten Baum saß und durchatmete, vermied Elena die fragenden Blicke ihres Beigängers.

»Alles gut, Elena?«, fragte er schließlich.

Sie nickte ihm widerwillig zu und erstickte damit zunächst jede weitere Nachfrage.

»Haben die genug?«, fragte James Herbert schließlich.

»Wir haben am Wiesel mindestens sechs erlegt und mindestens zwei verwundet«, sagte Elena. »Ein paar von ihnen haben aber schon im Wald auf uns gewartet. Das waren heute früh viel mehr Tiere als gestern Abend.«

»Ja, zwanzig mindestens«, bestätigte Nemzew.

»Haidur und Odin! Was für eine Scheiße!«, fluchte James Herbert.

Nemzew öffnete sein Kom und schaute auf die Karte, die

er auf dem Bildschirm aktivierte. Elena hatte ebenfalls grobe Berechnungen der zurückgelegten Entfernung angestellt. Sie war gespannt, inwieweit die mit Nemzews Einschätzung übereinstimmten.

»Und?«, fragte sie.

»Unsere Richtung stimmt ungefähr. Wir haben fünf von dreiundzwanzig.«

»Ist hell geworden. Wir brechen auf. Ausruhen können wir, wenn wir am Ziel sind«, schlug Elena vor.

James Herbert nickte und hob seine Feldflasche.

»Wir brauchen Wasser!«, sagte er und drehte die Feldflasche um, aus der einige wenige Tropfen zu Boden fielen.

Elena stimmte ihm zu. Ihre eigene Flasche war ebenfalls fast leer. Sie hatten gestern viel Wasser für Hassans Wickel verwendet.

Nemzew lud sein Gewehr und die Pistole nach und blickte dann zu James Herbert. »Elenas Pistole hat vorhin geklemmt. Sie ist die bessere Schützin, gib ihr deine. Du bist sicherer mit dem Gewehr.«

Seine Worte klangen nicht nach einem Vorschlag, sondern wie eine Anweisung, die zu geben ihm rangmäßig nicht zustand. Zumal Elenas Waffe funktionierte, aber sie vorhin eben nur einen Moment gezögert hatte, bevor sie auf den Affen schoss.

»Schon gut. Ich komme zurecht. James Herbert hat seine Pistole nötiger als ich!«, widersprach Elena und registrierte einen Anflug von Erleichterung in James Herberts Gesicht.

»Ist zwar ein Fehler, aber deine Entscheidung«, sagte Nemzew.

»Ist es.«

»In sechs oder sieben Kilometern stoßen wir auf einen Fluss«, sagte James Herbert.

»Na dann …«, antwortete Elena.

Sie gingen weiter.

25

Die drei brauchten eine Dreiviertelstunde, um weitere sieben Kilometer durch den Wald zurückzulegen. Wobei kaum ein Wort gefallen war. Jeder von ihnen hing seinen eigenen Gedanken nach. Keiner wagte es, sie mit den Übrigen zu teilen.

Was Elena betraf, so kreisten ihre Gedanken zunächst um diesen Teil des Parks, der ihr recht fremd war, da sie ihn nur von Überflügen her kannte.

An Hassan zu denken, untersagte sie sich. Das wäre zu schmerzlich gewesen. Schon deswegen, weil sie sich zumindest eine moralische Teilschuld an seinem Tod gab. Denn hätte sie gestern darauf bestanden, gemeinsam zur Drohne zurückzukehren, wäre jener Affe sicher nicht nah genug an Hassan herangekommen, um ihn derart schwer verletzen zu können. Andererseits war das letztlich nur Spekulation, und in ihrer Lage war es gefährlich, solche Schleifen von Mutmaßungen zuzulassen. Auch darüber zu spekulieren, woher die Affen gekommen waren, hielt sie für fruchtlos. Das war eine Frage, die im Hauptquartier zu klären war.

Ihr wurde klar, dass nur drei oder vier Kilometer nordöstlich von hier jenes Geisterdorf lag, von dem sie vermutete, dass es zu Thomsens Grab geworden war. Sie war sicher, dass Nemzew, der ständig einen Blick auf Kom und Karte hielt, dies ebenfalls sehr bewusst war. Gleich, was Nemzew über den Tod seines Freundes glaubte, dachte sie, dieser Ort spielte in seinen Überlegungen zweifellos eine wichtige Rolle.

Während ihrer Rast vorhin hatten sie hin und wieder das charakteristische Bellen der Affen gehört. Doch ertönte das stets in größerer Entfernung. Was ihnen bewies, dass einige der Tiere ihnen weiterhin folgten, dabei allerdings darauf bedacht waren, Abstand zu halten. Als Elena jetzt einigen gestürzten Bäumen auswich, erklang wieder ein trockenes Bellen, auf das in kurzer Folge zwei Antworten erfolgten.

Ihre Gedanken kehrten unweigerlich zu den Affen zurück. Die Tiere waren aggressiv, sie benutzten Werkzeuge und agierten aufeinander abgestimmt in kleineren und größeren Gruppen. Die ersten auffälligen Rissbilder waren vor mehr als drei Jahren aufgetaucht. Also nicht lange vor dem Zeitpunkt, zu dem Thomsen verschwand. Er war allein unterwegs gewesen. Bislang hatten sie die Angriffe der Tiere vor allem deswegen erfolgreich abwehren können, weil sie zu dritt beziehungsweise zu viert gewesen waren. Doch Hassans furchtbarer Tod bewies, dass ein einzelner Mann ihnen nicht gewachsen war. Selbst dann nicht, wenn er bewaffnet war und über Erfahrung in der Wildnis verfügte. Bis zu dem Geisterdorf hatte man seinerzeit die Suchaktion nicht ausgedehnt, da es dem Suchkomitee zu abwegig erschienen war, dass Thomsen so weit zu Fuß gegangen sein sollte, obwohl seine Drohne voll funktionstüchtig gewesen war und er daher auch dorthin hätte fliegen können. Zwar hatte man die Ruinen des Ortes mehrfach von Schwalbe-Drohnen überfliegen lassen, aber seit Jahrzehnten hatte kein Mensch mehr den Ort betreten. Falls Thomsen jedoch, wie Elena vermutete, hinter dem weißen Wisent her gewesen war, den er für eine Abnormität hielt, die es auszumerzen galt, dann hatte er einen Grund gehabt, die Drohne zurückzulassen. Die Tiere, vornehmlich die männlichen, reagierten nämlich sensibel auf Fluggeräte, und allein hätte Thomsen die Drohne sowieso nicht steuern und gleichzeitig auf den weißen Bullen schießen können. Seine Chance, ihn zu erlegen, war zu Fuß deutlich höher gewesen. Sollte er während seiner Pirsch in eine Konfrontation mit den Affen geraten sein, dann hätten die ihn töten und seine Überreste verstreuen können. Zumal Thomsen nicht mit dem Haenel-Gewehr unterwegs gewesen war, sondern einen Drilling dabeigehabt hatte, dessen größeres Kaliber über höhere Durchschlagskraft verfügte. Kein Feldhüter hätte es bei einer Pirsch auf Wisente anders gehalten.

Lagen Thomsens Überreste also wirklich keine dreieinhalb Kilometer von hier in irgendeiner Dorfruine?

Nemzew verharrte und richtete seinen Feldstecher in die Höhe. Elena und James Herbert folgten seinem Beispiel.

James Herbert setzte sein Glas bald wieder ab. Doch Elena hatte mindestens einen Affen entdeckt, der sich in der Krone einer seltenen alten Eiche aufhielt.

»Ein, zwei, drei ... Scheiße ... fünf!«, flüsterte Nemzew und wies mit der rechten Hand nacheinander auf drei Bäume ganz in der Nähe. Weit hinter ihnen erklang das charakteristische trockene Affenbellen, doch keines der Tiere in ihrer Nähe antwortete darauf.

»Weiter, Alex!«, rief Elena und setzte sich in Bewegung.

Nemzew zögerte einen Moment, bevor auch er sein Glas absetzte und wieder in raschen Laufschritt verfiel.

26

In einiger Entfernung schien sich der Wald zu lichten, da mochte eine Öffnung liegen, entstanden womöglich durch die Windbrüche der letzten Jahre, die in diesem ältesten Teil des Parks besonders gewütet hatten.

Elena hätte jede größere Lichtung willkommen geheißen, da die ihnen Gelegenheit verschaffen könnte, ihre Verfolger entweder abzuschütteln oder aus einer gewissen Deckung und Entfernung heraus auf sie feuern zu können. Sie hier im Wald zu beschießen, wäre weitaus weniger effektiv gewesen, da die Tiere zwischen den Bäumen bessere Deckung fanden. Das hätte bedeutet, zu viel von ihrer knappen Munition daran verschwenden zu müssen, auf letztlich unsichere Ziele zu schießen.

Die Öffnung stellte sich allerdings nicht als willkommene Gelegenheit zum Abschuss, sondern als ein weiteres Problem heraus. Denn dort lag, hinter einem etwa dreißig, vierzig Meter breiten Streifen locker bewachsener Wiese, eine Senke. Durch den dicht bewachsenen Grund hatte ein Fluss sein Bett geschlagen. Obwohl das Flussufer sicher keine zweihundert Meter entfernt lag und der Hang zum Talgrund hin zunächst sanft abfiel, war er sogar noch dichter bewachsen als der Wald, den sie eben durchquert hatten. Immerhin deutete ein Gürtel von vergilbtem Schilf auf ihrer Seite des Ufers darauf hin, dass es hier offenbar flacher zur Flussmitte hin abfiel.

Es würde sie einige Zeit kosten, sich dort durchzuschlagen. Allerdings sah Elena zunächst auch keine Alternative.

Die Senke zu umgehen, bedeutete einen Umweg, der sie deutlich mehr Zeit kosten würde.

Nebel dampfte aus dem Grund der Senke in den freundlichen Himmel hinauf. Dort unten hing er dicht zwischen Bäumen, Gestrüpp und Unterholz. Sollten sie am Fluss oder auf dem Hang angegriffen werden, mochten die Affen durch den Nebel einen gewissen Vorteil gewinnen.

Wir sind wegen der Angriffe im Wald zu weit nach Osten abgekommen, dachte Elena und schaute sich durch den Feldstecher am Waldrand um. Sie zählte sechs Affen, die sie stumm aus den Baumkronen heraus musterten, war aber überzeugt, dass sich noch mehr von ihnen in Bäumen oder Unterholz verbargen.

»Wir weichen nach Nordwesten aus und gehen am Rand der Senke entlang, kostet uns vielleicht 'ne Stunde mehr, aber was soll's?«, schlug James Herbert vor.

Nemzew schüttelte den Kopf. »Ich kenne die Gegend vom Überfliegen. Die Senke wird zwar im Osten flacher, aber die dort zu umgehen, kostet uns eher zwei oder drei Stunden.«

»Falls die Affen uns dort unten angreifen, haben wir den Fluss vor uns und stehen außerdem in einem nebligen Wald. Das ist nicht toll«, widersprach James Herbert. »Wir wissen ja noch nicht mal, wie tief der blöde Fluss dort überhaupt ist.«

Elena richtete ihr Glas nach vorn zum Flussufer am Senkengrund. Der Fluss war zehn, zwölf Meter breit, an einigen Stellen sogar deutlich mehr. Während sie dort durchwateten, gaben sie gute Ziele für die Würfe der Affen ab. Sollte einer von ihnen stürzen, dann hätten sie angesichts der offensichtlich recht starken Strömung in der Flussmitte Schwierigkeiten, einander zu helfen.

Mithilfe des Fernglases erkannte sie jetzt, dass der Hang nach Westen hin an einer Felswand steil abfiel. Sie würden dort gute Ziele für die Affen abgeben.

»Die Affen haben uns von Westen her angegriffen und uns nach Osten gedrängt«, sagte Elena. »Falls wir die Senke und den Fluss umgehen, stoßen wir auf ein Geisterdorf, oder?«

»Ja, Gernwitz«, antwortete Nemzew. »War eines der ersten Dörfer, die sie für den Kernpark plattgemacht haben. Ich glaube, zwei der Attentäter des Admirals stammten von dort.«

Elena öffnete ihr Kom und schaute auf der Karte nach, fand die Senke und entdeckte kurz darauf auch Gernwitz, das einst nur aus einem Dutzend Gebäuden bestanden hatte, die sich um einen Kirchplatz gruppierten. Sie verfolgte ihren Weg vom Wiesel hierher. Anhand der Karte wäre ihr bei einem oberflächlichen Blick das Tal tatsächlich nicht als das Hindernis aufgefallen, als das es sich herausgestellt hatte.

James Herbert, der mithilfe seines Feldstechers den Waldrand im Blick behielt, murmelte einige unverständliche Worte.

Elena wandte sich an Nemzew und wies auf ihr Kom. »Das Tal zu umgehen, kostet uns höchstens anderthalb Stunden. Danach stoßen wir hinter Gernwitz wieder auf unseren ursprünglichen Weg. Dort ist das Gelände flacher, und da sind zwei größere Waldöffnungen, die uns Vorteile verschaffen gegenüber den Affen.«

Nemzew holte, entweder verunsichert oder ja vielleicht auch nur genervt, zweimal tief Luft. »Wenn wir durch das Tal gehen, dann sind wir in einer Stunde am Umsetzer. Und hinter ihm stoßen wir auf dieselbe Waldöffnung. Ich gehe lieber das Risiko hier im Tal ein, als dass wir uns noch länger mit den Affen im Rücken durch unübersichtliches Gelände schlagen. Besser eine halbe oder Dreiviertelstunde lang etwas erhöhtes Risiko als anderthalb. Wenn wir durch den Fluss gehen, sichern zwei den Ersten, dann geht der Zweite. Der wird von beiden Ufern gesichert und trägt die

Rucksäcke und Hassans Gewehr. Solange einer von uns beiden als Erster geht, können wir den Übrigen am gegenüberliegenden Ufer ausreichend Schussdeckung verschaffen, falls die Affen angreifen.«

»Vorausgesetzt, wir kommen sicher durch den Nebel den Hang herunter«, warf James Herbert ein, ohne den Feldstecher abzusetzen. »Und so viel an Munition ist auch nicht mehr.«

»Hm«, antwortete Nemzew.

Die beiden Männer warteten auf Elenas Entscheidung. Obwohl sie begriff, dass Nemzews Vorschlag ausgewogen und machbar war, sträubte sich etwas in ihr dagegen, ihm zu folgen. Erst versuchte Nemzew sich an einer Meuterei, dann war er zu unentschlossen, hier eine Entscheidung zu treffen, dachte Elena, die hinter Nemzews Verhalten unwillkürlich einen Versuch vermutete, sie irgendwie vorführen zu wollen. Obwohl ihr andererseits nicht einfiel, wie er das tun könnte. »Wir sollten nach Gernwitz gehen«, schlug sie vor. »Was machen eine Stunde oder anderthalb jetzt schon noch aus? Die Affen haben doch außerdem schon seit einer Weile nicht mehr angegriffen.«

Nemzew sah sie mit diesem typisch männlichen Ich-will-aber-mit-dem-Kopf-durch-die-Wand-Blick an. »Keiner von uns weiß, ob oder wann die verdammten Affen wieder angreifen! Auf dem Weg nach Gernwitz müssten wir durch einige Stücke von genauso dichtem Mischwald wie auf der Strecke hierher. Aber falls wir das Tal durchqueren und dahinter scharf nach Westen schwenken, gehen wir am Rand der größten offenen Fläche in diesem Teil des Parks entlang und müssen dann bloß noch einen halben Kilometer durch lockeren Wald bis zum Umsetzer«, sagte Nemzew.

James Herbert setzte das Fernglas ab und warf Elena einen herausfordernden Blick zu. »Ich bin dafür, durchs Tal zu gehen. Je eher wir hier rauskommen, umso besser.«

Nemzew nickte ihm bestätigend zu.

Letzte Nacht im Wiesel hatte James Herbert noch Elenas Position übernommen. Doch jetzt schlug er sich klar auf Nemzews Seite. Elena bezweifelte, dass James Herbert es wirklich auf einen offenen Bruch ankommen ließe, sollte sie jetzt auf ihren Rang pochen und darauf bestehen, zu dem Geisterdorf zu gehen. Und Nemzew hatte gestern auch nachgegeben, obwohl er da viel mehr riskiert hatte als jetzt. Aber sie waren hier draußen auch so sehr aufeinander angewiesen wie nie zuvor, und Hassans Tod hatte bewiesen, wie es enden konnte, falls die Affen einen von ihnen allein antrafen. Alles, was sie im Grunde wirklich gegen Nemzews Vorschlag ins Spiel bringen konnte, war letztlich bloß ein Bauchgefühl. Und angesichts ihres Zustands und des Hormonfaschings, dem sie dadurch ausgesetzt wurde, wagte sie es nicht, ihrem Bauchgefühl so zu vertrauen, wie sie es normalerweise getan hätte.

»Wie viele Affen sind dort am Waldrand?«, fragte sie an James Herbert gewandt.

»Unmittelbar hier im Wald stecken gerade mindestens sieben. Das sind die stillen. Die lauten sind noch mindestens drei Kilometer entfernt.«

»Gehen wir also?«, fragte Nemzew und wies auf den Hang.

»Ja«, antwortete Elena kurz entschlossen, weil sie es letzten Endes riskanter fand, einen Bruch zwischen ihnen zu provozieren oder noch länger hier untätig herumzustehen, als das Tal zu durchqueren.

Nemzew hob sein Gewehr und legte auf einen der Affen an, der sich ganz offen in einem Ahorn zeigte.

»Sechs!«, sagte er und erschoss das Tier.

Elena war über seinen Schuss erschrocken, und trotz ihrer Angst vor den Affen war da ein Moment, in dem sie Nemzews Schuss beinahe als Sakrileg empfand.

»Die haben sich bisher immer um ihre Toten gekümmert. Das hält sie hoffentlich eine Weile auf«, erklärte er.

Doch als Elena einen Blick zurück zum Waldrand warf, sah sie, dass nur einer der Affen bei seinem toten Gefährten zurückblieb, während die übrigen ohne einen Laut von den Bäumen herabgesprungen waren und jetzt im Gras Deckung suchten. Keine dreißig Meter von ihnen entfernt.

Aus den Tiefen des Waldes, den sie durchquert hatten, antwortete ein vielstimmiges Bellen auf Nemzews Schuss.

27

Elena hatte das Brechen von Geäst am gegenüberliegenden Ufer gehört und mit dem Feldstecher den Bruch und die Spuren von Wildsauen ausgemacht. Die Saupopulation in diesem Teil des Parks, fiel ihr ein, war leicht zurückgegangen, wenngleich sich die Zahlen im gewöhnlichen Schwankungsbereich bewegten und deswegen niemanden unter den Feldhütern alarmiert hatten. Jetzt jedoch, auf ihrem Weg den Hang hinab zum Flussufer, kam ihr der Gedanke, dass die Sauen und Ferkel eine passende Beute für die Affen darstellten, selbst wenn sie bislang meist auf größere Rissopfer als Wildsauen gestoßen waren.

Sie hatten die Strecke hinab zum Flussufer schneller hinter sich gebracht als befürchtet, auch wenn der Nebel tatsächlich zuweilen unangenehm dicht zwischen Gestrüpp und Bäumen gehangen hatte.

Nemzew ging vor ihr auf das Flussufer zu. Es lag eine gewisse Überheblichkeit in der Art seiner Bewegungen, von der Elena ahnte, dass sie die selbst nicht erlangen könnte. Er war ein geborener Jäger. Ich hingegen, fand Elena, bin höchstens mit einem gewissen Beobachtungstalent gesegnet. Immerhin reichten ihre Waldläuferinneninstinkte aus, um sich graziler und sicherer den Hang herunterzubewegen als James Herbert, dessen schwere Schritte ständig Kleingetier oder Vögel aufschreckten.

Vor ihnen lag jetzt das mit Sand und verdorrten Grasbüscheln bedeckte Ufer, dem sich ein etwa zwei, drei Meter breiter Schilfgürtel anschloss.

Nemzew schnallte den Rucksack ab und holte wortlos das Seil hervor, das sie alle in ihrer Ausrüstung ständig mitführten. Elena tat es ihm nach, und sie verknoteten beide Seilenden miteinander, während James Herbert noch in seinem Rucksack wühlte. Nachdem auch sein Seil mit den beiden anderen verbunden war, verfügten sie über eine dreißig Meter lange Sicherungsleine, in die sich der Erste von ihnen, der den Fluss überquerte, einbinden würde.

»Ich gehe als Erste!«, sagte Elena und band das Seil an ihr Multifunktionskoppel.

»Lass mich zuerst gehen, ich bin kräftiger. Falls ich abrutsche, komme ich besser mit der Strömung zurecht«, widersprach Nemzew und ergriff das Seil.

»Ich schaff das!«, entgegnete Elena und zog an dem Seil.

Nemzew hielt daran noch einen Moment länger fest, aber gab es schließlich ohne weiteren Widerspruch frei.

Der Fluss war an dieser Stelle zwölf, dreizehn Meter breit und floss in seinem Mittelbereich schnell, wenn auch nicht reißend, über einen Grund aus rund geriebenen Steinen, Sand und Kieseln. Die Steine und Kiesel waren von Wasserpflanzen bewachsen und gaben zweifelhaften Trittgrund ab. Einiges an Treibholz, das wohl von einem Schneebruch am Oberlauf des Flusses stammte, trieb in der Flussmitte vorbei.

Elena fand, diese Stelle eignete sich letztlich ebenso gut oder so schlecht wie alle anderen, die sie vorhin vom Hang her ins Auge gefasst hatten. Sie klettete Hose, Kragen und Gürtel zu und verschloss danach auch die etwas fummelig gestaltete Pistolentasche. Dann hängte sie ihr Gewehr über den Rucksack um die Schulter. Sie würde es im Fluss nicht nutzen können, aber solange sie nicht stürzte und es an einen der Steine anschlug, sollte die Waffe sicher sein. Nässe machte ihr jedenfalls nichts aus.

Zuletzt prüfte sie die Einbindung des Seils in den Karabiner, den sie ans Koppel geklinkt hatte.

»Bereit!«, sagte sie über die Schulter hinweg zu den beiden Männern und trat ins Wasser, das stechend kalt war, selbst durch Hose und Schuhe hindurch. Das wird nicht besser werden, je weiter ich da reingehe, dachte sie.

Die ersten Meter bewältigte sie relativ mühelos, selbst wenn sie dabei wegen der Kälte die Zähne zusammenbiss und das Gesicht verzog. Lange, bevor sie sich der Flussmitte näherte, spürte sie die Strömung, die gegen ihre Beine presste. Und neben den Steinen und dem Geröll, das sie vom Ufer aus gesehen hatte, war der Flussgrund auch mit schärferen und kantigeren Gegenständen bedeckt, wahrscheinlich Artefakte der weggebaggerten Orte, die er auf seinem Lauf ausgespült oder die von den ersten Frühjahrshochwassern in den Flusslauf geschwemmt worden waren. Die Artefakte, die schlüpfrigen Steine und die mit jedem Schritt heftiger werdende Strömung zwangen sie, die Flussdurchquerung deutlich vorsichtiger und langsamer anzugehen als erhofft.

»Hier liegt Schutt von den Abrisshalden am Grund. Seid nachher bloß vorsichtig!«, rief sie Nemzew und James Herbert über die Schulter hinweg zu. Sie sah, wie Nemzew mit dem Gewehr winkte, wandte sich ab und setzte ihren Weg fort. Das Wasser reichte ihr inzwischen bis zur Hüfte, und immer mehr davon lief zwischen Jackensaum und Hosenbund. Elena begann, vor Kälte zu zittern. Das wird eine Blasenentzündung, dachte sie und nahm sich fest vor, prophylaktisch Entzündungshemmer zu nehmen, sobald sie alle sicher am gegenüberliegenden Ufer angekommen waren.

Sie war so sehr auf ihren Weg durch den Fluss konzentriert, dass sie der Schuss, der plötzlich hinter ihrem Rücken fiel, erschreckte. Sie suchte einen Moment nach einem besseren Stand und wandte sich dann zu Nemzew und James Herbert um.

Ihr Beigänger schoss da eben zum zweiten Mal auf eine

Gruppe Affen, die aus dem Nebel herausgetreten war und die beiden Männer mit Steinen, Ästen und etwas, das wie Knochen aussah, bewarf.

James Herbert hatte sein Gewehr ebenfalls schussbereit gemacht und feuerte kurz nacheinander zweimal auf die Tiere. Wie Nemzew hatte er mit jedem der Schüsse einen Treffer erzielt, wenn er auch, anders als Elenas Beigänger, keines der Tiere tötete, sondern nur verwundete.

Jene Tiere, die heute Morgen bei ihrer Flucht am Wiesel zurückgeblieben waren und später dann in größerem Abstand der Vorhut folgten, die sie angegriffen und nach Osten abgedrängt hatte, mussten zu den übrigen aufgeschlossen haben. Denn Elena entdeckte mindestens zehn Affen zwischen nebelverhangenen Bäumen und Unterholz.

Nemzew, der ihr Sicherungsseil in sein Koppel eingebunden hatte, rief James Herbert Anweisungen zu, die Elena über dem Geräusch des fließenden Wassers nicht verstand.

Nemzew war durch das Sicherungsseil in seinen Bewegungen eingeschränkt, während James Herbert jetzt auf den nebelverhangenen Hang zulief und sein Haenel-Gewehr schussbereit an der Schulter hielt.

Aufgeregt zog Elena ihr eigenes Gewehr von der Schulter, um den beiden am Ufer Feuerdeckung zu leisten.

»Geh weiter! Scheiße, beweg dich!«, hörte sie Nemzew rufen. Er winkte ihr dabei aufgeregt zu.

Der Steinwurf eines Affen, der über die Leichen seiner Gefährten bis auf drei, vier Meter an Nemzew herangesprungen war, traf Elenas Beigänger am Kopf und brachte ihn zu Fall. Sein Sturz sorgte dafür, dass sich das Sicherungsseil etwas anspannte, allerdings nicht so weit, dass es Elena behindert hätte.

Sie entschloss sich, Nemzews Rat zu missachten und zurückzugehen, um ihren Kameraden zu helfen, den Angriff der Tiere abzuwehren.

James Herbert war inzwischen von Nebelschlieren halb verdeckt. Doch Elena sah vier Affen, die sich ihm aus dem Gestrüpp vorm Ufer näherten. Sie war eine Sekunde völlig auf James Herbert konzentriert, während ein Ruf von Nemzew erklang, dem zwei weitere Schüsse von James Herbert folgten. Verdammt, dachte Elena erschrocken, mehr als das konnte James Herbert doch gar nicht mehr im Magazin gehabt haben. Elena erschoss einen von James Herberts Angreifern und tötete oder verwundete gleich darauf einen weiteren. Noch sechs Schuss im Magazin, dachte sie. Nein, Scheiße, bloß vier, berichtigte sie sich noch in derselben Sekunde.

Nemzew hatte sich inzwischen aufgerappelt, er blutete am Kopf. In der rechten Hand hielt er zwar immer noch das Haenel-Gewehr, aber er zog mit der linken seine Pistole aus der Koppeltasche und schoss damit auf einen Affen, der James Herbert eben in den Nacken gesprungen war und ihm mit einem furchtbaren Biss die Fangzähne in Schulter und Hals trieb.

Das Tier wurde durch Nemzews Treffer zwar von James Herberts Schulter gefegt, aber der Feldhüter stolperte von dem plötzlichen Einschlag nach rechts und riss seine Hände auf, woraufhin ein zweiter Affe ihn mit offenem Maul von vorn ansprang und sich in James Herberts Gesicht verbiss.

Er sank brüllend zu Boden.

Die bizarr geformte Wurzel eines Baumes, mehrere Hundert Kilo schwer und längst von Wasser, Strömung und Steinen entrindet, trieb an Elena vorbei. Einer der Wurzelstrünke erfasst das Sicherungsseil, straffte es und riss Elena in die Strömung, während Nemzew am Ufer von dem plötzlich gespannten Seil nach vorn gerissen wurde und zu Boden fiel.

Zwei der Affen, die mit Knüppeln auf James Herbert eingeschlagen hatten, wandten sich Nemzew zu. Während der eine seinen Knüppel auf Nemzews Gesicht schlug, biss der zweite ihn in den Oberschenkel, hob den Kopf mit den blutigen Fangzähnen und stieß ein trockenes Bellen aus. Das in der Wurzel verhakte Sicherungsseil riss Nemzews Leib in Strömungsrichtung einige Meter am Ufer entlang.

Elena hatte ihr Gewehr verloren, während sie sich an das Seil klammerte und vergeblich versuchte, in der Strömung und auf dem glitschigen Flussgrund Tritt zu fassen. Sie war völlig durchnässt. Das eiskalte Wasser brachte sie zum Zittern, die Kälte stach ihr in Hände und Gesicht.

Das war es jetzt, hier und heute werde ich sterben, schoss ihr durch den Sinn. Doch während ihre Füße an einem schartigen Gegenstand entlangschrammten, der ihren linken Bergstiefel aufschlitzte, fand sie für einen Augenblick sogar Frieden in dem Gedanken, jetzt sämtliche Verantwortung und Schuld los zu sein.

Dennoch klammerte sie sich weiter mit vor Kälte klammen Fingern an das Sicherungsseil. Es entsprang eher einem Instinkt als bewusster Überlegung, war aber deswegen umso unausweichlicher.

Zwischen den Nebelschlieren tauchten drei Affen mit blutigen Gesichtern auf, die erregt bellend am Ufer entlangsprangen.

Von Nemzew und James Herbert sah sie nur noch Schemen am Ufer, obwohl der Leib ihres Beigängers jetzt, gezogen von der Wurzel und dem Seil, gegen James Herberts Leiche stieß und die ein Stück weit mit sich schleifte, bevor Nemzew schließlich über seinen regungslosen Gefährten hinwegrollte und weiter zwischen Schilf und Sand am Ufer entlangschlitterte.

Elenas linker Fuß war verletzt, aber die Kälte dämpfte den Schmerz.

Die Wurzel traf auf eine Sandbank, und einige ihrer Strünke gruben sich wie Schiffsanker in den Sand. Was dazu führte, dass Elena zwar noch einige Meter weiter über die Flussmitte hinausgetrieben wurde, bevor das an sein Ende gekommene Seil ihre Bewegung stoppte und sie schließlich im flacheren Wasser am Rand der Sandbank unsicheren Stand fand und sich aufrichten konnte.

Das Wasser ragte ihr hier einige Zentimeter über die Hüfte und umspülte ihr Koppel. Es war ihr zwar unmöglich, den linken Fuß wie gewohnt zu belasten, dafür konnte sie sich mit dem rechten gegen einen im Flussgrund verankerten Stein stemmen. Sie löste die rechte Hand vom Seil, stieß sie ins Wasser und tastete an ihrem Koppel entlang nach dem Multizweckwerkzeug, das dort eingeklippt war. Sobald sie es vom Koppel gelöst hatte, betätigte sie den Schiebeschalter, der die feststehende Klinge hervorspringen ließ.

Sie setzte die Klinge an das Seil und begann zu schneiden. Jede der knappen Bewegungen, mit denen sie das Seil dann durchtrennte, erschien ihr wie ein furchtbarer Verrat an ihren Kameraden.

Das kürzere Seilende trieb lose an ihr vorbei und tanzte in der Strömung um ihren Bauch herum. Hier am Rand der Sandbank war sie dem gegenüberliegenden Ufer näher als jenem Abschnitt, an dem sich ihre Kameraden samt Ausrüstung und Waffen befanden.

Elena war von der Strömung gute zwanzig Meter weit den Fluss hinunter getrieben worden und entdeckte zwischen niedergedrücktem Schilf und Sand zwei rötlich braune Flecke, die sie schließlich als Nemzews Bergstiefel erkannte.

Sie rief zu den beiden Männern herüber, war aber nicht einmal sicher, ob ihre Stimme weit genug trug, um von ihnen überhaupt gehört zu werden.

Elena humpelte unsicher an der Wurzel vorbei auf den Kamm der Sandbank. Von irgendwoher drang selbst über das Rauschen des Flusses hinweg ein merkwürdig klirrendes Geräusch an ihr Ohr.

Auf dem Kamm der Sandbank reichte ihr das Wasser nur noch bis an die Knie. Sie schlotterte vor Kälte und brauchte einen Moment, um zu realisieren, dass jenes merkwürdige Geräusch durch ihre vor Kälte aufeinanderschlagenden Zähne erzeugt wurde. Von ihrem verletzten linken Fuß stieg ein dumpfes Stechen herauf.

Nemzews Bergstiefel bewegten sich nicht.

Zwischen dem Schilf am Ufer tauchten vier Affen auf, die, von Sand und Blut befleckt und auf ihren Hinterbeinen stehend, eine kleine Ewigkeit zu ihr herüberglotzten, bevor sie sich auf die Vorderpfoten fallen ließen. Anschließend, verborgen hinter Schilf, zerrten sie wohl an Nemzew, denn dessen Bergstiefel und Füße verschwanden nach und nach zwischen Schilf und Sand.

Elena war allein.

28

Elena humpelte auf einen Ast gestützt am Ufer entlang. Ein Schnitt zog sich durch ihren linken Schuh, vom Fußspann über den Knöchel bis zum Schienbein hinauf.

Die Affen, die sich um James Herberts Leiche versammelt hatten, äugten zwar hin und wieder zu ihr herüber, aber blieben dabei dennoch, wo sie waren.

Elena wagte es endlich, einen längeren Blick auf James Herberts Leiche zu werfen, und bedauerte, dass sie ihre Kameraden verletzt und ohne entsprechendes Werkzeug nicht würde begraben können, um die Leichen davor zu bewahren, zu einem Fest für Aasfresser zu werden, die die Überreste zerteilen und verstreuen würden.

Sie humpelte zwei weitere Schritte auf die aufgeregten Affen zu und erschoss drei von ihnen.

Sie zog dabei eine unerwartet tiefe Befriedigung aus jedem ihrer Treffer.

Einem besonders wuchtigen Exemplar schoss sie nicht nur in die breite Brust, sondern auch in den Kopf, der daraufhin in einer Wolke aus Blut, Fleisch und Knochensplittern zersprang. Ein feines Netz aus dampfendem Rot legte sich um das Tier auf den Ufersand und einen Flecken Schnee, den die Sonne angetaut hatte.

Nichts, was Elena jetzt unternahm, war rational. Sie reagierte strikt emotional aus Angst und Zorn heraus.

»Kommt doch her! Kommt!«, brüllte sie ihren Gegnern zu. Die sich jedoch zähnefletschend und bellend ins Schilf oder das Unterholz zurückzogen.

Dennoch gaben sie, jetzt, da sich der Nebel nahezu vollständig aufgelöst hatte, deutliche Ziele ab. Elena tötete einen weiteren Affen.

Dann: Klick, klick, klick – ihre Pistole war leer geschossen.

Die Affen glotzten sie aus ihrer Deckung heraus an. Elena war überzeugt, dass sich dort noch mehr von ihnen verbargen als die sechs, die sie ausmachen konnte.

Sie humpelte zu James Herberts Leiche, dessen Gesicht grotesk zerrissen, blutig rot, weiß und schlierig gelblich, dem Himmel zugewandt war, aus dem ungerührt die Sonne herabschien.

Elena hatte auf dem Weg hierher auch Nemzews Überreste passiert, aber es nicht gewagt, einen Blick darauf zu werfen. James Herberts zerfleischte Leiche anzuschauen, bereitete ihr jedoch keine Schwierigkeiten. Merkwürdig, dachte sie.

Sie hatte seit zwölf Stunden nichts mehr gegessen, aber spürte weder Hunger noch Durst. Sogar die Schmerzen in ihrem linken Fuß waren erträglich. Sie fragte sich, wie lange es dauerte, bis die Affen sie angriffen. Einige Meter weiter lag James Herberts Haenel-Gewehr, nach allem, was sie sagen konnte, war es weiterhin funktionstüchtig. Und ein Stück weit links von ihr entdeckte sie Nemzews Rucksack und Hassans Gewehr, das wahrscheinlich noch nicht leer geschossen war.

Sie erhob sich und humpelte zu der Waffe, nahm sie auf, öffnete den Verschluss, in dem sich eine Patrone befand. Im Magazin waren noch drei weitere.

Also vier, dachte sie, so viele nehme ich noch mit, bevor sie mir dasselbe antun wie James und Alex.

Sie legte mit dem Gewehr über der Schulter etwa die halbe Strecke zwischen Nemzews Rucksack und James Herberts Leiche zurück, dann ließ sie sich auf den kiesigen

Boden fallen. Sie zog das rechte Bein an, streckte das verletzte linke aus, legte das Gewehr quer über den linken Oberschenkel und erwartete den Angriff ihrer Gegner.

Nur sprangen die weiterhin zwischen Deckung und Deckung hin und her und wagten es offenbar nicht, sich ihr zu nähern. Eine Abfolge ihres Bellens wertete Elena als Kommunikation mit anderen Affen, die sich irgendwo in der Nähe aufhielten.

Ich warte hier auf den Tod, dachte sie, und das bringt dir keiner bei, dafür gibt's kein Schulfach, und das erklärt dir auch später keiner. Was sie alle sagten, war immer nur: Jeder stirbt für sich allein. Und nur, falls du mehr Glück als Verstand hattest, stand heutzutage dabei auch wer an deiner Seite und hielt dir die Hand. Seit Jahrzehnten stieg die Anzahl der Singles stetig weiter an, ganz gleich, welche Maßnahmen die europäischen Regierungen dagegen ergriffen.

»Worauf wartet ihr denn noch, ihr miesen Scheißer?«, rief sie schließlich gegen das Rauschen des Flusses an.

Die Affen erhöhten daraufhin für eine Weile die Frequenz ihres Bellens, aber sonst änderte sich nichts. Außer vielleicht, dass Elena spürte, wie es hier in der Sonne zunehmend wärmer wurde und Hose und Jacke trockneten.

Zwei der Affen traten schließlich aus der Deckung und bewegten sich vorsichtig auf die Leichen zweier ihrer Gefährten zu. Elena legte auf den Kleineren der beiden an und verfolgte dessen Weg über den Gewehrlauf hinweg, bis er sich von seinem Begleiter trennte und zu einem Affenkadaver sprang, den er an den Armen fasste und zu den beiden ersten heranzog, woraufhin der Größere der beiden seinen Platz verließ und nacheinander zwei weitere Kadaver zu dem Ort zerrte.

Elena hätte die beiden Tiere töten können und immer noch zwei Schuss übrig gehabt, von denen sie zumindest den letzten für sich selbst reserviert hätte. Vorausgesetzt, sie brächte den Mut auf, selbst ein Ende zu machen, bevor die Affen über sie herfielen.

Seltsam, dachte sie, dass die Tiere, obwohl sie bei Nemzew und James Herbert nicht gezögert hatten, sie jetzt nicht behelligten, obwohl ihnen klar sein musste, dass sie verletzt war und allein. Vielleicht hielten sie ihre Verluste für zu hoch, um jetzt noch anzugreifen. Andererseits konnten sie auch intelligent genug sein, sich auszumalen, dass Elena mit ihrer Fußverletzung allein hier draußen sowieso früher oder später dem Tod geweiht war, und ersparten sich deswegen jenen letzten Angriff.

Elena setzte das Gewehr ab und schaute den Affen weiter zu, wie sie die Kadaver sammelten und sich dann neben ihnen niedersetzten. Beide stießen eine offenbar aufeinander abgestimmte Bellfolge aus, die von den Übrigen am Hang und im Unterholz des Uferrands beantwortet wurde.

Ich bin vielleicht anderthalb, zwei Stunden von dem Umsetzer entfernt, dachte sie. Aber ich werde hier trotzdem draufgehen, weil die Scheißaffen mich sicher spätestens dann angreifen werden, sobald ich mich hier wegzubewegen versuche.

Trotzdem war es angenehm, die Sonne auf Gesicht und Händen zu spüren, fand sie, schloss für einen Moment die Augen und wandte ihr Gesicht dem Himmel zu. Das jetzt wäre eure Gelegenheit, ihr verfluchten kleinen Kacker, dachte sie grimmig.

Doch – nichts.

Elena öffnete die Augen, sobald sie ein einzelnes Bellen vernahm, dem lange keines der anderen Tiere antwortete. Selbst, als die Affen schließlich darauf reagierten, erschien ihr die Reaktion der Tiere merkwürdig gezwungen.

Sie schaute zu den Affenleichen, um die sich in einem lockeren Halbkreis zehn Tiere gesammelt hatten, von denen drei mit Knüppeln bewaffnet waren und jetzt aus dem

Halbkreis heraus hinter die Kadaver sprangen, aber dabei Elena in den Blick nahmen. Einer der drei, ein gedrungen gebautes Tier mit besonders breitem Gesicht und einer dunkleren Fellfärbung, setzte sich von den übrigen ab, klopfte einige Male mit dem Knüppel auf den Boden und schaute sie dann einen Moment lang kalt und forschend an.

Elena wusste zu wenig über das Sozialverhalten von Primaten, aber sie spürte, dass dieser herausfordernde Blick eines Affen einem Menschen gegenüber untypisch war.

Der Dunkle wandte sich ab, ohne den Blick gesenkt zu haben, bellte einige Male seine Gefährten an, erhob dann die Arme, stieß sie auf die Brust der nächstliegenden Affenleiche und riss diese mithilfe der phänomenalen Krallen seiner Vorderpfoten auf und teilte anschließend den Brustkasten seines toten Gefährten. Woraufhin er sein Gesicht in die Brust der Leiche vergrub und von ihr zu fressen begann.

Zwei Tiere behielten Elena im Blick und schlugen hin und wieder mit ihren Knüppeln herausfordernd auf den Ufersand.

Elena schaute dem blutigen Spektakel ebenso fasziniert wie angewidert zu.

Sie wusste, dass unter Spinnen und spinnenartigen Spezies, unter Schlangen, bei bestimmten Kröten, Fischen und sogar Präriehunden bestimmte Formen des Kannibalismus durchaus üblich waren, auch bei Schimpansen war das beschrieben worden.

Doch diente jener Kannibalismus klaren, evolutionär zu begründenden Zwecken. Er erfolgte, um das eigene Revier vor Fresskonkurrenten zu schützen, bestimmte Spinnenartige töteten ihre Sexualpartner, um mit deren Leibern heranwachsende Brut mit Nahrung zu versorgen, und Löwen töteten und fraßen die Neugeborenen ihrer Rudelkonkurrenten, um den Nachwuchs der Alphakonkurrenz zu vernichten. Ähnliches galt für Präriehunde.

Der Dunkle war offenbar befriedigt und zeigte das durch Gesten und Bellen an, woraufhin die übrigen Affen ebenfalls von ihren getöteten Artgenossen zu fressen begannen.

Da riss der Dunkle einen Schenkel von seinem halb aufgefressenen Opfer ab und warf ihn, begleitet von einem merkwürdigen Blick und einigen Gesten, Elena zu. Sein Wurf war eindeutig nicht dazu gedacht, sie zu erschrecken oder gar anzugreifen. Eher erinnerten Gesten, Blick und Haltung des Dunklen an einen Mann, der großzügig von seiner Tafel herab einen um den Tisch streifenden Hund bedachte.

29

Verwirrt von seiner Handlung, setzte Elena das Gewehr ab und betrachtete das blutige und befellte Schenkelstück, von dem rote Schlieren in den Sand abtropften.

Weder sah sie einen Zweck darin, dass der Dunkle als Alphatier seiner Gruppe ihr Nahrung zukommen ließ, noch konnte sie irgendeinen plausiblen Grund darin erkennen, dass diese merkwürdig aggressiven Affen überhaupt ihre getöteten Gefährten auffraßen. Außer vielleicht den, sich mit Nahrung zu versorgen. Aber die Wildpopulation des Parks bot überreiche Alternativen. Keiner der Affen konnte angesichts dessen auf Kannibalismus angewiesen sein, um sein Überleben zu sichern. Trotzdem machten sie vor ihren Augen ein Festmahl aus ihren Gefährten.

Der Dunkle stieß unvermittelt eine klar voneinander abgegrenzte Bellfolge aus, löste dann die linke Schulter und den rechten Oberschenkel von einer der Karkassen und legte sie über Kreuz am oberen Ufer ab, woraufhin er einige größere, flache Steine auflas und über den Knochen zu einem Türmchen aufschichtete. Zwei der übrigen Tiere taten es ihm nach.

So also waren die mysteriösen Knochenskulpturen entstanden, die sie gestern Morgen an dem Fressplatz gefunden hatten. Dass Tiere Trauer um verstorbene Sippenmitglieder empfanden, war nichts Neues. Aber Grabdenkmäler für verstorbene Artgenossen und Sippenmitglieder zu errichten, schon. Und einen anderen als diesen Zweck konnte Elena in den Handlungen des Dunklen nicht erkennen.

Grabdenkmäler zu errichten, stellte eine der ältesten Kulturtechniken überhaupt dar. Vielen Wissenschaftlern galt sie sogar immer noch als eines der Hauptmerkmale überhaupt, anhand derer die Entwicklungsstufen zwischen niedereren Arten und höher entwickelten Lebewesen zu unterscheiden waren. Soweit Elena wusste, waren selbst in Gefangenschaft geborene und von frühester Kindheit durch menschliche Rituale und Eigenheiten geprägte Menschenaffen bisher niemals dazu übergegangen, Verstorbenen Grabdenkmäler zu errichten.

Ich sollte den Dunklen erschießen, dachte sie, er ist das Alphatier, und ohne ihn sollte sich die Horde weit weniger koordiniert verhalten. Wahrscheinlich würde sein Tod sogar einen Machtkampf auslösen, der die übrigen Tiere ablenkte und ihr womöglich einen Vorsprung verschaffte, der – vielleicht – ausreichte, um es bis zu dem Umsetzer zu schaffen, von dem sie ja wusste, dass er sich auf einer alten Förderbrücke in einem ehemaligen Kohletagebau befand. Nur brachte man Umsetzer grundsätzlich in großer Höhe an, und Elena bezweifelte, dass sie mit dem verletzten Fuß an einem weit über hundert Jahre alten, schwer verrosteten Metallungetüm würde hinaufklettern können.

Ich werde hier draufgehen, zwischen einer Horde blutiger Affen, die sich gerade an ihren Gefährten satt gefressen hatten, obwohl das jeglicher evolutionärer Logik widerspricht. Oberst Willms durfte sich in ihrem Urteil über Elenas Eignung für den Posten einer Kollektivleiterin rundum bestätigt fühlen.

»Glotz nicht so!«, sagte sie zu dem Wächteraffen, der sich ihr am nächsten befand und sie nicht aus den Augen ließ.

Der Dunkle kehrte zurück, passierte in einem raschen, federnden, halb aufrechten Gang seine fressenden Gefährten, schob rüde einen der Wächter beiseite, ergriff den Schenkel und warf ihn Elena gegen die Füße. Er tat das begleitet von einer Reihe Gesten, die Elena als Aufforderung, von dem Schenkel zu essen, interpretierte.

Sie war fassungslos und überfordert. Wie sollte sie darauf reagieren? Als Henkersmahlzeit war der Schenkel offenbar nicht gedacht, oder doch? Nein, befand sie, die hätten mich schon längst getötet, sollte ihnen das wichtig gewesen sein.

»Behalt deinen Fraß!«, rief sie ihm zu und wackelte mit dem Gewehr.

Der Dunkle wirkte unbeeindruckt. Er warf ihr noch einen Blick zu und kehrte zu seinen Gefährten und deren Mahl zurück.

Die Tiere hatten reichlich Gelegenheit gehabt, Elena zu töten, es aber nicht getan. Womöglich nehmen die Affen mich ja weniger ernst als die Männer, weil ich eine Frau bin, spekulierte sie. Aber ich habe beinah so viele von ihnen getötet wie Nemzew, sehr unwahrscheinlich, dass ihnen das entgangen sein sollte.

Elena warf einen langen Blick auf James Herberts Leiche.

Es war nicht recht, die beiden Toten ungeschützt Wetter und Aasfressern zu überlassen. Zwar war es ihr, verletzt, wie sie war, und ohne entsprechendes Werkzeug unmöglich, James Herbert und Nemzew zu begraben, aber ihr war eingefallen, wie sie die Toten zumindest für einige Zeit schützen konnte.

Kurz entschlossen, hängte sie sich das Gewehr quer über die Brust und stand auf ihre improvisierte Krücke gestützt auf.

Die Wächteraffen verfolgten neugierig jede ihrer Bewegungen.

30

Es fühlte sich gut an, wieder zu stehen. Für einen Moment vermittelte es Elena ein Gefühl von Überlegenheit, das in einen kurzen Anflug von Optimismus mündete. Objektiv gesehen, bestand dafür allerdings kein Anlass. Jede Sekunde konnten die Tiere ihre Meinung ändern und doch noch über sie herfallen.

Elena humpelte zu James Herberts Rucksack, zog daraus eine Rettungsdecke hervor, wie sie vorschriftsmäßig in jedem Feldhüterrucksack vorhanden zu sein hatte, stopfte sich das schmale Paket unter das Koppel und bewegte sich dann mit dem vor dem Bauch leicht hin und her schwingenden Gewehr auf die Leiche ihres Kameraden zu.

Die Wächteraffen sprangen zwar ein Stück weit von ihren Gefährten weg, folgten aber Elena nicht weiter, während sie schließlich vor James Herberts Leiche verharrte und einen Moment auf ihn herabblickte.

Nemzews Überreste befanden sich gute zehn, fünfzehn Meter flussabwärts zwischen Schilf und einigen vom letzten Hochwasser aufgeschwemmten Sandwellen. Jeden Tag war mit der letzten und größten Schneeschmelze im tschechischen Teil des Parks zu rechnen, die zweifellos auch diesen Fluss über die Ufer treten lassen würde. Obwohl sie glaubte, dass James Herberts Leiche weit genug vom Fluss entfernt war, um nicht weggeschwemmt zu werden, verhielt es sich mit Nemzews Überresten anders. Er lag kaum anderthalb Meter von dem leise ans Ufer schwappenden Wasser entfernt.

So humpelte sie an James Herberts Leiche vorbei auf Nemzew zu und schaute sich nach den Wächtern um, die ihr zögernd und in größerem Abstand folgten.

Längst war die Kälte aus ihrem verletzten Bein gewichen, und sie spürte den pochenden Schmerz mit jedem ungeschickten Schritt, den sie zurücklegte. Sie vermied, auf das von Krallen zerschnittene und durch Knüppelschläge und Steine zerschlagene Gesicht ihres Beigängers zu schauen, während sie das Sicherungsseil einige Meter neben der Leiche durchtrennte.

Anschließend löste sie das so gewonnene Seilstück von Nemzews Koppel und nutzte es dazu, seine Beine zu binden. Sie warf sich den übrigen Teil des Seils über die Schulter, ergriff es mit der rechten Hand und schleppte fluchend und ächzend die Überreste ihres Kameraden zu James Herberts Leiche an den oberen Rand des Ufers.

Ausgepumpt sank Elena nieder und atmete einige Male tief durch, bevor sie die Rettungsdecke ausfaltete und sie dann mühevoll über Nemzews Leiche breitete und mit Steinen und etwas Treibholz beschwerte. Anschließend ruhte sie sich einige Zeit aus, zog die Rettungsdecke aus dem zum Glück trocken gebliebenen Innern ihres eigenen Rucksacks und bedeckte damit endlich auch James Herbert.

Der pochende Schmerz im linken Fuß war zwar stärker geworden, aber sie hatte festgestellt, dass er weiter erträglich blieb, falls sie den verletzten Fuß nur vorsichtig genug belastete und ihn nicht verdrehte.

Sie öffnete die Karte in ihrem Kom und folgte dort dem Fluss Richtung Osten. Soweit sie der Karte vertrauen durfte, wäre es zwecklos, seinem Lauf flussabwärts zu folgen, weil sie dort auf dicht bewachsene Hänge stieß, die sie verletzt sehr wahrscheinlich nicht passieren konnte. Doch sollte sie bei der Sandbank den Fluss queren, das gegenüberliegende Ufer erreichen und sich dort den Hang hinaufarbeiten, hatte sie vielleicht tatsächlich eine Chance, den Tagebau und die Förderbrücke zu erreichen. Oder mache ich mir etwas vor?, fragte sie sich. Schon den Fluss zu queren, stellte mit der improvisierten Astkrücke ein nahezu unüberwindliches Hindernis dar. Und selbst wenn sie es wie durch ein Wunder bis zum Umsetzer schaffte und dort Hilfe rufen konnte, würde sie sich anschließend im Hauptquartier einer Untersuchungskommission stellen müssen, die jede ihrer Entscheidungen bis zum Erbrechen hinterfragen, beurteilen und so lange verdrehen würde, bis sie noch naiver und unbedachter erschienen, wie sie es ja vielleicht tatsächlich gewesen waren. Jede Minute ihrer Befragung würde für Oberst Willms zu einem Festtag werden. Vielleicht war es daher doch besser, sich hier am Ufer eine Kugel in den Kopf zu jagen. Wenn man sie rechtzeitig genug fand, konnte man ihr immerhin zugutehalten, dass sie die Leichen ihrer Kameraden, so gut es eben ging, geehrt und geschützt hatte. Sie sah den Friedhof in der Metropole vor sich, die beiden Reihen von Kameraden in Paradeuniform, die ihre Karabiner erhoben und unter Feldhüteroberstleutnant Demir Hallsteins Ruf »Leutnantin Mikoyan! Unvergessen!« ihre Salutschüsse abfeuerten.

Die Wächteraffen sprangen zu den beiden Leichen heran, beäugten verwirrt die Rettungsdecken und machten bellend und gestikulierend den Dunklen darauf aufmerksam, der jedoch längst registriert haben musste, was Elena da getan hatte, weil er sie mit einer abfälligen Geste zur Ruhe brachte.

Elena entsann sich eines Abends im vergangenen Jahr, als ihr Vater nach einem ausgiebigen Mahl und gutem Wein in einen seiner regelmäßigen melancholischen Anfälle geriet und einige Zeilen aus dem Buch eines der vielen obskuren Autoren des 20. oder 21. Jahrhunderts zitierte, deren Werke er auf der Suche nach religiösen Referenzen durchforstete.

Dieses Zitat fiel allerdings insoweit ungewöhnlich aus, da es eine Verleugnung der Möglichkeit jeglichen religiösen Trosts überhaupt darstellte. Wahrscheinlich war es Elena auch nur deswegen in Erinnerung geblieben.

»Wir hatten unser Leben gelebt, aber uns nichts von dem, was geschehen war, ausgesucht. Wir hörten die Musik im Herzen der Finsternis spielen und vertrauten darauf, dass wir ihren Musikern unsere eigenen Takte abringen könnten. Aber immer kommt der Moment, wenn die Kellner die Stühle an die Tische zurückrücken, die Flaschen wieder verkorken und die Musiker ihrem Publikum die Rechnung präsentieren. Es war zwecklos, sich noch etwas vorzumachen. Es bestand kein Grund für Reue. Im wilden Herzen der Welt klingeln keine Registrierkassen. Aber vielleicht ertönte Musik im Herzen der Finsternis.«

Elena ließ die Worte, die sie mühelos aus dem Gedächtnis hatte ziehen können, noch einige Augenblicke in ihr nachklingen. Schließlich richtete sie sich auf und schaute über die Affen hinweg zum Hang.

»Anus scheiß Mundi! Ende und Arsch der Welt!«, brüllte sie, so laut sie nur konnte, gegen die Wildnis am Hang an. Obwohl dies nichts an ihrer Lage änderte, fühlte sie sich befreit, weil sie es fertiggebracht hatte, der Welt ihre Furcht und Verzweiflung entgegenzuschreien. Selbst, wenn die davon ungerührt blieb. Es fühlte sich nicht nur deswegen so gut an, weil es sie erleichterte, sondern auch, weil es sie auf mysteriöse Weise den Affen ähnlicher machte. Was ein sehr merkwürdiges Gefühl darstellte.

»Fickt euch doch alle, ihr Kacker!«, brüllte sie gleich darauf noch einmal. Sie spürte eine ganz besondere Nähe zu allem hier. Es war, als hätte sie einen Teil ihres Menschseins aufgegeben und akzeptiert, dass sie zu einem Element der Wildnis um sich herum geworden war. Da sie kein Mensch mehr war, aber zugleich auch mehr als ein Mensch, begann sie zu begreifen, welches Glück darin lag, dass *Zukunft* ab jetzt ein Konzept war, das für sie nur noch sehr eingeschränkt galt. Zukunft, das war der nächste Moment, das waren der Wind, der demnächst vielleicht aufkam oder auch nicht, und der Abend, der auf den Morgen und den Mittag folgen musste. Was Zukunft ab jetzt allerdings nicht mehr sein konnte, war morgen. Denn ein Morgen existierte nicht mehr, weil es zu weit entfernt war, um damit wirklich rechnen zu dürfen.

Tiere kannten Loyalitäten, aber sie folgten Instinkten statt Emotionen. Die abstrakten Konzepte von Kultur und Moral, die menschliche Zivilisationen ausmachten, ängstigten Elena plötzlich, weil sie immer eine Vorstellung von und ein Versprechen auf eine weiter entfernte Zukunft enthielten. Tiere waren Menschen auch deswegen überlegen, weil Suizid für sie schlicht keine Option darstellte.

Vielleicht erklang ja wirklich Musik im Herzen der Finsternis, dachte sie, und falls es so war, dann kam schließlich auch immer der Moment, in dem den Musikern ins Gesicht zu blicken war und sie entlohnt zu werden hatten. Der höchste Akt von Feigheit bestand darin, aus dem Saal zu verschwinden, bevor der letzte Ton der Musik angespielt war. Reue gehörte nicht in die Wildnis. Dort bestand das größte Risiko überhaupt darin, das Tier in sich zu verleugnen.

Die Affen hatten ihr Mahl beendet und vier weitere jener eigentümlichen Stein- und Knochenskulpturen errichtet. Sie hockten jetzt zwischen den Karkassen und verdauten schläfrig. Selbst die Wächter, denen nur Reste vergönnt gewesen waren, kamen Elena träge und schläfrig vor.

Sie nahm einen faustgroßen Stein auf und warf ihn gegen den dicht befellten Rücken des Dunklen, der sich daraufhin träge von der Leiche löste, an der er eben gefressen hatte, und sie aus seinen dunklen Augen anschaute.

»Hörst du mich, du glotzender Scheißer? Ich werde jetzt

aufstehen und über den Fluss gehen, und entweder lässt du mich dabei umbringen oder nicht. Aber wenn du mich umbringen lässt, dann hab ich vorher noch eine Kugel für dich!«, versprach sie ihm.

Dann stand sie schon etwas weniger mühevoll als zuvor auf, zog die Riemen ihres Rucksacks enger und setzte sich humpelnd zum Fluss hin in Bewegung.

Die Affen mussten von einem Ort gekommen sein, und sie mussten zu irgendeinem Ort hingehen. Sie hatten drei ihrer Kameraden getötet und waren gefährlicher als jedes andere Wesen hier im Park. Sie hatte noch zwei Schuss in ihrem Gewehr und verfügte über ein gutes, scharfes Messer. Wenn die Zukunft so unmittelbar wurde wie jetzt und deswegen Hoffnung überflüssig machte, stellte aufzugeben keine Option mehr dar. Falls ich es aber wirklich hier heraus und zurück zur Metropole schaffe, dachte Elena, werden sie mich dort kreuzigen, sobald sie mich als Teil der Wildnis erkennen und dann ahnen, dass ich Teil einer Dunkelheit geworden bin, deren bloße Existenz sie weder wahrhaben wollen noch ertragen könnten. Wie es in einem anderen der alten Bücher ihres Vaters hieß: *»Wir leben, wie wir träumen – allein.«*

4

Massaker März

31

Den Fluss zu überqueren, hatte Elena viel Kraft gekostet. Sie trat mit dem verletzten Fuß einige Male gegen kantige Steine und Gegenstände und schrie dabei vor Schreck und Schmerzen auf. Aber letztlich erwies sich der Gang über die Sandbank als ihre Rettung, denn die brach die Strömung, und selbst wenn Elena dahinter das Wasser bis über die Brüste reichte, war der Boden dort sandiger und nur von einigen größeren Steinen bedeckt, sodass sie von da aus mithilfe ihrer Astkrücke ans gegenüberliegende Ufer humpeln konnte, wo sie für einige Zeit am Boden saß, Atem holte und die Affen auf der anderen Flussseite beobachtete, die sich um den Dunklen geschart hatten und aufgeregt hin und her sprangen, bis der Dunkle sie mit Bellen und herrischen Gesten zur Ruhe brachte. Sie hatte das Gefühl, dass er sie dabei keine Sekunde aus den Augen ließ.

Sowie Elena sich erhob, sprangen drüben die ersten Affen in den Fluss und schwammen Richtung Sandbank.

Wenigstens hatte das Zögern der Tiere Elena einen gewissen Vorsprung verschafft. Eilig humpelte sie auf den Hang zu, wo sie auf einen schmalen Wildpfad stieß, dem sie aus der Senke heraus folgte, obwohl er vielfach gewunden war und damit länger als der direkte Weg.

Nachdem sie den Hang erst einmal überwunden hatte, fand sie sich in dichtem Laubgehölz wieder, das zu durchqueren in ihrem Zustand keine Kleinigkeit darstellte und sie zusätzlich erschöpfte. Aber etwa zwei Stunden, nachdem sie unten am Fluss den Entschluss gefasst hatte, loszugehen, erreichte sie die savannenartige Öffnung. Am Horizont entdeckte sie links von sich die Reste des Kirchturms von Gernwitz. Hinter einem wie eine Halbinsel in die Savanne hineinwuchernden Waldstück ragte auch die Förderbrücke in den freundlich hellblauen Himmel.

Elena bewegte sich am Rand der Lichtung entlang auf den Kirchturm und die Waldhalbinsel zu, die hauptsächlich aus Erlen, Ahorn und einigen sehr alten Obstbäumen bestand, zwischen denen eine Reihe vertrockneter Walnussbäume stand. Hier auf der Öffnung war der Schnee bereits vor Tagen abgetaut und hatte große Pfützen hinterlassen. Zwischen den gelblich verdorrten Gräsern spross bereits neues Grün hervor.

Elenas Verfolger hatten sich nicht anstrengen müssen, zu ihr aufzuholen. Während der Dunkle zu ihrer Rechten am Waldrand von Baum zu Baum sprang und dabei wohl hin und wieder Anweisungen brüllte, hatten die übrigen Tiere der Horde einen Halbkreis hinter ihr gebildet und achteten darauf, dass der Abstand zwischen Verfolgern und Verfolgter etwa gleich blieb.

Seltsam, ich habe seit Stunden, vielleicht, seit wir Hassans Leiche in dem Wiesel fanden, nicht mehr an den Parasiten in mir gedacht, dachte Elena und fragte sich, ob das Kind einen Teil Schuld daran trug, dass sie sich so schwach fühlte. Denn selbst eingerechnet der Traumata, des Schocks und des verfluchten verletzten Fußes fand sie, dass sie hätte stärker sein sollen.

Kurz darauf erregte ein unbewachsener Fleck rechts von ihr ihre Aufmerksamkeit. Sie humpelte neugierig darauf zu. Wahrscheinlich hatte hier einst nur ein einsames Gebäude gestanden, vielleicht eine Scheune oder ein Unterstand für Rinder. Dennoch war es ungewöhnlich, dass über all die Jahrzehnte dort nichts gewachsen sein sollte. Jener Fleck stellte sich als eine betonierte Fläche heraus, groß genug, um selbst während der Schneeschmelze oder der heftigen Herbstregen, die das offene Land in knöcheltiefen Morast verwandelten, als sicherer Landeplatz für Transportdrohnen zu dienen. Der Beton wirkte nicht alt und bröckelig genug, um noch von den ehemaligen Siedlern oder den Abrisskolonnen, die seinerzeit Gernwitz dem Erdboden gleichgemacht hatten, gegossen worden zu sein.

Weit merkwürdiger erschien Elena, dass von der Betonfläche her ein aus Rasengitterplatten gefertigter Weg in die Waldhalbinsel führte. Obwohl er durchaus bewachsen war, erschien er ihr ebenfalls nicht alt genug, um von Siedlern oder Abrissarbeitern angelegt worden zu sein.

Der Dunkle war herübergekommen und gestikulierte seinen Gefährten zu, die jetzt links von Elena ihren Halbkreis schlossen. Zwei der Wächter schlugen mit ihren Knüppeln auf den Boden oder rissen Erdklumpen heraus, mit denen sie nach Elena warfen.

Sie drohte ihnen mit dem Gewehr, wandte sich dann ab und humpelte den Weg auf die Waldinsel herab. Der verlief in etwa in die Richtung, die sie zum Tagebau zu gehen hatte, und es lief sich dort einfacher als in dem feuchten Gras und dem zuweilen sumpfigen Boden am Savannenrand. Die Tiere hielten ihre Formation und den Abstand zu ihr aufrecht. Doch sobald Elena einen Schritt nach rechts ausscherte, schreckte das die Wächteraffen auf, die sie bedrohten oder mit Erde und Gras bewarfen. Der Karte ihres Koms zufolge existierten hier zwar die Öffnung und die Waldzunge, aber weder waren ein Drohnenlandeplatz noch ein befestigter Weg darin verzeichnet.

Trotzdem waren sie da.

Wo es Wege gab, existierte auch etwas, zu dem diese Wege führten, dachte Elena und fragte sich, ob sie dort in der Halbinsel aus Wald vielleicht etwas fand, um Hilfe zu rufen. Sie schaute einen ewig scheinenden Moment auf die

Förderbrücke, die wie zwei unbewegliche Finger eines urzeitlichen Riesen über die Wipfel der Bäume ragte.

Im Osten lag Gernwitz, das man damals bei der Suche nach Thomsen eigentlich mit einem ganzen Zug Feldhüter und Bundespolizei hätte durchkämmen sollen.

Dieses Gebiet war Parkkernland, wo selbst ohne regelmäßige Kontrolle der Feldhüter alles vermeintlich seinen Gang ging, weil die Wildnis wuchs und die geografischen, ökologischen und biologischen Gegebenheiten so lagen, dass sich hier keine der wiederangesiedelten Tierpopulationen, die ständige Überwachung erforderten, besonders gern aufhielt.

Das hier war Wolfsland, Fuchsland, Waldhuhnland, Rehland, Luchsland und Hasenland – aus Feldhütersicht so monoton und reizlos wie eine voll automatisierte Straßenbahn, die seit dreißig Jahren auf immer derselben Strecke eine sich ewig gleichende Gruppe von Passagieren an ihre Ziele beförderte. An diese Gegend verschwendete einfach keiner je mehr Aufmerksamkeit und Ressourcen, als unbedingt nötig war.

Sie ergriff ihren Feldstecher, setzte ihn an die Augen und schaute auf die Spitze der Waldhalbinsel, in die der befestigte Weg mitten hineinführte.

Einige Meter östlich des Weges erregte ein Gegenstand ihre Aufmerksamkeit. Sie humpelte darauf zu.

Vorletzte Nacht waren zwei Schwalbe-Drohnen aus dem System verschwunden, nur um kurz darauf wieder aufzutauchen und später erneut zu verschwinden.

Und jetzt stand Elena vor einer von ihnen.

Angesichts der Beschädigung an ihrer Hülle schien die Schwalbe nicht hier notgelandet, sondern plötzlich abgestürzt zu sein. Hassan hätte nach einem einzigen Blick auf das Wrack eine Menge darüber sagen können, wie und weshalb die Drohne hier geendet war. Doch Hassan war tot.

Elena öffnete mithilfe ihres Messers die Revisionsklappe an der Drohnenhaut und betätigte den Kippschalter, der darunter verborgen lag und eine für Notfälle gedachte Restladung aktivierte, die ausreichte, um den Speicher der Drohne mit ihrem Kom zu verbinden und die Daten auszulesen. Hassan hätte wahrscheinlich auch einen Weg gefunden, die Funksysteme der Drohne so zu manipulieren, dass die ein Notsignal ans Hauptquartier aussandte, doch Elena überforderte diese Aufgabe. Zumal das Notsignal einer abgestürzten Schwalbe keine plötzliche Geschäftigkeit ausgelöst hätte, weil solche Signale zur Routine in der technischen Überwachungszentrale gehörten und Schwalbe-Drohnen billig und ersetzbar waren. Sie überprüfte das Material der Drohne, das sie auf ihr Kom geladen hatte. Es bestand aus den letzten Standortdaten und aus Videos und Bildern, die die Schwalbe während ihres Flugs angefertigt hatte.

Bis ungefähr auf Höhe des Ortes, an dem sie jene ersten Kadaver und Affenspuren gefunden hatten, stimmten sie mit Elenas Erwartungen überein. Doch danach verzeichnete der Speicher nur noch Datenschrott.

Bisher waren in diesem Quadranten weder mehr noch weniger Drohnen abgestürzt als in anderen. Auch waren die Daten, die sie von hier bekommen und im Turm ausgewertet hatten, bislang nicht auffällig gewesen.

Merkwürdig.

Keiner der Affen reagierte aggressiv, sobald Elena das Drohnenwrack verließ, sich zurück zu dem befestigten Weg begab und dem dann humpelnd auf das Waldstück zu folgte. Im Gegenteil – die Tiere wirkten geradezu zufrieden, während sie ihr in der gewohnten Formation mit einigem Abstand folgten.

Es roch stechend herb und pissig nach Aas. Vielleicht hatten die Affen große Beute gerissen und irgendwo hier verborgen, dachte Elena, obwohl ihr eigentlich klar war, dass der Geruch selbst für einen aufgeschlagenen Wisent zu stark war und ihr in gewisser Weise auch zu alt, zu verfestigt vorkam, um von einem einzigen Beutetier zu stammen, wie groß auch immer.

Am Wegesrand standen Disteln und verdorrte Reste des Großen Wiesenknopfs, dessen zwischen das Gras gefallenen blassroten Blütenblätter vom Savannenboden heraufblitzten.

Sobald Elena den Waldrand betrat, wurde der Aasgestank überwältigend. Sie bemerkte Schwärme von stahlfarbenen Fliegen, für die es eigentlich zu früh im Jahr war. Es sei denn, dass sie hier regelmäßig überreiche Nahrung vorfänden. Ein Klappern wie von festem, trockenem Holz, das im Wind leicht aneinanderschlug, erklang. Elena setzte ihre Schritte unwillkürlich vorsichtiger.

Zwischen den dichten ersten Baumreihen entzog sich der weitere Verlauf des Weges durch eine scharfe Biegung ihrem Blick. Das Klappern war hier lauter.

Die zunächst dichten Reihen der Laubbäume öffneten sich, sobald sie die Biegung erreichte. Da endlich lag der Ursprung des furchtbaren Klapperns und stechenden Aasgestanks.

An den unteren Ästen einer verkrüppelten Buche, die zweifellos mehrere hundert Jahre alt war und lange vor der Gründung des Parks hier Wurzeln geschlagen hatte, hing eine Mixtur aus hell gebleichten Knochen, die bei jedem Windzug zusammenstießen und so jenes Klappern erzeugten. In einer Anordnung, aus der Elena keinerlei plausiblen Zweck erschließen konnte, waren um die alte Buche herum Dutzende Knochenskulpturen errichtet worden. Und die standen auf einem Feld aus weiteren Knochen. Einige waren noch mit Resten von Fleisch, Knorpeln und Fell behaftet, doch die allermeisten waren von Wind, Niederschlägen und Jahreszeiten fahl gebleicht. Einige der Schädel und Gebeine erschienen Elena absurd unförmig, wie Entwürfe von Künstlern, die sich zwischen Abstraktion und Realismus nicht hatten entscheiden können. Einige Dutzend Schädel waren größer als menschliche, andere winzig wie die von Vögeln oder niederen Nagern oder so verformt gewachsen, dass Elena sie zunächst gar keiner Spezies zuzuordnen wagte. Immerhin waren die verformten Schädel sämtlich gebleicht und mussten daher länger hier liegen als jene von Fleischresten und modrigem Fell behafteten Kadaver. Es war angesichts der breiten Streuung der Überreste, die an einigen Stellen in mehreren Schichten übereinanderlagen, schwer zu sagen, wie viele Kadaver sich hier befanden. Sicher erschien Elena nicht einmal, ob dieses Knochenfeld von den Affen angelegt worden sein konnte oder nicht. Ihre typischen Knochenskulpturen mochten zwar darauf hindeuten, aber davon abgesehen erkannte sie keinerlei Grund, weshalb dieser Ort derart furchtbar hergerichtet worden war.

Ihre Verfolger hatten sich in die Bäume geflüchtet und beäugten sie von dort aus. Taten sie es andächtig, sich der Melancholie und Furcht bewusst, die dieser Ort ausstrahlte?

Immerhin war der Weg frei von Knochen und moderndem Fleisch. Was Elena nicht für bloßen Zufall hielt. Hinter einigen Metern, die der Weg geradeaus verlief, lag eine neue scharfe Biegung. Sie erschien Elena als ein unnötiger Aufwand, da hier nichts gegen eine geradlinige Wegführung gesprochen hätte.

Sie erinnerte sich allerdings eines Kollegen, der völlig besessen von einem der historischen Kampfspiele in den Metaräumen gewesen war und bei einem seiner vielen Berichte darüber erwähnt hatte, dass man einst die Zuwege zu Burgen und Festungen in solchen Zickzacklinien anlegte, um es so Angreifern zu erschweren, die Zugänge der Anlagen zu erreichen. Hatte es hier Verteidigungsanlagen gegeben, fragte sie sich, vielleicht angelegt von radikalen Dörflern, die sich gegen ihre Umsiedlung gewehrt hatten?

Trotzdem war das Knochenfeld mit zu wenigen frischen Kadavern gefüllt, um den inzwischen dominierenden Aasgestank vollständig erklären zu können.

Elena humpelte weniger entschlossen auf die nächste Wegbiegung zu, wobei sie sich gegen den Gestank den Jackenkragen bis zur Nase heraufzog.

Eine ihr bisher unbekannte, stechend lähmende Angst ergriff Elena. Sie verharrte und schaute sich nach ihren Verfolgern um, die aus ihrer Deckung im Geäst der Bäume zu ihr herabschauten. Waren ihre Blicke drohend oder nur neugierig?

Was tue ich überhaupt hier?, fragte sie sich. Ich sollte zu der Förderbrücke und dem Umsetzer gehen. Es blieb schließlich nicht ewig hell, und selbst, falls sie den Umsetzer erreichen und einen Notruf absetzen konnte, würde es einige Zeit dauern, bis man sie aufsammeln und in Sicherheit bringen konnte. Zeit, die sie dann bei dem Umsetzer in nicht so großer Entfernung von diesem furchtbaren Ort zu verbringen haben würde – und das außerdem verfolgt oder zumindest beobachtet von diesen verfluchten Affen, deren Verhalten sie verwirrte und überforderte.

Die lähmende Angst wich einem Impuls, zu fliehen, dem sie nur mit Anstrengung zu widerstehen vermochte. Wirklich realistisch betrachtet, war es angesichts ihrer Verletzung sowieso aussichtslos, den Umsetzer an der Förderbrücke erreichen zu können. Sie würde niemals bis zu ihm hinaufsteigen können.

Aber weder dieses Knochenfeld noch der saubere Zickzackweg konnten von den Affen angelegt worden sein. Was auch immer sie am Ende des Weges erwartete, solange es sich für sie nicht als tödlich erwies, bot es wahrscheinlich sogar bessere Chancen, einen Notruf abzusetzen, als der Umsetzer auf dem Förderturm. Wenn das, was am Ende des Weges liegt, allerdings Menschen sind, spekulierte sie, dann sind das keine, die besonders mitfühlend auf mich und meine Feldhüteruniform reagieren werden, weil außer Wilderern und illegalen Siedlern niemand sonst einen Grund hätte, sich hier aufzuhalten. Falls sich hier Menschen verbargen, dann war es außerdem unwahrscheinlich, dass die sie nicht bereits ausgemacht hatten. Eine Konfrontation wäre kaum zu vermeiden. Aber diese Menschen mussten nicht nur um die Affen wissen, sondern auch mit ihnen ausgekommen sein, setzte Elena ihre Überlegungen fort und wandte sich gleich darauf noch einmal zu dem Knochenfeld um. Lagen dort die Überreste von vielen Dutzenden, vielleicht sogar Hunderten Tieren? So viele Affen wären den Überwachungsdrohnen niemals entgangen. Das mussten dann mehrere Generationen von ihnen sein, oder nicht? Wer hätte denn über die Mittel verfügt, unbemerkt eine so große Zahl Tiere in den Park zu bringen?

Elena hob den Kopf und schaute zu ihren Verfolgern.

Ich habe bisher keinen einzigen *weiblichen* Affen gesehen, dachte sie verblüfft. Aber angesichts all der Kadaver und Knochen rundum mussten Generationen von Affen hier gelebt haben und gestorben sein. Nur, wo sollten jene Generationen der Tiere denn hergekommen sein, wenn nicht geboren von ihren *Müttern?*

Elena setzte ihren Weg fort, entschlossen, allem entgegenzutreten, was sie an dessen Ende erwarten mochte.

Die Bäume standen hier wieder dichter, es schwirrten auch größere Schwärme jener stahlblauen Fliegen zwischen den Sonnenspeeren umher, zu denen sich eine weitere, grünlich schillernde Art gesellt hatte.

Der Abstand, den ihre Verfolger hielten, vergrößerte sich etwas.

Hinter der Biegung stieß sie auf ein weiteres Aasfeld.

Dort verfaulten zwischen Bäumen, Farnen, Gras und locker stehendem Unterholz aus Holunder und Haselnussbüschen gerissene Rehe, Hirsche, Sauen und einiges an Kleingetier, deren verwesende Überreste sich so weit am Boden verteilten, wie Elena sehen konnte. Hier waren auch einige der Risse über und auf den Weg gezerrt und dort vertilgt beziehungsweise zerkleinert worden.

Elena kam sich vor wie in einem grotesken Traum, dessen Bilder willkürlich aus den bizarrsten Kammern ihrer Erinnerungen kamen und vor ihrer Verwendung in jenem Traum noch einmal verdreht und verzerrt worden waren, sodass sie nichts mehr glichen, was sie sich auszudenken fähig gewesen wäre.

Schließlich passierte sie die letzte Wegbiegung. Dahinter lag ein gerodeter Raum, der in etwa vier, fünf Metern Höhe mit Tarnnetzen bespannt war. Die sollten bei Drohnenüberflügen offenbar den Eindruck von dichter Bewaldung vermitteln und hatten diesen Zweck sicher auch einst erfüllt, inzwischen hatten Wind und Wetter aber Streifen aus ihnen gerissen, die wie zerfetzte Vorhangreste im leichten Wind hin und her wehten.

Am Ende des Weges lag ein niedriges Gebäude, dessen größter Teil wohl tief in den Grund gegraben worden war. Es bestand aus Betonelementen und einem flachen Dach, auf dessen rechter Kante sich ein aus Glas und Stahl gefertigtes Türmchen erhob, dessen wahre Ausmaße Elena von ihrem Standort aus bloß zu erahnen vermochte.

Wie die Affen, die sich still hinter ihr in den Baumwipfeln verteilt hatten, hätte nichts davon sich hier befinden sollen.

Elena ließ ihren Stock fallen, ergriff, so gut es ihr möglich war, das Gewehr, das quer über ihrer Brust hing, legte den rechten Zeigefinger um den Abzug, richtete den Lauf auf das Gebäude und humpelte auf dessen gläserne Doppeltür zu. Hinter der ein stetiges technisches Summen hervordrang.

32

Elena schaute verblüfft auf den gut vier Meter langen, stahlblau und grünlich schimmernden Fisch, der an einem Stahlrohr von der Decke der Halle hing. Seine roten Augen hatten etwas Glotziges. Auch wenn die, wie der Rest des Fisches, aus Kunststoff bestanden, wirkten sie in ihrer Starrheit umso bedrohlicher.

Auf der linken Schuppenseite des Fisches stand in fetten und schwarzen Frakturlettern *Blaichenstayn* geschrieben.

Unter der Fischskulptur lag ein Feldhüterrucksack auf der dicken Schicht Laub, das durch die Glastür in die Halle hereingeweht worden sein musste. Das Namensschild des Rucksacks war auf *FH Lt. Ulf Thomsen* ausgestellt.

Außer dem bizarren Fisch und Thomsens Rucksack befand sich nichts in der gut sechzig bis siebzig Quadratmeter großen Halle.

»Kamerad Ulf Thomsen! Unvergessen!«, hörte Elena das Feldhüterkommando an Thomsens leerem Urnengrab rufen, bevor die Salven der Karabiner die Stille des Friedhofs zerrissen.

Sie schüttelte den Kopf, als könnte sie damit die Erinnerung vertreiben, wie ein Hund sich Wasser aus dem Fell schüttelte.

»Scheiße!«, sagte sie in die Halle hinein, beugte sich herab und öffnete Thomsens von Staub und Laub bedeckten Rucksack, in dem sie außer den Ausrüstungsgegenständen, die sich den Vorschriften gemäß darin zu befinden hatten, nichts von Interesse fand.

Thomsen war also hier gewesen, dachte sie, während sie die beiden Karabinerladestöcke aus dem Rucksack zog und dann ihr Gewehr damit nachlud. In der entsprechenden Box lagen auch drei Ersatzmagazine für Thomsens Dienstpistole. Dass sie sich dort befanden, entsprach nicht den Vorschriften. Angesichts von Thomsens geradezu legendärer Korrektheit in solchen Dingen musste er sie mit Bedacht eingesteckt haben, bevor er sich auf seinen letzten Ausflug begab. Er hatte daher mit Gefahren von der Sorte gerechnet, denen man eher mit der Pistole in der Hand als dem Gewehr begegnete.

Während sie nach dem Gewehr nun auch eilig ihre Pistole nachlud, verspürte sie den Drang, diesem grotesken Fisch die roten Glotzaugen auszuschießen. Über Fische hatte sie einst im Studium entschieden mehr gelernt als über Affen, und dieses Vieh entsprach weder in Form noch Färbung irgendeiner hier ansässigen Spezies.

Elena hatte bislang bewusst darauf verzichtet, ihre Ankunft in der Halle durch Rufe oder laute Geräusche kundzutun, und ihrem Impuls zu folgen und dem Fisch Kopf und Augen in Stücke zu schießen, hätte zu viel Lärm erzeugt, weswegen sie darauf verzichtete.

Stattdessen betrachtete sie einen Moment nachdenklich die Frakturschrift auf dem Fisch.

Diese Halle schien keinem Zweck zu dienen. Bis auf den Fisch war sie leer, und weder führte von ihr aus ein Weg tiefer ins Gebäude hinein, noch konnte sie einen Zugang nach oben zu diesem merkwürdigen Turmaufbau finden.

Aber wer errichtete ein solches Gebäude hier am Ende und Arsch der Welt, nur um darin einen glotzenden Fisch auszustellen?

Elena stellte sich auf die Zehenspitzen, streckte die linke Hand aus und zog an der Bauchflosse des Fischs.

Woraufhin aus dem Hallenboden vier Gitter hervorglitten, die etwa zehn Quadratmeter des Fußbodens absperrten und die von den Gittern abgegrenzte Fläche allmählich herabsank.

Ein Lastenaufzug.

Elena fuhr nach unten.

Dort erwartete sie ein noch größerer Raum. Er war angefüllt mit allerlei medizinisch-technischen Geräten. Zehn lange Reihen von weißen ellipsenförmigen Behältern nahmen den größten Teil des Raumes ein. Sie waren durch Schläuche miteinander verbunden und standen auf etwa vierzig Zentimeter hohen, elegant geschwungenen Füßen. Der größte Teil von ihnen war geöffnet worden. Das Innere der Behälter war bis beinahe zum Rand mit einer gelartigen, transparenten Flüssigkeit gefüllt.

Elena erinnerten sie unwillkürlich an die Brutkästen, in denen Kulturfleisch produziert wurde. Nur waren die Behälter dort sehr viel kleiner, und soweit sie sich erinnerte, war auch die Nährflüssigkeit darin eher rötlich statt wie hier transparent.

Der Aufzug stoppte etwa einen Meter über dem Boden. Elena öffnete eines der Gitter und stieg vorsichtig herab in die neue Halle.

Das technische Summen, das sie vorhin draußen gehört hatte, musste von Akkus stammen, die wohl von an den Wänden und dem Dach des Gebäudes angebrachten Solarzellen gespeist wurden. Wahrscheinlich waren die Akkus, das Licht hier unten und der Aufzug durch Sensoren in der oberen Halle aktiviert worden. Im Gegensatz zur oberen Halle wirkte diese hier deutlich gepflegter. Sicher arbeiteten hier regelmäßig Reinigungsroboter, die Staub und Verunreinigungen entfernten und den gesammelten Unrat irgendwo in der Nähe selbstständig entsorgten.

Vom gegenüberliegenden Ende der Halle schimmerte aus dem sonst vorherrschenden sauberen Weiß ein Farbfleck hervor, der Elenas Aufmerksamkeit auf sich zog. Sie humpelte an mindestens dreißig der merkwürdigen Behälter vorüber dorthin.

Dort befand sich, was nach über drei Jahren von Ulf Thomsen übrig geblieben war.

In der automatisch gefilterten, trockenen Luft war seine Leiche mumifiziert worden. Der herabgefallene Kiefer, die eingesunkenen und vertrockneten Augen gaben in Verbindung mit den zu Strichen geschrumpften Lippen und der zu einem scharfen Schnabel vertrockneten Nase einen grausigen Anblick ab. Dennoch war Thomsen anhand seiner Dienstkleidung, der beiden Waffen und vor allem seiner legendären, vorschriftswidrig roten Kappe eindeutig zu identifizieren. Neben ihm lag seine Dienstpistole. Elena hob sie auf und überprüfte Kammer und Magazin. Eine Patrone war in der Kammer und das Magazin kaum halb gefüllt.

Einige Schritte entfernt von Thomsen lagen vier weitere mumifizierte Leichen. Zwei von ihnen trugen über ihrer praktischen, legeren Kleidung etwas, was Elena für Laborkittel hielt. Drei der vier Mumien waren weiblich.

Keine von ihnen bot angesichts ihrer totenkopfartigen Gesichter und verkrampften Knochenfinger einen Anblick, den Elena so schnell würde vergessen können. Bei ihrer oberflächlichen Untersuchung fand sie keinen Hinweis auf die Identität der Toten, aber jede Leiche verfügte über ein Kom, das sich aus Mangel an Energie schon vor Langem abgeschaltet hatte. Drei der Toten wiesen Einschusslöcher im Rücken auf. Der letzte, männliche Tote mochte mit einem Genickschuss oder einem Schuss in den Hinterkopf getötet worden sein. Um das zu klären, hätte Elena den Toten umwenden müssen, wovor sie aus einer Mischung aus Respekt, Vorsicht und Ekel zurückschreckte.

Dafür schaute sie sich nach den Patronenhülsen um, die bei der Hinrichtung hätten anfallen müssen.

Sie wurde bei ihrer Untersuchung unterbrochen, als fünf Affen aus der oberen Halle in den Aufzug sprangen und sich von dort aus zwischen den ellipsenförmigen Behältern auf sie zubewegten. Bei einem der Eindringlinge handelte es sich um den Dunklen.

Elena lud ihre Pistole durch und lehnte sich zwischen den Leichen an die Wand. Hauptsache, ich habe den Rücken frei, dachte sie.

Der Dunkle setzte sich etwa drei Meter vor ihr auf den Boden und beobachtete sie regungslos. Seine Gefährten versammelten sich hinter ihm und taten es ihrem Anführer gleich. Zwei von ihnen hatten Knüppel dabei.

»Haut ab!«, zischte Elena ihnen zu.

Die Tiere ignorierten ihre Aufforderung. Schließlich sprang der Dunkle an Elena und Thomsens Überresten vorbei zu einer der drei Metalltüren, die von dem Raum abgingen, pinkelte dagegen und schaute sie dabei unverhohlen an. Er fühlt sich hier mindestens so sicher wie im Wald, dachte Elena.

Zwar verfügte sie inzwischen über ausreichend Munition, um sich gegen die vier Tiere hier verteidigen zu können, und angesichts der Toten glaubte sie nicht, hier noch auf lebende Menschen zu stoßen, die sie mit den Schüssen hätte aufschrecken können, trotzdem fühlte es sich für sie unangemessen an, in diesem Raum zu töten. Vielleicht bin ich inzwischen ja schlicht nur emotional zu ausgelaugt, um überhaupt noch töten zu können, dachte Elena. Aber vielleicht war das auch ein Irrtum. Das Handwerk des Tötens war ihr schließlich längst in Fleisch und Blut übergegangen. Vorübergehende Zweifel vermochten Drill, Erfahrung und Instinkt nicht außer Kraft zu setzen.

Die Koms der Toten hätten jeden Zugang hier geöffnet, doch sie waren auch biometrisch geschützt und sowieso längst abgeschaltet worden. Also hoffte sie, dass eine der drei Türen, die hier herausführten, nicht verschlossen war.

Darauf bedacht, nicht in die breit gelaufene Pisse des Dunklen zu treten, bewegte sie sich zu der Metalltür. Die sich tatsächlich öffnen ließ. Dahinter lag ein Korridor, von dem mindestens ein halbes Dutzend Räume abging, deren Sicherheitstüren mit Gefahrenzeichen versehen waren und sie als *Biologische Gefahrenzone der Stufe* 5 kennzeichneten.

Auf dem Boden waren Kleidung, Schuhe und zerschlagene Instrumente verstreut. Vier der Zimmertüren standen weit offen. Bei den breiten dunkelbraunen Schlieren und Flecken, die sich zwischen den Gegenständen über den Boden hinzogen, handelte es sich eindeutig um Blut. Elena war als Jägerin erfahren genug, um zu erkennen, dass hier ein Massaker stattgefunden hatte. Bei den breiten Schlieren von Blut, die sich an den Zimmertüren vorbei bis zum Zugang zur Halle zogen, handelte es sich eindeutig um Schleifspuren, die teilweise sogar übereinander verliefen, was darauf hindeutete, dass man die Toten nacheinander nach nebenan gezogen hatte. Sie fand zwischen Kleidern und Instrumentenscherben vier Patronenhülsen vom Kaliber der Feldhüter-Dienstpistolen. Ein Hinweis darauf, dass Thomsen dieses Massaker angerichtet hatte? Immerhin lag es nicht jedem, offenbar wehrlose Frauen und Männer so kaltblütig hinzurichten, wie es hier geschehen war. Thomsen, befand Elena, wäre sicher imstande dazu gewesen. Vorausgesetzt, dass er über einen triftigen Grund dafür verfügt hätte.

Bei den geöffneten Zimmern handelte es sich um Laborräume. Eine verschlossene Tür, die links vom Ende des Korridors abging, trug die selbst erklärende Aufschrift *Zu den Wohnquartieren*. Elena hätte zwar nur zu gern einen Blick dorthinein geworfen, aber sie stellte fest, dass sie selbst mithilfe ihres Multiwerkzeugs und des Jagdmessers die verschlossenen Türen nicht zu öffnen vermochte. Dafür war die gegenüberliegende Tür offen. Hinter der eine schmale Metalltreppe lag.

Elena hatte inzwischen eine sehr konkrete Vorstellung davon, wozu die Labore gedient hatten. Und die erschien ihr so fantastisch, dass sie für einige Zeit verstört vor der Treppe verharrte und in den Korridor und zu den Laboren zurückblickte, um ihre Erkenntnis verarbeiten zu können.

Dies hier war der Ort, von dem die Affen gekommen waren. Sie wusste es, weil nicht nur die Kulturfleischproduzenten solche Nährflüssigkeitsbehälter nutzten, wie sie nebenan standen, sondern auch Pädiatrie-Kliniken, wo man extreme Frühgeburten in Inkubationsbehältern aufpäppelte, die mit transparenter Nährflüssigkeit gefüllt waren. Die stetig fallende Geburtenrate in Westeuropa hatte dazu geführt, dass Regierungen selbst in den aussichtslosesten Fällen enorme Anstrengungen unternahmen, jedes Frühchen durchzubringen. Es versetzte Elena einen Stich, ausgerechnet hier und jetzt an ihre eigene Schwangerschaft erinnert zu werden. Sie schaute zum anderen Ende des Korridors, dorthin, wo hinter der Metalltür Thomsens Leiche lag.

Er hatte bestimmt gewusst, was hier geschah. Wie sonst hätte seine Leiche hier enden können? Angesichts der Tatsache, dass die Affen von hier gekommen sein mussten, verfügte er sogar über ein – für ihn – triftiges Motiv, die Wissenschaftler oder Labortechnikerinnen zu töten. Elena erinnerte sich an Thomsens Gespräch, das sie damals zufällig am Hauptturm belauscht hatte. Ihr wurde klar, dass er dabei nicht über den weißen Wisentbullen gesprochen hatte, sondern von den Affen, von all dem hier, was immer es auch sein mochte. Und er war offensichtlich entschlossen gewesen, dem ein Ende zu machen.

Es hätte Thomsens absolut geradliniger Weltsicht durchaus entsprochen, dass er sich zum Henker aufschwang, um zu verhindern, dass von hier aus noch mehr Affen den Park verseuchten. Doch es entsprach genauso seiner Lebensphilosophie, dass er sich nach einem sechsfachen Mord selbst gerichtet hatte. Die Tatsache, dass sich bei seiner Leiche und der Pistole keine Patronenhülse befunden hatte, erklärte Elena sich damit, dass die Reinigungsroboter die Hülse längst aufgekehrt und entsorgt haben mussten.

Vor ihr lag die schmale Treppe.

Während Elena sie mühsam heraufstieg, fragte sie sich, welches Projekt es rechtfertigen mochte, im Park eine neue Spezies von Raubtieren zu etablieren, die intelligent, aggressiv und auf rudimentäre Art sogar *kultiviert* genug war, um sich dort sofort an die Spitze der Nahrungskette zu setzen.

5 Mutter März

33

Die schmale Treppe führte an der Halle mit dem glotzigen Fisch vorbei zu einem ellipsenförmigen Raum, den man auf dem Dach des Gebäudes errichtet hatte. Er bestand ganz aus Glas und Stahlstreben, war aber nicht viel mehr als zwei Meter hoch. Es roch hier so dumpf und abgestanden wie unten in der großen Halle.

Inmitten des Raumes hingen nebeneinander breite, ehemals weiße, inzwischen vergilbte Textilfetzen herab, deren Zweck sich Elena nicht anders erklären konnte, als dass sie einst als Raumteiler gedient hatten. Sie betrachtete den Stoff genauer und kam zu dem Schluss, dass er von Affenkrallen zertrennt worden war.

Seltsam, dachte sie.

Bei ihrem Eintreten hatten Sensoren an der Tür eine ganze Reihe alter Rechner und Bildschirme aktiviert, die auf zwei langen gegenüberliegenden Arbeitsplatten hinter dem Raumteiler standen. Vier der sechs Bildschirme zeigten ein unbewegliches Bild des hässlichen Fischs, einer blendete ein Eingabefenster ein, das ein Passwort verlangte, der letzte war dunkel.

Elena schenkte den Bildschirmen zunächst keine Aufmerksamkeit, denn sie wurde völlig vom Anblick einer weiteren Leiche gefangen genommen. Die befand sich auf einem ganz gewöhnlichen Bürostuhl, wie man sie in Firmenzentralen und Ämtern fand. Es musste sich um eine Frau handeln; das leitete Elena jedenfalls aus der in mürben Fetzen von der verwesten Leiche hängenden Kleidung ab. Denn von Kopf und Gesicht der Toten war nicht viel mehr als ein bizarres Geflecht aus zertrümmerten Knochen und einigen Fleischresten übrig geblieben. Bei der Toten lag ein Suhl-Karabiner vom Kaliber 30–06, dessen Geschosse durchschlagskräftig genug waren, um Wisente zu töten. Angesichts der Zerstörungen ihres Schädels und der Tatsache, dass der recht kurze Lauf der Waffe auf der Brust der Toten lag, ging Elena davon aus, dass die Frau sich die Mündung des Gewehrs unters Kinn gesetzt und dann abgedrückt hatte. Allerdings konnte sie nicht ausschließen, dass Thomsen die Frau hier oben getötet und danach die Waffe zurückgelassen hatte, um unten sein Massaker mit der Dienstpistole fortzusetzen. Das mächtige Geschoss hatte, nachdem es den Kopf der Toten zerstörte, ein Loch in die gläserne Wand gerissen, die hinter der Toten gesprungen und gesplittert, aber nicht vollends zerbrochen war.

Ein Bellen von draußen brachte Elena dazu, sich von der Toten abzuwenden und hinauszublicken. Dort war nichts weiter zu sehen als ein Stück wilder Wiese, auf der breit verstreut Wildkadaverreste lagen.

Schließlich humpelte Elena zu den Arbeitstischen zurück und überprüfte dort die Bildschirme. Sie war unschlüssig, wozu dieser Raum einst gedient haben mochte. Weil er aber – abgesehen von der etwas veralteten technischen Ausstattung – ein wenig an die Brücke in ihrem Haupttturm erinnerte, hoffte sie, hier einen Weg zu finden, mit der Außenwelt Kontakt aufzunehmen. Es erschien ihr unwahrscheinlich, dass die Labore und Brutkästen unten ohne jegliche Verbindung in die Metropole betrieben worden waren, und diese Verbindung musste irgendwie hergestellt und aufrechterhalten worden sein. Die Mauswerkzeuge zu bedienen, stellte keine Herausforderung dar, trotzdem ließ sich auf keinem der Schirme, die den Glotzfisch zeigten, ein Zugang zu Datenbanken oder Kommunikationseinheiten aktivieren. Da sie keine Ahnung hatte, welches Passwort sie in die Maske des fünften Schirms hätte eintippen sollen, konzentrierte sie sich auf den sechsten.

Sobald sie dessen Mauswerkzeug berührte, öffnete sich ein Videoprogramm, das mit einem veralteten Lichtbildübertragungssystem verbunden war, das die durch Elenas Berührung des Mauswerkzeugs aktivierten Videos auf den zerfetzten Textilraumteiler übertrug.

Was nun auf die im leichten Zug der Luftreiniger flatternden Leinwandfetzen geworfen wurde, war das Videoprotokoll einer Genetikerin namens Dr. Lara Rauschenberg, das dem digitalen Zeitstempel am unteren Bildrand zufolge einige Wochen vor Thomsens Verschwinden aufgenommen worden war.

34

Rauschenberg war eine verhärmte Frau mit dünnen grauen Haaren, vollen Lippen und einer üppigen Nase, vielleicht zwischen fünfundsiebzig und achtzig Jahren alt. Sie trug einen Laborkittel über einem knielangen hellblauen Kleid.

Elena hatte von Dr. Rauschenberg gehört. Die Frau auf der Leinwand ähnelte zwar nur entfernt den Bildern der umstrittenen Wissenschaftlerin, die Elena aus ihrer Studienzeit im Gedächtnis geblieben waren. Doch nachdem der Name erst einmal gefallen war, bestand für Elena kein Zweifel mehr, dass die Frau auf dem Video tatsächlich mit ihr identisch war. Rauschenberg wurde als die Frau berühmt, die Männer überflüssig gemacht hatte. Sie war Erfinderin einer Technologie, die es möglich machte, genetisch gesunde Kinder künstlich heranzuziehen. Zwar waren dafür weiterhin weibliche Eier nötig, aber kein männlicher Samen. Vor etwa vierzig Jahren hatten rapide fallende Geburtenraten in Westeuropa Politik und Gesellschaft aufgeschreckt. Tausende Biologen, Mediziner, Genetiker, Psychologen und Politiker suchten damals nach Möglichkeiten, die Geburtenraten zu steigern. Die meisten Projekte bezogen sich entweder darauf, die komplexen Ursachen für die so verbreitete Unfruchtbarkeit unter europäischen Männern und Frauen zu beheben oder aber die jüngeren Generationen von EU-Bürgern mithilfe von Steuernachlässen, besserer Kinderbetreuungsangebote oder süßlicher Werbekampagnen zum Kinderkriegen zu motivieren. Rauschenberg ging das Problem pragmatischer an. Viele der seinerzeit beschlossenen Regelungen und Maßnahmen waren immer noch aktiv. Eine der Konsequenzen aus der Geburtenratepanik waren die Verschärfungen der Abtreibungsgesetze, gegen die es damals großen Widerstand gegeben hatte. Neben ihren unbestreitbaren wissenschaftlichen Erfolgen war Rauschenberg damals allerdings auch als Rassistin bekannt geworden, die ganz offen zu ihren Überzeugungen stand. Nachdem sie einmal zu oft öffentlich behauptet hatte, dass Kaukasier genetisch, kulturell und in ihrem Intelligenzgrad sämtlichen übrigen menschlichen Ethnien überlegen seien, entzog man ihr die Lehrerlaubnis und schloss sie damit praktisch von jeglichen staatlichen Forschungsmitteln aus. Sie verschwand für Jahrzehnte aus der Öffentlichkeit. Elena hätte sie für tot gehalten.

Was Rauschenberg in ihren Aufzeichnung schilderte, weckte in Elena Zweifel, Erstaunen, Fassungslosigkeit, Zorn und Angst. Aber die Aussagen der Genetikerin lösten auch die meisten Rätsel, die die Affen, dieses Gebäude und den Tod ihrer Kollegen umgaben.

Die ersten drei Videoprotokolle waren ihren Zeitstempeln zufolge im Abstand von wenigen Tagen aufgenommen worden, andere jedoch deutlich später.

Elena verbrachte anderthalb Stunden damit, Rauschenbergs Videoprotokolle anzuschauen, die der altertümliche Projektor auf die mehrfach zerrissene Raumteilerleinwand warf.

Frau Doktor sprach in klaren kurzen Sätzen, die durchsetzt waren von altmodischen Anglizismen und Schimpfwörtern, die Elena kräftiger und verstörender erschienen als alle, die sie selbst je benutzt hatte. Zumal sie einer Generation entstammte, die mit dem Bewusstsein aufgewachsen war, dass Schimpfwörter besser sparsam eingesetzt und nur in den seltensten Fällen direkt gegen einen Mitmenschen gerichtet werden sollten, um Beleidigungen und Mikrotraumata zu vermeiden.

Einigen Teilen der Protokolle folgte Elena aufmerksamer als anderen, in denen sich Rauschenberg über Details ihrer Arbeit oder interne Zwistigkeiten in ihrem Kollektiv äußerte.

Zweck und Ziel des Projekts, wie Rauschenberg sie gleich im ersten Video beschrieb, empfand Elena als grotesk und schockierend. Aber an schockierenden Tatsachen boten diese Protokolle einiges. Sie waren wie ein Theaterstück oder Metaraumfilm, dessen Autoren sich bemüht hatten, ein Tabu nach dem nächsten zu brechen.

»Mein Name ist Dr. Lara Rauschenberg. Ich bin Genetikerin. Vor vierunddreißig Jahren hat meine Forschung Männer für den Fortbestand der menschlichen Spezies theoretisch überflüssig gemacht. Weil zur menschlichen Fortpflanzung bisher Samenleiter und Eierstöcke nötig waren, konnten Männer Frauen unterdrücken. Ich habe vor dreißig Jahren die Technologie entwickelt, die das geändert hat. Männer haben daraufhin meine akademische Laufbahn zerstört. Als ich bewies, dass man gesunde Embryos künstlich herstellen und bis zur Geburtsreife in Inkubatoren heranziehen kann, habe ich Männern ihre biologische Existenzberechtigung entzogen. Heute habe ich den Anfang vom Ende der Herrschaft von Männern über Frauen eingeleitet. Denn ich habe dafür gesorgt, dass männliche Individuen der Gattung *homo sapiens* aussterben werden. Ich bin Feministin aus Notwehr gegen eine von Männern beherrschte Welt.«

Elena kam Rauschenbergs Behauptung, Feministin zu sein, so absurd vor, dass sie laut auflachte.

Frau Doktor bezeichnete sich in ihrem Video als wissenschaftliche Leiterin der Blaichenstayn-Stiftung, einem über hundert Jahre alten Zusammenschluss aus konservativen

Politikern und Wirtschaftsvertretern, der aus geheimen Staatsfonds und Zuwendungen aus der Wirtschaft finanziert wurde. Man konnte den Zweck des Projekts, für das Rauschenberg vom Stiftungsrat engagiert worden war, als Erpressung und sein Motiv als Furcht zusammenfassen. Denn ihr Auftrag lautete, eine Biowaffe zu entwickeln, die ihre tödliche Wirkung gegenüber Angehörigen der in Zentral-, West-, Süd- und Ostafrika beheimateten Ethnien zwar voll entfaltete, dabei aber für alle übrigen Menschen relativ harmlos blieb.

Rauschenberg begründete den Bedarf für die Waffe mit den regelmäßigen Spannungen zwischen der EU und den Staaten der Afrikanischen Union. Nordafrika war Zentrum der Sonnenenergieproduktion, die einen der wichtigsten Pfeiler der europäischen Energieversorgung bildete. Außerdem importierte die EU aus Afrika einen großen Teil der Bodenschätze für die Industrie. Besonders die nordafrikanischen Staaten fühlten sich von den Europäern übervorteilt und drohten regelmäßig damit, ihre Energielieferungen zu drosseln, sollte die EU keine Zugeständnisse machen. Europa würde noch viele Jahrzehnte von den in gewaltigen Solarenergiefarmen produzierten Energielieferungen Nordafrikas abhängig bleiben. Der Stiftungsrat fand, es sei an der Zeit, den Afrikanern ein für alle Mal zu beweisen, wer Herr im Hause war.

Während Rauschenberg die Ziele der Stiftungsräte schilderte, dachte Elena, dass der aggressiv glotzende Fisch unten in der großen Halle ein passendes Symbol für diese Leute und deren Überzeugungen abgab. Das waren Rassisten, die sich als Konservative tarnten. Jeder von ihnen glaubte, von irgendeinem Gott oder im Namen der Tradition dazu berufen worden zu sein, die Zeit um ein paar Hundert Jahre zurückzudrehen.

Nachdem Elenas Schock darüber, dass man die Entwicklung einer solchen Waffe überhaupt in Erwägung zog, abgeklungen war, bezweifelte sie, dass es möglich sei, die überhaupt zu konstruieren. Denn die genetischen Unterschiede zwischen menschlichen Ethnien waren extrem gering. Überdies war Afrika von einer Vielzahl an Volksgruppen bewohnt, die sich nicht nur durch Kultur und Sprache stark unterschieden, sondern auch gewisse genetische und biologische Differenzen aufwiesen. Was die Optionen zur Entwicklung der Waffe stark einschränkte.

Rauschenberg hatte das nicht abgeschreckt. Nachdem die Stiftung sie engagiert und ihr ein Kollektiv begabter und ideologisch zuverlässiger Mitarbeiter zugewiesen hatte, verbrachte sie drei Jahre in einem geheimen Labor in der Metropolregion München, um die für ihr Vorhaben notwendigen Grundlagenforschungen anzugehen. Dazu entwickelte ihr Kollektiv verschiedene KIs, die dazu gedacht waren, die genetische Struktur der Waffe zu berechnen, deren Eigenschaften Rauschenberg dann anhand weiterer Simulationsprogramme überprüfen und gegebenenfalls verbessern wollte.

Sie behauptete, ihr sei schon sehr früh klar geworden, dass als Waffe nur ein Virus infrage käme und man auf ein Wirtstier angewiesen sei, um den Virus zu verbreiten. Ihre erste Wahl fiel auf Mücken. Immerhin übertrugen die bereits verschiedene tödliche Erreger und wären auch für den Einsatz in sämtlichen Regionen Afrikas geeignet gewesen. Nur existierten seit vielen Jahrzehnten Maßnahmen, um Insektenpopulationen effektiv zu dezimieren, sobald sich herausstellte, dass von ihnen Gefahr drohte. Nach Mücken fütterte Rauschenberg ihre Simulations-KI mit den Daten von Vögeln. Doch die wurden bei mehreren Simulationen aus so vielen verschiedenen Gründen als Überträger verworfen, dass Rauschenberg sie noch schneller ausschloss als die Insekten.

»Wir hatten ein halbes Jahr an die Mücken und die Vögel verschwendet und waren keinen Schritt weitergekommen«, sagte Rauschenbergs übergroßes Porträt von den leicht im Luftzug wehenden Streifen der Leinwand herab. »Mein Team optimierte die Simulationen weiter. Schon die ersten Berechnungen hatten Affen vorgeschlagen. Das hielt ich für eine Anfangspanne und ließ die Software weiter optimieren. Trotzdem schlug sie nach Mücken und Vögeln wieder Affen vor. Sie begründete das mit deren Intelligenz, Sozialverhalten, Verbreitung und Robustheit. Ich hielt Affen aber eben wegen ihres komplexen Sozialverhaltens und ihrer langen Entwicklungsphasen für ungeeignet. Weil das Programm trotzdem darauf bestand, fragte ich es nach dem einen Parameter, der den Ausschlag gab. Antwort: Instinkt. Ich forderte eine Begründung. Über Instinkte verfügen Vögel schließlich auch. Antwort: Was Affen geeigneter macht als Vögel oder Insekten, sei ihr komplexes Sozialverhalten. Ich forderte eine neue Erläuterung. Antwort: Primatenindividuen opfern sich für die Sippe auf. Das war eine fundamentale Erkenntnis. Wir hatten bisher mit einer Waffe gerechnet, die wie eine biblische Plage über Afrika hereinfiele und dort Chaos und Zerstörung anrichtete. Der Stiftungsrat wollte Afrika durch einen überwältigenden Erstschlag bezwingen können, meine Simulationen hingegen setzten auf die Wirkung von schleichender Angst. Angst wirkt bei Menschen zuverlässiger als Panik und Chaos. Angst ist ein Instinkt. Instinkte sind immer stärker und schneller als Analysen. Ich überredete den Stiftungsrat, statt auf Insekten oder Vögel auf Affen als Wirte zu setzen.«

Es waren unzählige Simulationen erforderlich, um einen ersten digitalen Prototyp der Affen zu kreieren, der sich sowohl in Statur, Intelligenz und Sozialverhalten als Überträger des genetisch abgewandelten Tollwutvirusstrangs eignete, den Rauschenberg als Waffe auserkoren hatte. »Die Austragedauer von Affen war eine Herausforderung«, erklärte sie. »Katzenmakis tragen ihre Jungen nur sechzig Tage aus. Aber sie gehören zu den kleinsten Affenspezies überhaupt und waren unbrauchbar als Wirte. Nach einem halben Jahr harter Arbeit einigten wir uns schließlich auf den Entwurf einer neuen Spezies, deren Genom aus Teilen von Menschen, Bonobo, Katzenmaki, Pavian und Schimpansen zusammengesetzt war.«

Elena hielt das Video an.

Sie wünschte, sie hätte jetzt eine Cannabiszigarette zur Hand, sogar ein Schluck frischer heißer Kaffee oder Tee würde vielleicht ausreichen – Hauptsache, irgendeine Droge, die dabei half, das Gefühls- und Gedankenchaos, das gerade in ihr herrschte, etwas herabzudimmen.

Affen und Afrika, dachte sie, das passte zusammen wie Kängurus und Australien. Sie erinnerte sich mit Schrecken daran, wie gespenstisch schnell Hassan seinen Verletzungen in der Drohne erlag und wie aggressiv und intelligent die Tiere heute Morgen gegen Nemzew und James Herbert vorgegangen waren.

Elena setzte das Video fort.

Die Testreihen, denen Rauschenberg die ersten digitalen Affengenerationen aussetzte, waren enttäuschend. Aber sie gab nicht auf. Nach drei Jahren konzentrierter Arbeit und Kosten in zweistelliger Millionenhöhe erwartete der Stiftungsrat endlich Ergebnisse. »Ich war sicher, dass der Erreger inzwischen okay war und unsere Probleme weiter nur bei den Wirten lagen«, sagte Rauschenberg. »Also führte ich eine Demonstration durch, für die ich sechs gesunde menschliche Versuchsexemplare aus vier der in Afrika vorherrschenden Ethnien verwendete. Jeweils drei männliche und drei weibliche, Alter zwischen dreiundzwanzig und fünfundvierzig Jahren. Inkubationszeit, Infektionsverlauf,

Krankheitsbilder fielen exakt so aus wie in den Simulationen prognostiziert.«

Rauschenbergs geschäftsmäßige Schilderung eines sechsfachen Mordes brachte Elena aus der Fassung. Sie überkam ein Brechreiz, der keine Ähnlichkeit mit der Morgenübelkeit hatte, die sie seit ihrer Schwangerschaft plagte. Du hast Verbrechen versprochen, und du hast geliefert, dachte sie. Hassan war demnach an Tollwut gestorben. Tollwut, das hatte etwas Mittelalterliches wie Pocken, Pest oder Cholera, die weltweit ebenfalls ausgerottet waren. Geschichte war ein Spukhaus, dachte Elena, bevölkert von den ewig zerstrittenen Gespenstern der Vergangenheit. Nicht alle waren gleichermaßen gefährlich. Aber Rauschenberg hatte eines der furchtbarsten unter ihnen geweckt. Elenas Mund war ausgetrocknet – ein Symptom von Schock. Oder Angst. Sie hielt das Video an, zog die Feldflasche aus dem Rucksack, die sie heute Morgen am Fluss gefüllt hatte, und trank gierig daraus. Dann widmete sie den sechs namenlosen Männern und Frauen einen Augenblick Stille. Es war die einzige Geste, die für sie einem Gebet zu irgendeinem Gott nahe genug kam.

Tollwut, Affen, Morde, eine skrupellose Gruppe von einflussreichen Schattenfiguren, die eine diskreditierte Wissenschaftlerin mit der Entwicklung einer Biowaffe betraut hatte, um Afrika in Angst und Schrecken zu versetzen – all das kam Elena surreal vor. Außerdem hatte Rauschenberg ihre Protokolle mit der Ankündigung begonnen, das Ende der männlichen Herrschaft über die Frauen eingeleitet zu haben. Das hätte Ausdruck von Frau Doktors eindeutig pathologischem Narzissmus und Größenwahn gewesen sein können. Nur ahnte Elena, dass unter alldem Wahnsinn dieser Frau eben auch Methode steckte und sie jedes Wort ihrer Protokolle sorgsam abgewogen hatte …

35

Rauschenberg hatte das Design von Erregern und Wirtstieren abgeschlossen und es in Zehntausenden von KI-Simulationen überprüft und optimiert. Es war an der Zeit, ihre Kreationen zum Leben zu erwecken. Was mehrere Jahre und strikte Geheimhaltung erfordern würde. Dafür war das Institut bei München ungeeignet.

Der Stiftungsrat schlug das Laborgebäude einer ehemaligen Außenstelle des Bundeslandwirtschaftsministeriums vor, das zwischen dem Geisterdorf Gernwitz und einem ehemaligen Tagebau im Kernland des mitteldeutsch-polnischen Nationalparks lag. Es hatte fast zwei Jahrzehnte gedauert, die Siedlungsreste im Park zu beseitigen, wobei man auch gar nicht alle Orte rigoros dem Erdboden gleichmachte, sondern einige der kleineren Ansiedlungen einfach Wildnis und Verfall überließ. Die Stiftung verfügte über Verbündete innerhalb der Parkverwaltung, die zusicherten, dass die Geheimhaltung beim Umbau und der späteren Versorgung der Gebäude und Wissenschaftler sichergestellt war. Das erwies sich nicht als leeres Versprechen. Denn die Kollektive der Feldhütereinheit, die für diesen Parkabschnitt zuständig waren, hatten tatsächlich bis heute nichts von der Existenz des Labors erfahren. Andererseits war das wahrscheinlich auch gar nicht so schwierig gewesen, wie man zunächst erwarten würde, dachte Elena. Dieser Parkabschnitt galt als wissenschaftlich uninteressant, war außerdem vor Wilderern sicher und erforderte deswegen nur unregelmäßige und recht oberflächliche Überwachung. Wäre

Thomsen nicht verschwunden und die Affen nicht frei gekommen, um den Park zu bevölkern, hätte Rauschenberg hier wahrscheinlich weiterhin unbehelligt ihre Arbeit fortsetzen können.

Bevor das neue Labor verfügbar war, hatte Rauschenberg bereits einen Verhaltensforscher, eine Biologin und eine Virologin engagiert, die gemeinsam mit ihr, zwei Technikern und einem Sicherheitsmann die nächste Phase des Projekts umsetzen sollten.

Von nun an bestand ihre Herausforderung darin, eine Nullgeneration Wirtsexemplare aufzuziehen und für ihren Zweck zu optimieren.

Gegen den Rat des Verhaltensforschers bestand Rauschenberg auf der Produktion von ausschließlich männlichen Tieren, die allen Simulationen zufolge robuster waren als weibliche. Was sich als Fehler erweisen sollte.

Innerhalb weniger Wochen nach Entnahme aus den Inkubationsbehältern waren die Tiere fähig, eine rudimentäre Zeichensprache zu nutzen, und zeigten ein Intelligenzniveau, das menschlichen Kleinkindern vergleichbarer Altersstufen entsprach. Trotzdem prognostizierte der Verhaltensforscher Dr. Böllner, dass das Sozialverhalten der Gruppe umkippen würde, sollte Rauschenberg nicht zusätzlich weibliche Tiere produzieren.

Die ersten Affen der Nullgeneration, die ihre Geschlechtsreife erreichten, fielen eines Morgens übereinander her und töteten sich gegenseitig. Rauschenberg trennte die verbliebenen vier Tiere voneinander und steckte sie in Käfige, wo sie jedoch Psychosen entwickelten, sich selbst verletzten und schließlich suizidierten, indem sie die Nahrungsaufnahme verweigerten. Wobei sie weiterhin in der erlernten Zeichensprache kommunizierten und offenbar berieten, wie sie erfolgreich Suizid begehen könnten. Dr. Böllner führte das Verhalten der Tiere auf ihre hohe Intelligenz und das künstlich enorm erhöhte Aggressionsniveau zurück und warf Rauschenberg vor, verantwortungslos gehandelt zu haben. Vor dem Kollektiv stellte er ihre Eignung als Projektleiterin infrage.

Der Stiftungsrat drohte daraufhin mit einem Strategiewechsel, der mit Rauschenbergs Absetzung einhergehen würde. Frau Doktor gab die Schuld am Sinneswandel des Stiftungsrates Dr. Böllner, den sie verdächtigte, sie angeschwärzt zu haben.

So begann die Produktion einer Betageneration, die sich zu fünfundachtzig Prozent aus männlichen und fünfzehn Prozent weiblichen Tieren zusammensetzte, unter großen Spannungen innerhalb des Kollektivs.

Die Betageneration wurde ein Erfolg. Die neue Generation der Tiere war robuster, aggressiver und intelligenter als die der Nullgeneration. Beim Erlernen der Zeichensprache stellte sich heraus, dass die Tiere sich gegenseitig unterrichteten und anschließend häufig und willig mit den Labormitarbeitern kommunizierten. Rauschenberg erwartete angespannt den Zeitpunkt, an dem die ersten Tiere die Geschlechtsreife erreichten. Unerwartet war dabei, dass sich die männlichen Gruppenmitglieder untypisch unterwürfig gegenüber den weiblichen Individuen verhielten. Außerdem fielen die sozialen Bindungen innerhalb der Gruppe bemerkenswert eng aus. Trennte man einzelne Individuen von den übrigen, weigerten sich sowohl die einzelnen Tiere wie auch die Gruppe, weiter mit den Menschen zu kommunizieren, und gingen so lange in Hungerstreik, bis die Gruppe wiedervereint war. Dr. Böllner behauptete, dass er das ausbügeln könne. Nach insgesamt acht Jahren und zehn Monaten hatte Rauschenberg ihr Projekt erfolgreich abgeschlossen. Sie präsentierte die Ergebnisse beim Stiftungsrat, der daraufhin die Produktion einer neuen Generation von vierzig Individuen bewilligte. Deren Herstellung dazu gedacht war, letzte Unregelmäßigkeiten im Herstellungsprozess auszumerzen.

An dieser Stelle brach das dritte Videoprotokoll ab.

Rauschenberg hatte bislang kein Wort über Thomsen verloren und auch nichts darüber angedeutet, wie die Affen in den Park entkommen waren. Angesichts all der Tiere, die sie gesehen hatten, war Elena sicher, dass sie es nicht nur mit denen der kleineren Betagruppe zu tun gehabt hatten, sondern auch mit denen aus der ersten regulären Produktionsreihe, deren geplante Herstellung Rauschenberg am Ende ihres Protokolls erwähnt hatte. Sie erschrak über sich selbst, sobald ihr bewusst wurde, dass sie eben in Begriffen wie *Herstellung* oder *Produktionsreihe* gedacht hatte.

Wer waren die Stiftungsräte, und wer hatte das Projekt im Hauptquartier heimlich unterstützt? Oberst Willms, die den Blaichenstayn-Ordner eingesehen und daraufhin eine Auseinandersetzung mit Beamten im Ministerium gehabt hatte?

Immerhin, sprang Elenas Gedankenfluss zu einem völlig anderen Aspekt, war es ein passender Charakterzug der Affen, dass sie ihre Toten auffraßen. Auch andere hoch entwickelte Waffensysteme verfügten über einen Selbstzerstörungsmodus.

36

Die folgenden Videoprotokolle fielen deutlich kürzer aus als die vorangegangenen. Zwischen ihnen und den ersten drei Aufnahmen musste einige Zeit vergangen sein, denn während Elena die Videos betrachtete, wurde sie Zeugin von Rauschenbergs innerem und äußerem Verfall.

War sie auf den ersten Videos noch zurechtgemacht wie für eine Präsentation oder einen öffentlichen Auftritt, so zeigte sie sich für die letzten und kürzesten der Aufnahmen unfrisiert, verhärmt und mit schmutziger, teilweise sogar zerrissener Kleidung. Rauschenberg wirkte darin gehetzt und verwahrlost. Statt der kurzen, aber klaren Aussagen, die die vorangegangenen Protokolle prägten, driftete sie hier häufiger ab, verlor Gedankengänge, ließ Sätze unbeendet oder unternahm Sprünge in der Zeitebene. Diese Videos verfügten auch über keinen Zeitstempel mehr. Frau Doktors wechselnder Kleidung und ihrem zunehmend verhärmten Gesicht entnahm Elena, dass die Aufnahmen in größeren Abständen angefertigt worden sein mussten. Es fiel ihr schwer, Rauschenbergs letzte Videoprotokolle in einen klaren zeitlichen Ablauf zu ordnen.

Doch so viel wurde daraus klar: Man unternahm mehrere Feldversuche mit kleinen Gruppen der Affen in Westafrika, deren Erfolg Rauschenbergs Erwartungen sogar noch übertraf.

»Die Vernichtungsrate fiel zwei Prozent höher aus als kalkuliert«, sagte Rauschenberg sichtlich wütend von der Leinwand herab. »Ich habe ihnen gegeben, was sie wollten, und ich war die Einzige, von der sie es je hätten bekommen können. Eine Kommission in Brüssel hat beschlossen, mein Projekt aufzulösen. Keiner in Brüssel hatte so viel Selbstrespekt und Mut, Verantwortung für die Waffe zu übernehmen. Sie haben angeordnet, dass das Labor vernichtet wird und danach keiner je ein Wort darüber verliert, woran ich gearbeitet habe. Konsequent wäre gewesen, mein Labor mit allem, was drin war, zu vernichten. Einschließlich mir selbst. *Vor allem* mir selbst. Politiker denken kurzfristig, die Stiftung nicht. Sie hat einige Stiftungsräte ausgewechselt, sich einen anderen Namen verliehen und weitergemacht. Der neue alte Stiftungsrat flog den größten Teil des Personals aus und ließ es so einschüchtern, dass keiner von ihnen mehr seinen eigenen Namen hätte buchstabieren können. Zuvor lieferte man der Kommission in Brüssel falsche Standortkoordinaten für das Labor. Die Kommission hat eine Militärdrohne zu einem Geisterdorf in der Lausitz geschickt und das eingeäschert. Für Brüssel hatten sich Blaichenstayn und meine Arbeit damit erledigt – was davon blieb, waren Akten in einem geheimen Archiv und ein paar Politiker, Wissenschaftler und Unternehmer, die aus Angst vor Repressalien den Mund hielten. Ich habe inzwischen mit Marie Rüschenbeck und einem Team aus zwei Mitarbeitern und einem Techniker zwei neue Generationen von Affen produziert.«

Elena erinnerte sich an einen Brand, der ungewöhnlich spät im Jahr ausgebrochen war und für den es keine offensichtliche Ursache gegeben hatte. Der war ein halbes Jahr vor Thomsens Verschwinden ausgebrochen. Oder etwas früher? Elena war nicht mehr sicher.

Das Video endete, und Elena öffnete das nächste. Es war länger, Rauschenberg wirkte darin sogar noch abgerissener als auf dem davor. Außerdem sprach sie auch schneller und zeigte sich für ihre Verhältnisse ausgesprochen emotional.

»Habe ich Marie erwähnt? Sie war meine Verbündete und Muse. Die Tochter, die ich nie gehabt habe. Sie war mutig. Und zornig. Wie zornig sie war! Ihr Zorn hat mir die Augen geöffnet. Die Neger waren nur ein Symptom. Das eigentliche Übel, an dem die Welt litt, war Testosteron.«

Scheiße, dachte Elena, sie hat das N-Wort gesagt. Ihr ganzes Leben lang hatte sie es niemanden je aussprechen hören. Es auszusprechen, war derart verpönt, dass selbst Rassisten und Neofaschisten davor zurückschreckten.

Marie Rüschenbeck, die Rauschenberg zu so untypischer Emotionalität inspirierte, war offenbar eine Medizin-Doktorandin, die sich auf Virologie spezialisiert hatte, aber in Rauschenbergs Kollektiv als einfache Technikerin anheuerte, weil man ihr im Stiftungsrat misstraute. Dort hielt man sie für ideologisch zu extrem, um ihr einen verantwortungsvolleren Posten zu überlassen. Rauschenberg setzte Marie daher anfangs auch nur für Routineaufgaben ein.

Angesichts einer weiteren begeisterten Eloge über Marie fand Elena, dass Rauschenberg sich anhörte wie ein verliebtes Schulmädchen.

An diesem Punkt brach das Video ab.

Elena öffnete das nächste.

Das schien Rauschenberg in Eile angefertigt zu haben. Vor allem aber nahm ihre Schilderung darin zunächst keinen direkten Bezug zum vorangegangenen Video, sondern begann mit einer zornigen Anklage gegen das Patriarchat.

Elena hielt das Video an und betrachtete Frau Doktors eingefrorenes Gesicht einen Moment. Warst du etwa auf Droge, als du das aufgenommen hast?, fragte sie sich und setzte das Video fort.

»Das Gerede über Gleichberechtigung ist doch bloß cleveres Framing«, sagte Rauschenberg in die Kamera. »Das war's schon immer. Dass es inzwischen vier Kanzlerinnen und fünf Kommissionspräsidentinnen gab, ein paar der größten Companys der Welt von Frauen geführt werden, keiner dir auf der Straße mehr dreckige Witze nachruft, du mit achtzehn in Europa deine *transition* auf Rezept kriegst, jede *basically* ficken darf, wie sie will, und Sexcrimes von der Justiz ernst genommen werden, beweist doch bloß, dass wir uns genug gewehrt haben, um uns notgedrungen ein paar Zugeständnisse zu machen. Aber wir leisten schon seit Tausenden von Jahren Widerstand! Und das ist alles, was es uns gebracht hat? Das Wahlrecht? Ein paar Alibiposten? Die Sexcrime-Units in der Justiz? Dass Männer auch Kinder erziehen und Frauen Fighterdrohnen fliegen und jeder Kerl auch mal die Wäsche macht und uns zum *Valentine's Day* bisschen sensibler fickt als sonst? Das ist alles? *Really?* Uns verkauft man das als Errungenschaft des Feminismus. Was für ein *fuck up!* Männer dominieren weiter die Wirtschaft. Männer bestimmen die Politik. Männer zerstören, vernichten und töten. Männer bewältigen ihre inneren Konflikte mit Gewalt. Frauen reagieren auf Konflikte mit Autoaggression. Auslöser der Mehrzahl der autoaggressiven Handlungen bei Frauen – von Männern verübte physische oder psychische Gewalt. Männer führen Kriege. Männer vergewaltigen. Männer unterdrücken. Weil Männer zu Drogensucht, Straftaten, Suizid und Prokrastination tendieren und Hemmungen haben, Konflikte gewaltfrei zu lösen, kosten sie die Gesellschaft Milliarden Euros mehr als Frauen. Und wir lassen weiter zu, dass Frauen dafür bezahlt werden, für Männer die Beine breit zu machen? *Bullshit!* Bionutten und Sexroboter existieren doch bloß, weil Soziologen und Psychologen behaupten, dass junge Männer zu Gewaltakten tendieren, wenn sie zu lange ungefickt bleiben. Und das alles basiert, worauf? Auf einer evolutionsbiologischen Ideologie, die sich ›*female choice*‹ nennt? Wirklich? *Bullshit!*«

Oha, dachte Elena, da hast du aber heftig an der Schimpfwortdichte zugelegt, Frau Doktor! Bionutten? Das war doch fast schon so verpönt wie das N-Wort.

»Frauen können immer noch bloß dann erfolgreich sein, wenn sie männliche Verhaltensweisen übernehmen. Weil ich mit einer Vagina geboren wurde, bin ich mein Leben lang von Männern benachteiligt und ausgenutzt worden. Ich musste dreimal so hart arbeiten, um an einen Punkt zu kommen, an dem ich meine Talente entfalten konnte. Aber die Welt hält Plutonium immer noch für die gefährlichste Substanz überhaupt? *Jesus!* Atomraketen vermodern seit Jahrzehnten in Bunkern. Was uns jeden Tag *abfuckt*, ist Testosteron!«

Elena lebte in derselben unvollkommenen, von Männern und Frauen bevölkerten Welt, die Rauschenberg gerade beschrieben hatte. Sie hatte denselben Zorn gespürt und mit demselben Gefühl von deprimierender Aussichtslosigkeit gekämpft wie Rauschenberg, sobald sie wieder einmal feststellte, dass sie als Frau immer noch benachteiligt war. Scheiße, dachte sie, so weit kommt's noch, dass ich mich mit dir solidarisiere, du mordendes Miststück! Trotzdem blieb ein hartnäckiger Rest von Mitgefühl in ihr, für den sie sich schämte, sobald er ihr bewusst wurde.

Endlich stellte Frau Doktor doch noch eine Verbindung zum vorangegangenen Videoprotokoll her.

»Weil die Übertragungsdichte des Erregers bei den Feldversuchen so erfolgreich verlief, war ich sicher, dass ich den Erreger weiter optimieren konnte. Marie hatte als Technikerin Zugang zu meinem Labor und meinen KIs. Ich habe nicht auf sie geachtet. Sie war da. Sie erledigte ihre Aufgaben. Sie passte sich an. Ich hatte ein zu kleines Team. *Ich hatte zu tun.* Aber meine Simulationen stockten ab und zu. Das hätten sie nicht tun sollen. Ich suchte nach dem Fehler. Ich stellte fest, dass ein Teil meiner Rechnerkapazität gehijackt wurde. Es gab ein Muster dahinter. Das deckte sich mit Maries Arbeit im Labor. Ich stellte Marie zur Rede. Sie gab alles zu. Sie war eine Sister. Die Sisters hatten die Stiftung unterwandert und dafür gesorgt, dass Marie eingestellt wurde. Die Sisters wussten von Anfang an von meinem Projekt. Aber ihnen waren Kaffer egal. Ich habe die Sisters ja immer für einen Verein von harmlos treublöden Abstinenzlerinnen gehalten. Aber sie waren radikaler als ich. Sie hatten erkannt, dass die Kaffer bloß ein Symptom waren. Aber nicht die Ursache. Testosteron war die gefährlichste Substanz auf dem Planeten. Punkt. Ich wusste es. Ich hatte mein Leben lang darunter zu leiden gehabt. Aber die Sisters zogen daraus die angemessenen Konsequenzen. Marie war so *amazing*. Eigentlich ist ihre Generation so un-*fucking*-fassbar naiv. Die glaubt, dass die Zukunft nur für sie und ihre Brut existiert, und hat verdrängt, dass Zukunft immer erkämpft werden musste. Sie begriffen einfach nicht, dass sie genauso von ihrer Hormonchemie und dem Patriarchat irregeführt wurden wie alle vor ihnen. Außerdem waren Maries KI-Simulationen gut. Ihr Erregerdesign fiel solide aus. Mein Design dockte an der höheren Hautpigmentdichte bei den Kaffern an. Ihr Design nutzte männliche Pheromone. Ich gab ihr mein Okay. Einfach so. Dann ordnete ich an, dass sie mit keinem darüber sprach, und gab ihr die Zugänge zu allen KIs im Labor. *That's it.* Keine Fanfaren. Wir hatten beschlossen, die Welt zu verändern. Sie produzierte ihren Erreger. Ich passte das Design der neuesten Wirtsgeneration entsprechend an.«

Elena schaute fassungslos auf Rauschenbergs zerrissenes, übergroßes Gesicht auf der Leinwand. Sie fühlte sich ausgelaugt und überfordert von dem, was sie eben gehört hatte. Sie konnte nicht fassen, dass Oberst Willms' pastellfarbener Kult von Selbstoptimierungsanhängerinnen, Esoterikerinnen und vermeintlichen Buddhistinnen es fertiggebracht haben sollte, eine ihrer Anhängerinnen in Rauschenbergs Kollektiv einzuschleusen.

Andererseits besetzte Willms auch im Feldhüterhauptquartier die passende Position, um dafür zu sorgen, dass Rauschenbergs Labor unbehelligt blieb.

Du verlogene Krähe, dachte Elena zornig. Mir fehlt also die charakterliche Reife für den Posten der Leiterin des Kollektivs im dritten Hauptturm? Gar nichts fehlt mir! Im Gegenteil. Du hattest Angst davor, dass ich hinter dein dreckiges Geheimnis kommen könnte. Und zwar schon deswegen, weil ich eine Frau bin und deshalb doppelt so hart und gründlich arbeite wie jeder Mann in meinem Kollektiv. War doch nur eine Frage der Zeit, bis ich auf das Monster stoßen würde, das du hier versteckst.

Hassan, Nemzew, James Herbert waren Männer gewesen. Die Affen hatten sie angegriffen und getötet. Wohingegen die Tiere bei mindestens drei Gelegenheiten in den letzten achtundvierzig Stunden davor zurückscheuten, Elena ebenfalls zu töten. Rauschenberg hatte behauptet, dass die Wirtstiere auf männliche Pheromone reagierten. Drei verschwitzte, verängstigte und zornige Männer, die in ihrem Revier auftauchten, müssen den Affen wie ein Festmahl vorgekommen sein, dachte Elena. Und begriff dabei, dass Rauschenbergs Waffe *funktionierte*.

Eine Welt ohne Männer, ist das überhaupt vorstellbar?, fragte sie sich eingeschüchtert von der Tragweite einer solchen Vision. Trotzdem war das Erste, was ihr in den Sinn kam, als sie unwillkürlich begann, sich eine Welt ohne Männer auszumalen: Erleichterung.

Ohne Männer wäre das Leben langsamer. Es wäre auch weniger chaotisch.

All das Doppeldenk, das frau unbewusst betrieb, um ihren Alltag in einer von Männern und männlichen Strukturen geprägten Welt zu meistern, wäre überflüssig.

Die Gefängnisse, Krankenhäuser und Psychiatrischen Anstalten wären mit Sicherheit entlastet. Das Potenzial, das allein dort frei werden würde! Atemberaubend.

Und dann wäre frau endlich auch die ständige Angst los, mit der sie auf eine Straße, in einen Aufzug, eine Busdrohne, einen Zug oder einfach nur in irgendeinen Raum trat, in dem sich Männer aufhielten. Bisher konnte sie dabei nie wirklich sicher sein, ob ihr da vielleicht Gefahr drohte. Diese Angst, dachte Elena verblüfft, war so tief in uns verankert, dass es Generationen brauchen würde, um sie zu überwinden. Aber sobald Männer aus dem Spiel waren, wäre ein Anfang gemacht.

Und, o Scheiße, frau müsste sich in dieser neuen Welt nicht mehr ständig überall derart beweisen. Der Druck, einem verdrehten und sich ständig verändernden Bild von irgendwie sanfter und anpassungsfähiger Weiblichkeit zu entsprechen, während frau zugleich männlich aggressiv handeln musste, um in einer von männlichen Werten geprägten Welt mithalten zu können, wäre dann auch obsolet geworden. Und, wie toll, keine Frau wäre mehr genötigt, Titten-, Bein-, Lippen-, Mösen- und Arschidealen entsprechen zu müssen, um sich dadurch wenigstens einige Vorteile im Karriere- oder Partnerwahlhamsterrad zu verschaffen! Bestimmt würde auch die Neigung zur Vereinzelung, die so viel emotionalen Kummer unter Frauen verursachte, aufhören. Wenn männlich geprägte weibliche Schönheitsideale gar keine oder wenigstens eine kleinere Rolle spielten, war es egal, ob du fett, klein, verzagt oder unsicherer warst als andere Frauen – die Schwelle, über die du springen müsstest, um in einer reinen Frauengruppe akzeptiert zu werden, wäre plötzlich so viel kleiner. Überhaupt wäre eine Welt ohne Männer *biegsamer* als jetzt, da sie von einer angeblich geradlinigen Rationalität bestimmt war, hinter der sich letztendlich aber doch nur verschiedene Arten von irrational provozierten Schwanzvergleichsspielchen verbargen.

O Scheiße, zum dritten oder vierten Mal rasten ihre Gedanken weiter: keine Barthaare mehr im Waschbecken und keine offen stehenden Klodeckel mehr! Und Verhütung! Verhütung hätte sich erledigt. Nix mehr mit medikamentöser Hormondressur weiblicher Körper! Abtreibung wäre als Thema auch endgültig vom Tisch! Brauchte frau wirklich Bioschwänze, um glücklich zu sein? Vor allem, wenn mit denen ja immer komplette Männer verbunden waren und es programmierbare männliche Sexpuppen gab, die frau ausschalten konnte, wann immer sie wollte oder musste?!

Elena kam sich auf eine angenehme Art und Weise verstört vor. Sie musterte Rauschenbergs Gesicht auf der Leinwand, das zwar verhärmt und eindeutig ungepflegt wirkte, aber auch eine Art subtiler Zufriedenheit ausstrahlte, die sie bei Frau Doktor niemals zu sehen erwartet hätte.

Ihr eigentümlich von Überraschung, Erleichterung und einer unterschwelligen Scham unterlaufenes Hochgefühl verflog allerdings, sobald ihr nach den Vorteilen auch der Preis dieser Welt ohne Männer klar wurde.

Evolution war effektiv, dachte Elena, und sie scheute vor allem Überflüssigen zurück. Männer erfüllten einen Zweck innerhalb der Evolution. Sie hatten die Zivilisation ebenso vorangetrieben wie Frauen – auch wenn das überwiegend auf deren Kosten geschah, war die Welt, in der sie jetzt lebten, das Ergebnis einer Entwicklung, die von beiden Geschlechtern vorangetrieben worden war. Und trotz aller furchtbaren Unzulänglichkeiten, die sie enthielt, war es eine bessere Welt als die ihrer Vorfahren. Denn sie war gerechter. Wenn auch bei Weitem noch nicht gerecht genug. Trotzdem war die Entwicklung zum Positiven, die sie genommen hatte, nicht zu verleugnen. Außerdem unterlag

Frau Doktors Zukunftsvision einer Bedingung, über die sie bisher kein Wort verloren hatte. Denn ihre Umsetzung setzte milliardenfachen Mord voraus. Sie würde Konflikte, Gewalt, Schrecken und Chaos erzeugen, denen weitere Millionen oder Milliarden Menschen zum Opfer fallen mussten. Auch Frauen. Auch Kinder. Verbrechen eigneten sich nicht zur Grundlage einer neuen Weltordnung. Je gewaltiger sie ausfielen, umso hartnäckiger verfolgten sie jeden, der sie beging oder von ihnen profitierte. Davon war Elena überzeugt.

Sie überwand sich, das Videoprotokoll wieder zu aktivieren. Ihr war schwindelig, und sie hatte zunächst Schwierigkeiten, sich auf die Worte zu konzentrieren.

Rauschenberg hatte das Argument gegen milliardenfachen Mord an der eigenen Spezies vorausgeahnt und konterte es auf eine atemberaubend bizarre Weise. »Ich werde nicht akzeptieren, dass man … nein! … dass frau uns eines Tages vorwerfen wird, wir seien Mörderinnen gewesen! Seit Anbeginn der Zeit haben sich Menschengruppen gegenseitig ausgerottet. Unsere Spezies hat sich so lange enorm erfolgreich gegenseitig abgeschlachtet, dass wir einen ganzen, seit Jahrhunderten blühenden Zweig der Entertainmentindustrie damit befüllt haben, die Erinnerungen daran aufrechtzuerhalten. Hunderte Museen, Millionen von Webmovies, Zillionen an Newsartikeln, Büchern und Texten sind mit Beschreibungen davon gefüllt worden. Worauf läuft das *at the end of the day* hinaus? Dass wir mit jedem Massaker, jedem Krieg, jedem Völkermord, jedem *ethnic cleansing* irgendwo am Ende der zivilisierten Welt besser darin geworden sind, uns auf einem industriellen Level gegenseitig hinzumetzeln. Marie und ich, wir haben dieses Prinzip nur konsequent weitergeführt. Das ist alles!«

Elenas Kopf fühlte sich an, als wäre sie damit in ein Karussell geraten.

Frau Doktor setzte ihr Protokoll damit fort, zu schildern, wie begeistert sie sich mit Maries Auftraggeberinnen über das neue Ziel des Projektes geeinigt hatte. Woraufhin die Sisterhood offenbar die Stiftungsräte beseitigte oder kaltstellte und deren Projekt ganz und gar vereinnahmte. Der genaue Ablauf dieses Manövers war aus Rauschenbergs vagen Angaben nicht zu entnehmen. Der größte Teil ihrer Worte flog sowieso an Elena vorüber, ohne mehr darzustellen als bloße Geräusche, die aus einem Lautsprecher drangen. Nur an einem Punkt horchte sie aufmerksamer auf. Das war, als sie andeutete, dass ihre neuen Auftraggeberinnen sie vor einem hartnäckigen Feldhüter warnten, der besessen sei vom Abschuss eines seltenen Wisents und zu Eigenmächtigkeiten neigte.

Kein Zweifel, dass Rauschenberg von Ulf Thomsen sprach. Aber sie erwähnte eben nur das und verlor kein Wort über seinen Tod.

Dafür berichtete sie, dass die Sisters, ähnlich wie der Stiftungsrat und jene Beamten in Brüssel, zögerten, die Waffe, die Rauschenberg und Marie ihnen schließlich lieferten, auch einzusetzen. Denn sie wiesen Rauschenberg an, ihr Projekt zwar bis zur Massenproduktionsreife zu bringen, aber dann das Labor zu schließen und sämtliche Daten und Einrichtungen darin zu vernichten, nachdem sie die Technologien, Simulationen und Produktionsablaufschemata kopiert und in eine sichere Datenbank der Sisters übertragen hatte.

Die Sisters hatten jedoch nicht mit Marie Rüschenbeck gerechnet. Denn die schlug Rauschenberg vor, mehr Wirtstiere zu schaffen als ursprünglich geplant, die Datenübertragung hinauszuzögern und die Sisterhood mithilfe einiger technischer Kniffe und Lügen hinzuhalten, bis frau schließlich hier so weit war, die Affen eigenmächtig freizusetzen. Woraufhin Marie und Rauschenberg alles Personal hier im Labor töten und sich zuletzt gegenseitig erschießen wollten.

»Keine Verzögerungen mehr. Keine Politik. Keine Versprechen. Sondern Fakten schaffen«, lauteten Frau Doktors letzte Worte in die Kamera. Ihr Bild auf der Leinwand erlosch. Womöglich existierten irgendwo noch mehr Videoprotokolle. Elena suchte allerdings nicht danach. Sie hatte gehört, was es zu hören, und gesehen, was es hier zu sehen gab. Es war haarsträubend und gefährlich genug, und es hatte sie in einen Zustand jenseits von Empörung oder gewöhnlicher Furcht versetzt. Sie blickte sich zu der Leiche auf dem Stuhl um. »Was ist mit Sex, du Pute? Machen wir es uns in deiner schönen neuen Scheißwelt alle selbst? Oder gibt's dann einen Lesbenzwang?«, flüsterte sie der Toten zu. »Ich habe mehr guten Sex als miesen gehabt in meinem Leben, und wenn du für Sex keinen Nerv oder keine Ahnung davon gehabt hast, dann ist das nicht mein Problem! Und das ist auch nicht das Problem aller anderen, denen du Sex vorenthalten willst!«

Elena wandte sich ab und ging an der Toten im Stuhl vorbei zur Tür, blieb plötzlich stehen, dachte an Amir, an seine Hand auf ihrem Bauch, die ihr damals für einige Momente eine seltene Form rigoroser Selbstgewissheit vermittelt und in ihr den vorübergehenden Tagtraum einer gedeckt bunten Zukunft geweckt hatte.

»Ich hoffe, dass es Thomsen war, der dir den Kopf weggeschossen hat!«, sagte sie schließlich sehr klar und laut aus der Tiefe ihres Herzens und ihrer Seele heraus. Es war eine leere und gewissermaßen lächerliche Geste. Aber Elena war das gleich. Sie bedauerte zum ersten Mal in ihrem Leben überhaupt, dass sie nicht an ein Jenseits glaubte. Denn hätte Rauschenberg über eine unsterbliche Seele verfügt, die an irgendeinem mythischen Ort weiterexistierte, dann hätte diese Seele jetzt den allumfassenden, brennenden Zorn spüren müssen, der in Elena aufbrandete. Und was immer dann von Rauschenbergs Seele noch vorhanden gewesen wäre, hätte über diesen Zorn erschrecken müssen.

37

Eine Reihe von hohen Belllauten, die plötzlich von der Wiese neben dem Laborgebäude heraufdrangen, brachte Elena dazu, sich von der Toten abzuwenden.

Zwei Affen waren auf das Dach gesprungen und glotzten sie durch die Glasscheiben kalt an.

Auf der Wiese entspann sich ein eindrucksvolles Schauspiel. Dort hatten sich mindestens sechzig Affen versammelt, die sich in Alter, Größe, Fellzeichnung und Haltung zwar unterschieden, aber dennoch zweifellos alle Rauschenbergs Inkubationsbehältern und KI-Simulationen entsprungen waren. Eine Gruppe der körperlich mächtigsten Tiere, darunter der Dunkle, der Elena den ganzen Tag verfolgt hatte, schleifte drei gerissene Rehe, eine Wildsau und das, was Elena für einen Wolfskadaver hielt, am Laborgebäude vorbei zu einem Flecken im Zentrum der Wiese. Dort zeigte sich bloße dunkle Erde, schwer, fettig und fruchtbar. Jeglicher Bewuchs dort war schon vor Langem durch Affenfüße weggetrampelt worden. Der Fleck war übersät von den Kadavern, Karkassen und verrottenden Skeletten alter Beuterisse.

Das trockene Bellen der Tiere schwoll stetig weiter an, bis es von einer Reihe der höheren bellenden Laute beantwortet wurde, die Elena eben zu der gläsernen Wand hatten herumfahren lassen.

Durch das trockene, dichte Gras am Rande des Buchenwaldes, der die Wiese nach Osten hin begrenzte, näherten sich vier Affen. Ihr Fell war hellgrau und schwarz geflammt, die Bewegungen wirkten zielstrebig. Als sie am Rand des von Beutestücken übersäten Fleckens dunkler Erde verharrten, vollführte das kleinste der Tiere eine Abfolge von Gesten, auf die keines der übrigen, dicht aneinander stehenden Tiere reagierte. Begleitet von anfeuerndem Bellen, begannen die vier hellgrau-schwarz geflammten Affen ihr Mahl. Sie waren weiblich, und angesichts des Respekts, den ihnen ihre männlichen Artgenossen entgegenbrachten, dominierten sie die Gruppe.

Elena humpelte die Treppe herab, um die Suche nach der Kommunikationseinheit des Labors wiederaufzunehmen. Sie vermutete, dass die sich nicht in der Nähe der mit gefährlichen Substanzen gefüllten Biolabore befand, sondern eher in einem der Räume, die von der Produktionshalle mit den Inkubatoren abging.

Einen Moment fragte sie sich, welche der Leichen hier die von Marie Rüschenbeck war. Sie beschloss, keine Zeit damit zu verschwenden, sich nach ihr umzuschauen. Was hätte es auch schon zu sehen gegeben? Nichts. Rüschenbecks Leiche war eine Leiche wie die übrigen auch.

Weil sie inzwischen sicher war, hier der einzige lebende Mensch zu sein, nahm sie keine Rücksicht mehr und feuerte nacheinander auf die Schlösser der drei verschlossenen Türen, die sie in der Halle entdeckte. Hinter der letzten fand sie, was sie gesucht hatte. Das mussten die Arbeitsräume von Technikern gewesen sein, die damit betraut gewesen waren, Inkubatoren und Haustechnik zu überwachen. In einem Teil des Raumes befand sich ein Kommunikationsarbeitsplatz der vorletzten Generation. Er war zerstört. Elena bezweifelte, dass Affen dabei am Werk gewesen waren. Die zerstörten Geräte wirkten, als hätte man sie mit einem großen Kaliber in Stücke geschossen.

Es war zwar nicht ausgeschlossen, dass das Gebäude über eine zweite, kleinere Kommunikationseinheit verfügte, aber wenn es so war, dann bezweifelte Elena, dass sie die in einem besseren Zustand vorfinden würde als diese hier.

Inzwischen war es 14:12 Uhr nachmittags. Ihr blieben dreieinhalb Stunden bis zur Dämmerung. Laut der Karte auf dem Kom standen ihr zweieinhalb Kilometer Marsch bis zum Tagebau, der Förderbrücke und dem Umsetzer bevor. An Rauschenbergs Stelle hätte sie den Umsetzer längst unbrauchbar gemacht. Aber auch Frau Doktor machte Fehler.

Sie fand einen Steuerschalter für den Aufzug und fuhr zu der großen Halle herauf, wo sie von dem glotzenden Fisch erwartet wurde. Elena schoss ihm zweimal ins groteske Gesicht. Einerseits tat sie es, weil ihr einfach danach zumute gewesen war und sie inzwischen genug Munition dafür hatte. Andererseits hoffte sie, dass es ihr helfen würde, dem in ihr tobenden Zorn etwas entgegenzusetzen. In dieser Beziehung fiel der Erfolg nur mäßig aus.

Immerhin hatte sie das Glotzen des Fisches auf zwei tiefe und scharfe Löcher in seinem Gesicht reduziert. Sie schaute einige Zeit auf den augenlosen Fisch, hörte den Geräuschen des Affenfestmahls draußen auf der Wiese zu und dachte an die unbekannten Männer und Frauen, die Rauschenberg bei ihren Versuchen ermordet hatte.

Falls ihre Scheißaffen mich doch noch töten sollten, dachte sie, bleibt mir wenigstens das bisschen Trost, dass dem Hauptquartier angesichts von dann vier verschollenen Feldhütern nun wirklich nichts anderes übrig bleibt, als eine gründliche Such- und Rettungsoperation einzuleiten.

Elena trat über die feinen Splitter und den Staub, zu denen ihre Schüsse das Fischgesicht reduziert hatten, hinaus ins weiche Licht des Nachmittags.

Der Verwesungsgestank erschien ihr stechender. Sie zog den Kragen ihrer Uniformjacke über Nase und Mund.

Der Himmel über den Baumkronen wirkte sauber wie

ein Bergsee, auf den man von einer Uferklippe herabschaute, aber von dem dennoch anzunehmen war, dass sich daraus jederzeit urzeitliche Drachen und Ungeheuer erheben könnten, gegen die kein Kraut gewachsen war und deren einziger Lebenszweck darin bestand, Furcht und Schrecken zu verbreiten. Die Welt war nicht mehr dieselbe, seit sie Rauschenbergs Protokolle gesehen und das Ritual auf der Wiese beobachtet hatte. Vielleicht war die Welt aber immer schon gefährlicher, größer, fantastischer und beklemmender gewesen, als sie bisher je zu vermuten gewagt hätte. Vielleicht stand sie aber auch nur seit heute kopf.

38

Elena humpelte um das Laborgebäude herum. Sie wollte das Mahl der Affen nicht unterbrechen und hoffte, hier auf einen Weg durch den Wald zu stoßen, der den Laborkomplex von dem Tagebau mit der Förderbrücke trennte. Hier fanden sich kaum Kadaverreste, und die wenigen, die sie zwischen Gras und verblichenen Farnen entdeckte, wirkten so bizarr verformt wie einige der Schädel und Knochen, die sie heute Mittag am Rande des Weges zum Laborgebäude gesehen hatte. Rauschenbergs Kollektiv hatte sich wohl keine besondere Mühe bei der Entsorgung ihrer fehlerhaften Wirtstierkreationen gemacht und sie einfach hier draußen Wind, Wetter, Würmern, Füchsen und Krähen überlassen.

Ein alter Flachbau, kleiner und heruntergekommener als das Hauptgebäude, erhob sich rechts von ihr zwischen Wiesenrand und Wald. Wahrscheinlich hatte er als Unterkunft für Besucher, Techniker oder Sicherheitspersonal gedient. Sie zögerte, auf den Bau zuzugehen, weil sie fürchtete, dort auf noch mehr Leichen zu stoßen. Inzwischen drängte außerdem die Zeit. Vielleicht fand sie aber dort eine Kommunikationseinheit. Der Umweg würde sie nicht mehr als ein paar Minuten kosten, und die Tür stand einen Spaltbreit offen.

Das typische Bellen der männlichen Affen, unterbrochen durch eine Abfolge von helleren Lauten der weiblichen Tiere, ertönte von der Wiese auf der anderen Seite des Laborgebäudes.

Nur weg hier, dachte Elena, solange die Affen noch mit sich selbst beschäftigt sind.

Sie humpelte hastig auf den Flachbau zu. Auf dessen Dach sich eine Gestalt erhob und eine großkalibrige Selbstladebüchse auf sie richtete.

»Das ist eine Drei-Null-Acht. Bevor du deine Haenel schussbereit hast, klebt dein Kopf an meinem Labor!«

»Scheiße!«, rief Elena und streckte die Arme seitlich vom Körper ab.

»Scheiße trifft's nicht«, antwortete die abgemagerte Frau in dem Tarnfleckmantel. Auch wenn sie ihr dünnes graues Haar unter einer Kapuze verborgen hatte, die einen Teil ihrer Stirn überschatte, und noch verwahrloster und abgemagerter wirkte als auf dem letzten Videoprotokoll, bestand kein Zweifel, dass es sich um Lara Rauschenberg handelte.

Elena wies vorsichtig zu dem Laborgebäude, ohne ihre Gegnerin aus den Augen zu lassen. »Wer sitzt dort ohne Kopf in Ihrem Büro, Doktor?«

»Marie«, antwortete Rauschenberg vom Dach.

»Ah«, sagte Elena, deren Kopf sich leer anfühlte und die sicher war, dass sie mit dem verletzten Bein nicht allzu lange hier so regungslos stehen konnte.

»Ich habe Ihre Videoprotokolle gesehen.«

»Ja. Hätte nicht erwartet, dass die Technik noch läuft. Aber *c'est la vie*, nehme ich an.«

»Ich bin Feldhüterleutnantin Elena Mikoyan, Kollektivleiterin des zweiten Hauptturms im mitteldeutsch-polnischen Nationalpark«, stellte sie sich vor, weil ihr nichts Besseres einfiel.

»Der andere vor drei Jahren ist auch allein gekommen. Hat ihm nichts genützt. War angeblich auf der Suche nach einem weißen Wisentbullen. Ich hab ihm in den Kopf geschossen.«

»Mein Vorgänger, Leutnant Ulf Thomsen? Ja, ich habe ihn dort gefunden.«

»Und? Auch auf der Jagd nach Wisenten?«

»Affen. Meine Kameraden sind bei unserer Drohne. Müssten jeden Augenblick hier sein«, log Elena.

»*Nice try*. Aber ich hab dich heute Mittag mit dem Fernglas allein auf dem Landeplatz gesehen. Du bist verletzt, hm?«

»Ja. Ist es in Ordnung, wenn ich mich setze?«

»Langsam.«

Elena setzte sich sehr vorsichtig ins Gras. Ich hab von hier zwar einen schlechteren Schusswinkel, dachte sie, aber ich kann immer noch ausweichen und die Pistole ziehen, wäre knapp, aber machbar. Elena war fünfzig Jahre jünger als Rauschenberg und rechnete damit, dass sie sogar dann noch schneller feuern könnte, wenn die Alte ihren Finger bereits am Abzug hielt.

»Ich hab heute Morgen Schüsse gehört. Müssen vom Fluss gekommen sein. Warst du das?«

»Ja.«

»Ah.«

Elena streckte die Beine etwas weiter aus, weil sie hoffte, so besseren Zugriff auf ihre Pistole zu haben, sobald das nötig wurde. Wobei sich die Frage, *ob* es nötig wurde, gar nicht erst stellte. Nicht mehr nach dem, was sie hier gesehen und gehört hatte.

»Was jetzt?«

»Weiß nicht. Kriege hier so selten Besuch.«

»Tja.«

»Hm.«

»Ich frage mich, weshalb die Sisterhood nach Ulfs Tod nicht jemanden geschickt hat, um hier klar Schiff zu machen.«

»Weil die von mir pünktlich mit gefakten Reports gefüttert werden und glauben, hier sei alles okay. Ich nehme auch jeden zweiten Mittwoch die Versorgungsdrohne in Empfang. Ich hab so viel Material und Army Rations, ich hab selber kaum noch Platz in meinem Haus.«

»Ihre Sicherungssysteme versagen. Ich habe eine unserer Schwalben draußen gefunden. Die ist abgestürzt, weil ihr Richtsignal Murks war, und die gefälschten Daten, die sie gesendet hat, werden auch mal auffallen. Bloß noch eine Frage der Zeit, bis hier eines unserer Kommandos erscheint. Wahrscheinlich werden die Sie einfach erschießen.«

Rauschenberg trat einen Schritt zum Dachrand hin. Was sie schnell tat und ohne dabei die Büchse zu senken. »Mir egal. Mein Job ist getan.«

»Die werden auch die Affen einfangen oder abschießen. Ich würde sagen, Sie haben es rundum verkackt, Frau Doktor!«, entgegnete Elena und hoffte dabei, dass es ihr gelänge, Rauschenberg zu verunsichern. Immerhin musste sie über achtzig sein. Angesichts einer durchschnittlichen Lebenserwartung unter Europäerinnen von vierundneunzig Jahren starb frau in dem Alter zwar noch nicht, doch sämtlichen Errungenschaften der zeitgenössischen Medizin und Pharmaindustrie zum Trotz ließen da trotzdem Aufmerksamkeitsspanne und körperliche Ausdauer nach.

Rauschenberg überging Elenas Provokation, und sie wankte und wich auch nicht. »Verheiratet?«, fragte sie.

»Komische Frage.«

»Na und? Verheiratet?«

»Nein. Aber schwanger. Falls das irgendeinen Unterschied macht.«

»Absichtlich?«

Elena schüttelte den Kopf. »Missgeschick.«

»Ah. Bist du eine von den *Sisters?*«

»Nein!«, antwortete Elena schnell und erschrocken darüber, dass Rauschenberg auf die Idee gekommen war, sie für eine von denen zu halten.

»Gut.«

»Haben Sie Ihre Kollegen getötet, Dr. Rauschenberg?«, fragte Elena.

»Ich habe achteinhalb Jahre hier draußen verbracht und mir Paranoia zugezogen, weil jederzeit eines unserer Überwachungsschutzsysteme ausfallen und ein paar von euch hier auftauchen könnten. Ich kenne eure Dienstvorschriften auswendig. Für Offiziersrang musst du Akademikerin sein.«

»Bioökologin«, antwortete Elena.

»Hm, nichts Halbes und nichts Ganzes, was?«

»Hängt davon ab, wen man fragt. Mir reicht es. Ich wollte in den Park. Schon immer.«

»Romantikerin? *Jesus!*«

»Sie ignorieren meine Frage, Doktor! Wer hat die Leute in der Produktionshalle umgebracht?«

»Wer, wer, wer ...«, äffte Rauschenberg sie nach und war dabei zum ersten Mal so mit sich selbst beschäftigt, dass Elena es wagte, ihre Hand sehr langsam am Koppel entlang zur Pistolentasche gleiten zu lassen.

»Ich! Einen hat auch Marie erwischt. Den Feldhüter hab ich erledigt, als er auf einmal hier reinschneite.«

Die ist nicht nur paranoid, sondern dement und völlig verrückt, dachte Elena.

»Welcher Monat?«

»Wie?«

»Schwangerschaft!«

»Dritter.«

»Ah!«

»Ja. Kann sein, dass Testosteron gefährlicher ist als Plutonium, aber Östrogen ist auch nicht immer die reine Freude. Mir macht das gerade ziemlich Gehirnfasching. Und vorm

Zähneputzen erst mal ausgiebig kotzen zu müssen, weil frau einen Parasiten ausbrütet, ist auch unangenehm.«

»Du hoffst, dass ich Rücksicht nehme, bloß weil du schwanger bist?«, fragte Rauschenberg.

»Eigentlich hoffe ich, dass Sie mir sagen, wo ich Ihre Kommunikationseinheit finde, damit ich meine Kameraden rufen kann und hier herausgeholt werde«, antwortete Elena durchaus wahrheitsgemäß.

»Passiert nicht, Mädchen!«

»Hm, schade.«

»Du kannst dir aussuchen, ob ich dir ins Gesicht oder in die Brust schieße.«

»Brustschuss macht später die Identifizierung leichter, was?«

»Bei dem Kaliber muss ich gar nicht voll ins Schwarze treffen. Da bietet sich Brust sowieso an.«

Elenas Finger schlossen sich in dem Moment um den Pistolengriff, als drei der weiblichen Affen über das Dach des Laborgebäudes hinweg auf einen Baum und von dort aus weiter auf den Flachbau sprangen. Wo allerdings nur eines der Tiere neben Rauschenberg blieb, während die übrigen auf die Wiese herabsetzten. Sie schnürten auf Elena zu, aber blieben einige Meter vor ihr stehen und schauten sie aufmerksam an. Sie schienen offener, neugieriger und intelligenter zu sein als die männlichen Tiere. Aber vielleicht bildete Elena sich das auch nur ein.

»Ihre Affen haben zwei meiner Kameraden getötet«, sagte Elena über die Köpfe der Weibchen hinweg zu Rauschenberg.

»Kollegen? Also männlich? Danke. Gut zu wissen.«

Ich kann in dieser Stellung nicht auf sie feuern, ohne dabei wahrscheinlich auch einen der Affen zu treffen, aber das lenkt die Flugbahn meines Geschosses ab, und ich treffe Frau Doktor wahrscheinlich nicht so sauber, um sie außer

Gefecht zu setzen, dachte Elena wütend. Scheiße, diese paranoide Krähe kann von ihrem Dach aus über die Affen hinweg schießen und wird sicher jeden Moment abdrücken.

In dem Schweigen, das entstand, fragte Elena sich, *wie* verrückt Rauschenberg nach all der Zeit allein hier draußen zwischen Affen, Ruinen, Leichen und der Förderbrücke geworden sei. Trotz der regelmäßigen Drohne aus der Metropole fiel die Versorgung mit Demenzmedikamenten hier sicher unzulänglich aus. Aber in Rauschenbergs Alter sollte man die schon regelmäßig nehmen, um sich seine Zurechnungsfähigkeit zu erhalten.

»Glotz nicht so!«, fuhr die abgemagerte alte Frau sie vom Dachrand aus an.

Elena umklammerte den Griff ihrer Dienstpistole.

»Haben Sie Marie erschossen?«

»Nein! Und du glotzt immer noch!«

»Na und?«, rief Elena, zog ihre Waffe, richtete sie auf Rauschenberg und feuerte. Ihr Geschoss riss zwar einen großen Fetzen Tarnfarbmantel aus Rauschenbergs Schulter und warf die alte Frau zu Boden, doch sie hatte dabei ihre Büchse erstaunlicherweise nicht fallen lassen, sondern feuerte geistesgegenwärtig zurück, sowie sie auf dem Dach aufschlug.

Elena hatte sich nach ihrem Schuss nach links fallen lassen und so ihren Oberkörper hinter den beiden Affenweibchen auf der Wiese in Deckung gebracht. Rauschenbergs Geschoss fuhr zwischen den beiden Affen in den Boden.

Nächste Runde, dachte Elena, richtete sich auf und zielte über die Affen hinweg auf das Dach, um Rauschenberg dort mithilfe von einigen rasch nacheinander abgefeuerten Schüssen zunächst in ihrer Stellung festzunageln, bevor sie nachjustieren und ihr einen Fangschuss versetzen konnte.

Sie zögerte jedoch zu feuern, weil das Affenweibchen,

das bei Rauschenberg auf dem Dach geblieben war, einen vor Ewigkeiten darauf herabgefallenen Ast ergriff und damit zornig bellend auf Rauschenberg einzuschlagen begann. Die alte Frau war zu langsam, um den Schlägen mehr als einmal auszuweichen. Sie ließ ihre Büchse los und schlang vor Angst und Schmerz brüllend die Arme um den Oberkörper. Wieder und wieder schlug das Weibchen auf ihre Schöpferin ein. Die beiden Affen auf der Wiese schienen sie mit Gesten und Bellen anzufeuern.

Nach etwa einem Dutzend Schlägen sah Elena Blut von dem Holz tropfen. Rauschenbergs Schreie verstummten.

Der Adrenalinschub, der während des Schusswechsels durch ihre Blutgefäße gerast war, ließ Elena erzittern. Sie presste Kopf und Gesicht gegen das Gras und rollte sich instinktiv zusammen.

Das Weibchen warf den blutigen Ast neben Rauschenberg auf das Dach, sprang von dem Flachbau auf die Wiese herunter und schloss dort zu ihren Gefährtinnen auf, mit denen sie einige Gesten wechselte, bevor sie zu Elena heranhüpfte, die sich mit schussbereiter Waffe halb aufgerichtet hatte. Sie fühlte sich überfordert, hatte Angst und war nicht einmal sicher, ob sie fähig gewesen wäre, auf das von Blutspritzern übersäte Weibchen zu schießen.

Das war allerdings gar nicht notwendig.

Denn das Weibchen schaute Elena einen Augenblick an und legte dann sanft ihre rechte Hand auf Elenas Bauch. Mit einer einzigen Geste kommandierte sie ihre Gefährtinnen zu sich, die herbeikamen und eine nach der anderen ebenfalls Elenas Bauch befühlten.

Die spüren, dass ich schwanger bin, dachte Elena tief ergriffen von der Geste der Tiere. Jetzt, da das dritte Weibchen ihr so nah war, erkannte Elena, dass deren Bauch und Brüste größer waren als die ihrer Gefährtinnen.

Auf eine archaische Weise konnte nichts natürlicher sein

als dies – eine Schwangere, die eine andere Schwangere erkannt und gegrüßt hatte.

Zwischen den Buchenkronen leuchtete die Nachmittagssonne hervor, und über ihnen reckte die Förderbrücke des Tagebaus ihre rostigen Tentakel in den Himmel.

39

Elena hatte mithilfe der Kommunikationseinheit, die sie in Rauschenbergs vermülltem, nach Moder und Brackwasser stinkendem Flachbau gefunden hatte, einen Notruf an Hanka abgesetzt.

Jetzt saß sie auf einem schmutzigen Gartenstuhl auf der Wiese vor dem Gebäude. Zuvor hatte sie ihr Gewehr über die Knie gelegt und die Pistole nachgeladen. Sie hatte angenommen, dass sie es jetzt, da alles zu Ende war, nicht erwarten könnte, eine der wuchtigen Wiesel-Drohnen über dem Laborgebäude auftauchen zu sehen. Aber je länger sie dort saß und darüber nachdachte, was sie in der Metropole zu berichten haben würde, wurde der Wunsch, dass dieser Nachmittag nie zu Ende ginge, stärker.

Irgendwann legte sie ihre Hände flach über ihren Bauch, genau so, wie es die Affenweibchen getan hatten.

Schließlich wurde es kälter. Die Dämmerung kündigte sich an. Sie erschien Elena wie ein Fluss aus Dunkelheit, der sich unaufhaltsam über Himmel und Land ergoss. Er führte mitten hinein in jenes wilde Herz der Welt, von dem sie inzwischen wusste, dass es zwar weder Reue noch Trost bereithielt, aber zuweilen menschliche Monster und unschuldige Bestien hervorbrachte.

Nachwort

Nachworte sind wie Blinddärme. Meistens völlig nutzlos, aber trotzdem vorhanden. In diesem Fall hat der sonst zwecklose Blinddarm doch einen Sinn. Es gibt ein paar Dinge und Umstände in diesem Buch, die die Leser hoffentlich verwundern, erstaunen oder wütend machen, wobei ich Letzteres als größere Leistung betrachten würde.

Heute wird Natur niedlich dargestellt. Sämtliche Endgeräte sind voll von Dokus oder Filmen, die Natur und Wildnis in aufgehübschten Bildern zeigen, und die Regale der Bahnhofskioske strotzen vor *Landliebe*-Magazinen und deren diversen Ablegern, mit denen sich irre Umsätze machen lassen. Das erfolgreichste deutsche Sachbuch seit ewig ist Peter Wohllebens *Das geheime Leben der Bäume*, worin er Bäume und Wälder so immens vermenschlicht, dass man/frau nach der Lektüre versucht ist, dem rachitischen Busch neben der nächsten Bushaltestelle einen Kosenamen zu verpassen. (Wegen mir sogar Horst – oder besser noch: Peter.)

Ich bin außerhalb von Wanderkartenreichweiten (oder gar Google Maps) in Hochgebirgen herumgestiegen, ich war in Dschungeln und hab mir auf See bei Sturm die Seele aus dem Leib gekotzt. Wildnis ist nicht niedlich. Natur ist nicht niedlich.

Das einmal in einem Roman deutlich zu machen und damit dem Zeitgeist den Stinkefinger zu zeigen, wollte ich schon lange. Der ursprüngliche Plan war, dies in einem Roman über eine Bergrettungsaktion in Nepal zu tun. Er ging fantastisch schief. Dass es ausgerechnet ein Science-Fiction-Mystery-Thriller sein würde, mit dem ich mir meinen Wunsch erfüllen durfte, entsprach Karmas eigenwilligem Sinn für Humor.

Romane sind keine Sachbücher und erst recht keine akademischen Masterarbeiten. Deshalb hat in Romanen die Dramaturgie stets Vorrang vor wissenschaftlicher Sorgfalt. Wobei kreativer Umgang mit wissenschaftlichen Fakten nicht gleichbedeutend ist mit *schlampig*.

Dass Elena und ihre Kameraden die Wildnis außerhalb der Städte sehr viel realistischer betrachten als Hel- und Haidur-Fans, war also Absicht.

Der Klimawandel ist eine Tatsache. Stellen wir unsere Wirtschafts-, Sozial- und Energiesysteme nicht in historisch kurzer Zeit um, wird die menschliche Spezies in ein Zeitalter der Katastrophen schlittern, das unsere schiere Existenz zu gefährden droht.

In Ermangelung echter Superheld*innen, die das CO_2 aus dreihundert Jahren auf fossilen Energieträgern basierender Industrialisierung aus der Atmosphäre saugen, werden wir uns schleunigst mehr einfallen lassen müssen als bloße Lippenbekenntnisse und Alibi-Windradparks, um unsere Vernichtung aufzuhalten.

Laut einer Prognose des UN Department of Economic and Social Affairs werden im Jahr 2050 rund 83,7 Prozent der Gesamtbevölkerung Europas in Städten leben. In Afrika, Asien und Amerika fallen diese Quoten etwas anders aus, aber auf allen Kontinenten weist der Trend seit Jahrzehnten geradlinig auf eine fortgesetzte Bevölkerungsexplosion des urbanen Raumes und eine Abwanderung aus den ländlichen Räumen hin.

Die Annahme, dass der größte Teil der menschlichen Bevölkerung in circa hundert Jahren in Megastädten wie der Metropole in meinem Roman leben wird, liegt daher nahe.

Wie man Versorgung, soziale Sicherheit, Verwaltung, Verkehrsströme, Architektur und Sicherheit solcher Megacitys gewährleistet, stellt eine immense Herausforderung dar, von deren Bewältigung wir heute noch erschreckend weit entfernt sind. Trotzdem werden wir uns ihr stellen müssen. Ich habe während der Recherche zu einem anderen Projekt mit einem ehemaligen Polizeipräsidenten gesprochen, der mir einen Einblick in die Albträume seiner zukünftigen Kolleg*innen gewährte, indem er mir ausmalte, welche katastrophalen Auswirkungen allein der Hack der Verkehrskontrollzentren einer Metropole wie Berlin darstellen würde. Es ist nicht zu viel verraten, wenn ich hier andeute, dass sie furchtbar wären. Und da hab ich noch gar nicht erwähnt, was passiert, wenn einer der älteren Atommeiler in Deutschland oder einem unserer Nachbarländer hochgehen sollte.

Ich habe bei den Schilderungen der Metropole in meinem Roman versucht, den Fakten, die bislang über den wahrscheinlichen Aufbau zukünftiger Megacitys als gesichert angenommen werden können, gerecht zu werden.

Aktuell erleben wir einen Gründungsrausch von Unternehmen, die versprechen, den Klimawandel technisch zu lösen, indem sie Technologien entwickeln, die große Mengen Treibhausgase aus der Atmosphäre filtern können.

Keine der bisher existierenden Technologien ist effektiv genug, um auch nur den Hauch eines Unterschieds zu machen.

Zumal trotz aller Verheißungen der Technologieaktivist*innen, Ingenieur*innen und Glücksritter, die sich in dieser Branche tummeln, längst eine Methode existiert, die uns vorm endgültigen Kippen des Weltklimas bewahren kann. Sie ist erprobt, effektiv und – verhältnismäßig – kostengünstig. Sie nennt sich Rewilding und bedeutet, in bestimmten Gebieten eine ursprüngliche Wildnis und natürliche ökologische Prozesse wiederherzustellen, die dazu geeignet sind, große Mengen an CO_2 zu binden bzw. aus der Atmosphäre zu filtern. Um den Klimawandel zu stoppen, müssen wir allerdings sehr große Gebiete der Wildnis überlassen und dabei außerdem sicherstellen, dass diese Gebiete eben nicht zu Wildnis-Disneyparks werden, wie sie *Landliebe*-Abonnent*innen bevorzugen würden. Wir müssen tatsächliche Wildnisse erschaffen, mit all den dort herrschenden ökologischen Parametern und Bedingungen.

Eine aktuell wachsende Bewegung von Aktivist*innen versucht sich darin, nachzuweisen, dass die dichtere Bepflanzung von Stadtparks ausreichen könnte, unser Klimaproblem positiv zu beeinflussen. Ich sehe das, wie die überwiegende Zahl von ausgewiesenen Expert*innen, skeptisch. Ein Fall von *nice try*. Schaden wird's immerhin auch nicht.

Ich nehme an, einigen Lesern erschien es höchst unglaubwürdig, dass es möglich sein könnte, uralte Kulturlandschaften voller Städte und Gemeinden mit tausendjähriger Geschichte in eine Wildnis zurückzuverwandeln. Immerhin leben wir in einer Demokratie, und die Bewohner dieser Landstriche werden sich einer Umsiedlung mit aller Macht widersetzen.

Aber wir leben auch in einer Gesellschaft, in der urbane Wählerschichten regelmäßiger und *zahlreicher* an Wahlen teilnehmen als die Bewohner*innen ländlicher Regionen. Und wir leben in einem Land, in dem Politik und Verwaltung sehr lange schon bewusst ist, dass die Aufrechterhaltung von staatlichen Dienstleistungen, angefangen von der Verwaltung bis hin zu Schule und Straßenbau, für stetig wachsende Teile des ländlichen Raumes zu teuer wird. Zumal diese Teile des ländlichen Raumes außerdem von einer schleichenden Überalterung betroffen sind.

Die urbanen Wähler*innen hätten bei einer Rückwilderung größerer ländlicher Räume unterm Strich nur zu gewinnen. Sie sind es auch, die von den Auswirkungen der Klimakatastrophen stärker betroffen wären als Bewohner*innen ländlicher Gebiete. Die Opferzahlen eines Wirbelsturms, Blizzards oder einer Flut in dicht besiedelten Orten fielen x-mal höher aus. Stellen Sie sich, der Sie ja vielleicht in Köln, Hamburg, Berlin, München oder einer der Rhein-Main-Metropolen leben, doch mal die Frage, ob Sie für den Erhalt von Gernwitz in Ostsachsen, Zachenberg in Niederbayern oder Waldershub in Baden-Württemberg das eigene Leben oder die Gesundheit Ihrer Kinder riskieren würden.

Hm, dachte ich mir, dass da Ihr Mitgefühl für Zachenberger, Gernwitzer oder Waldershuber Mitmenschen kleinere bis mittlere Dellen bekommt.

Statistiken, Demografie und Klimafaktoren sind das eine. Etwas ganz anderes sind die Menschen in einer Zukunftsvision. Neohippies, Milizen, Wilderer, Umsiedler und Anhänger von Neoschamanen wie Hel und Haidur – habe ich mir die alle frei aus dem Hirn gesogen, oder basiert deren Darstellung auf Fakten oder Trends, die heute bereits absehbar sind?

Vor einigen Jahren hatte ich in Halle/Saale einige erschreckende Begegnungen mit Mitgliedern der neofaschistisch-rassistischen Identitären Bewegung. Diese Leute waren alle deutlich jünger als ich und wirkten sehr motiviert in ihrem Tun.

Eines Tages, lange nach diesen Begegnungen, begann ich, mich zu fragen: Wo sind all diese Menschen in vierzig, fünfzig Jahren? Werden sie dann Karriere gemacht haben, sind sie Professor*innen, Schulleiter*innen, Unternehmer*innen geworden? Halten sie nach all der Zeit immer noch an ihren Überzeugungen fest?

Damals wurde der Grundstein sowohl der Rauschenberg-Figur gelegt wie der der Marie Rüschenbeck. Wobei Frau Doktor in ihrer Gedankenwelt und ihren Handlungen für die alt gewordenen Identitären steht, Marie jedoch eine Bearbeitung der Männer und Frauen darstellt, die ich damals traf, also voller jugendlicher Radikalität, absoluter Überzeugungen und politischem Tatendrang. Dass Frau Doktor nichts von ihren rassistischen Überzeugungen verloren hat, obwohl sie zumindest zeitweise in den akademischen Betrieb integriert war, mag, oberflächlich betrachtet, unglaubwürdig erscheinen. Aber auch dies ist keine (literarische) Kröte, die ich den/die Leser*in einfach nur so zu schlucken nötigen will.

Es existiert zwar in Deutschland ein historisches Vorbild dafür, dass radikalisierte Jugendliche und Studierende sich nach einiger Zeit der Aktion zu gut gesetzestreuen Spießbürgern wandeln. Das ist die Unterstützerszene der ehemaligen Rote-Armee-Fraktion, deren Weltumwandlungsanspruch, wenn auch von links her gedacht, ebenso radikal ausfiel wie der der Identitären und ihrer Unterstützerszene. Vielen dieser Leute gelang nach ihrer Radikalisierungsphase ein Wiedereinstieg in bürgerlich-mittelständische Professionen und Lebensmuster. Aber ein Horst Mahler konnte sich nach seiner linken Radikalisierung zum Antisemiten, Rassisten und Neonazi wandeln und dennoch über lange Zeit hinweg den einträglichen und angesehenen Beruf eines Rechtsanwalts ausüben. Zugegeben, Mahler findet sich regelmäßig wegen Volksverhetzungsdelikten vor Gericht oder in Haftanstalten wieder. Aber er ist charakterlich auch durchaus anders aufgestellt als Dr. Rauschenberg, die bei Weitem nicht so offensiv mit ihren Überzeugungen umgeht wie er. Und auch Frau Doktor wurde ja trotz ihrer Brillanz in ihrem Fachgebiet schließlich aus dem akademischen Betrieb entfernt und fand in der Privatwirtschaft, wo man immer noch schärfste ideologische Kanten toleriert, solange nur ein Profit zu erwarten ist, ein auskömmliches Unterkommen.

Heute herrscht eine merkwürdige Spaltung in unserer Gesellschaft, die gar nicht so sehr entlang politischer Überzeugungen verläuft, sondern im Grunde zwischen Optimist*innen, Pessimist*innen und einer großen Gruppe von eigenartig in ihren diffusen Sehnsüchten verfestigten Nostalgiker*innen.

Die Gruppe der Optimist*innen glaubt, dass es uns allen gelingt, Klimawandel, gesellschaftliche Spaltung und Turbokapitalismus zu zähmen, während die andere darauf besteht, dass längst alles zu spät ist und uns eigentlich nur noch die Option bleibt, möglichst tiefe und feste Bunker zu bauen. (Für diejenigen, die es sich leisten können, sollte dieser Bunker in Neuseeland errichtet werden, weil eine Atomkriegssimulation mal zum Ergebnis kam, dass dort selbst ein mithilfe von nuklearen Waffen geführter Dritter Weltkrieg angeblich überlebbar sei.)

Die Nostalgiker*innen fühlen sich zunächst vom eher unruhigen aktuellen Weltenlauf persönlich gekränkt, während sie in schnödem Wechsel entweder neue Mauern um tatsächliche oder nur eingebildete politische Unruheherde fordern oder in schönster Vermeidungsradikalität die Köpfe in den Sand stecken und behaupten, dass sie darunter eine bessere, nämlich längst vergangene Welt erblicken könnten, zu der zurückzukehren sich lohnen würde. (Gern ist das dann eine Welt mit Steinzeitcomputern, ohne Ehe für alle, trans Menschen oder People of Color. Dafür ist sie voller glücklicher, in bunten Matschhosen am Vorstadtrand spielender blond-brünetter Kinder.)

Das gesellschaftliche Explosionspotenzial nostalgisch gekränkter Bürger*innen ist nicht zu unterschätzen. Ich habe viele untaugliche Versuche unternommen, die Nostalgikerfraktion glaubhaft in eine oberflächlich optimistische Zukunftsvision einzubauen, bin aber regelmäßig daran gescheitert. Zu chaotisch-emotional erschienen sie mir, um ihnen einen plausiblen Platz in meiner Zukunftsvision einrichten zu können. Sie als aktive Treiber des Dramas einzusetzen, ging mir allerdings auch gegen das dramaturgische Bauchgefühl. Eines Tages riet mir eine Freundin, den Nostalgiker*innen doch ein kulturelles Ventil für ihre persönlichen Kränkungen und die reaktionären Träume zu geben. Sie hatte absolut recht.

Deswegen tanzen die Enkel und Urenkel der heutigen Nostalgiker*innen in meiner Metropole in Bratenrock und Krinolinenkleidern vor begrünten Hochhausfassaden Walzer oder suchen bei Auftritten von Hel und Haidur ihren Gottersatz. Dass es unter ihnen einen harten Kern geben würde, der sich mit rein kulturellen Ventilen nicht abfinden konnte, stand allerdings auch fest. Sie bilden die radikalen Milizen, von denen im Roman an einigen Punkten die Rede ist. Deren Tätigkeitsschwerpunkte sowohl nach Süddeutschland wie größere Teile Ostdeutschlands zu verlegen, bot sich an. Der esoterische Kern der Grünen-Fundis wie der »Schwurbler«-Bewegung hat dort seine Wurzeln. Auf dem historisch von allerlei Mystikern tief beeinflussten platten badisch-württembergischen Land und der bayerischen Provinz hat frau/man es als verdrehte*r Esoteriker*in eben traditionell einfacher als im protestantisch-pragmatisch geprägten Norden. Was meine ostdeutschen Mitbürger*innen betrifft, die ich ebenfalls in die Milizen einarbeitete, so liegen deren Motive für die nostalgische Gekränktheit zwar auch in einer ständigen Reibungsenergie an einer Realität, die sich partout weigert, ihren Erwartungen zu entsprechen. Aber statt von späthippieesken *Kumbaya*-Chören und der Weltrettung durch Homöopathie wie ihre süddeutschen Kamerad*innen träumen sie davon, in ihrer vermeintlich ewigen Opferrolle endlich ernst genommen und gewürdigt zu werden.

Dass sich im Roman die Optimist*innen gegen die Passivität der Pessimist*innen zumindest mittelfristig durchzusetzen vermochten, ist Folge meiner persönlichen von Realität zwar gedellter, aber niemals gänzlich zerstörten optimistischen Grundhaltung.

Dass wir von der reaktionären Nostalgiebewegung aktuell nur die Spitze des Eisbergs sehen und aus dieser Richtung noch einiges an eher Unschönem zu erwarten steht, habe ich Elenas Vater Artjom deutlich zu machen versucht: »Wenn du dein Selbstverständnis als Krone der Schöpfung von einer blöden Maschine bedroht siehst, dann neigst du dazu, dich auf Fähigkeiten und Dinge zu besinnen, die Maschinen völlig gleichgültig sind – zum Beispiel Romantik, Kitsch, Heimat und Traditionen.«

Nach den Verschwörungstheoretiker*innen sämtlicher Couleur werden wir demnächst mit einer Bewegung neuer Maschinenstürmer konfrontiert werden, deren Fähigkeit zu sozialen und gesellschaftlichen Tumultekstasen zurzeit nur schwer abschätzbar ist.

Ein weiterer wichtiger Punkt, der in meiner Darstellung der Metropole und ihrer Gesellschaft leider zu kurz kommen musste, ist, dass dort ein bedingungsloses Grundeinkommen für alle Bürger*innen mit EU-Pass besteht – ermöglicht durch die Produktivitätssteigerungen, die eine dritte technologische Revolution ermöglichte. Sogenannte Care-Arbeit und soziale Dienste werden dort, anders als heute, deutlich höher bewertet als Managementtätigkeiten oder Produktionsüberwachung. Angesichts einer sich heute bereits abzeichnenden medizinischen Entwicklung, die das Durchschnittslebensalter der Menschen noch einmal signifikant steigern wird, erscheint eine solche Umkehrung von Tätigkeitsbewertungen pragmatisch. Auch wenn man, wie

Elena in einer kurzen Reflexion über ihre eigene Familienhistorie andeutet, weiterhin die trotz eines gewaltigen Automatisierungsschubs anfallende Drecksarbeit von Immigrant*innen erledigen lässt.

Was wahrscheinlich außerdem der Erklärung bedarf, ist, worin diese übernächste technologische Revolution, in deren Mitte Elena und ihre Zeitgenossen sich befinden, eigentlich besteht. Kurz: aus der logischen Weiterentwicklung der KI-Modelle, die wir gerade so sensationell in unserem Leben auftauchen sehen. Deren entscheidender Fortschritt besteht zwar auch darin, mehr zu können, als Muster in Sprache, Systemen, Mathematik, Grafik oder Musik schneller erkennen und neu ordnen und kombinieren zu können als jegliches menschliches Hirn, aber vor allem hat ihre Zugänglichkeit mittels Spracheingabe dazu geführt, dass sie deutlich breiter angewandt bzw. eingesetzt werden können. Bei jeder dieser täglich milliardenfachen Anfragen und Einsätze *lernen die KIs hinzu*. Wobei jenes Hinzulernen bedeutet, dass die KIs neue Verknüpfungen anstellen bzw. kognitive Verbindungen ziehen, die wiederum ihre Möglichkeiten erweitern werden. Was innerhalb kürzester Zeit dazu führen wird, dass sie noch schneller, noch exakter und selbst für andere KIs nicht mehr vollständig nachvollziehbar Informationsatome in Systemen organisieren und diese neu organisierten Systeme Menschen zugänglich machen können. Ob dies, wie viele ernst zu nehmende Expert*innen befürchten, zwangsläufig zu einem Kollaps der menschlichen Gesellschaft führen wird, ist heute noch nicht zu beurteilen, aber auch nicht auszuschließen.

Kombiniert man nun jedoch KI mit modernen Produktionsmitteln wie 3-D-Druckern und lässt sie überdies nach neuen Materialienzusammensetzungen forschen, die sowohl leichter als auch ressourcenschonender ausfallen als herkömmliche Materialien, dann sollten selbst Pessimist*innen (und hoffentlich ein paar Nostalgiker*innen!) eine zumindest nebelhafte Vorstellung davon bekommen, was uns an technologischer Innovation bevorsteht.

Bereits heute haben KIs in der Pharmaforschung neue Proteine und Bakterien entwickelt, die potenzielle Lebensretter für Millionen von Menschen darstellen. Es war für mich nur geradlinig weitergedacht, dass Frau Doktor Simulationen von fortgeschrittenen KIs dazu nutzt, eine neue Spezies zu kreieren, die ihren Bedürfnissen exakt angepasst ist.

Zum Ende bleibt nur noch zu erläutern, weswegen in einer scheinbar so sicheren und (für die überwiegende Mehrzahl der Bewohner*innen) bequemen Gesellschaft, wie ich sie für meinen Roman entwarf, immer noch Rassismus und kaum verbrämter Faschismus Raum finden sollten. Zum Zeitpunkt, an dem der Roman spielt, ist die Nazi-Ära nahezu zweihundert Jahre her. Zu diesem Zeitpunkt fällt sie im Bewusstsein der Menschen in einen nebelhaften Bereich zwischen realer, in fast leer gewordenen Ritualen gedachter Historie, Legende und mystisch angehauchtem Märchen. Obwohl sie jede direkte Erwähnung des realen Faschismus in ihren Protokollen offenbar bewusst vermeidet, ist durchaus denkbar, dass Lara Rauschenberg und ihre Mitverschwörer*innen sich selbst trotz ihrer eindeutig faschistoiden Ideologie gar nicht mehr in die Traditionslinie zum historischen Faschismus/Nazismus zu stellen vermögen, in die wir sie heute unwillkürlich einordnen würden. Und zwar tun sie es schon deswegen nicht, weil ihnen der reale historische Faschismus gar nichts mehr sagt. Geschichte ist ein Spukhaus, bevölkert von den ewig zerstrittenen Gespenstern der Vergangenheit, wie Elena an einer Stelle im Roman reflektiert. Doch es ist nur menschlich, dass man/frau in der Regel das Betreten von Spukhäusern zu vermeiden sucht. Rauschenberg ist kein Feigling. Aber eine Historikerin ist sie auch nicht. Selbst Elena kommt zu ihrer Reflexion ja hauptsächlich nur deswegen, weil sie in einer Familie aufwuchs, in der wegen der akademischen Interessen ihres Vaters Geschichte aus ganz persönlichen Gründen weiter im Vordergrund stand, als es allgemein üblich war/ist.

Noch eine Anmerkung zur Sprache im Roman. Dass in einer Gesellschaft, die jederzeit über Simultanübersetzungsmöglichkeiten verfügt, die Muttersprache einen popkulturellen Aufschwung erfährt, der mit der Vermeidung fremder Einflüsse einhergeht, erschien mir möglich. Weswegen sich hoffentlich in sämtlichen Textbereichen, die Elena und ihre Umgebung betrifft, keine Anglizismen mehr und nur wenige, bereits länger in die deutsche Sprache integrierte französische Begriffe finden sollten.

Dass Frau Doktors Sprache im Gegensatz dazu nur so vor Anglizismen strotzt, erklärt sich aus dem erheblichen Altersunterschied der beiden Protagonistinnen.